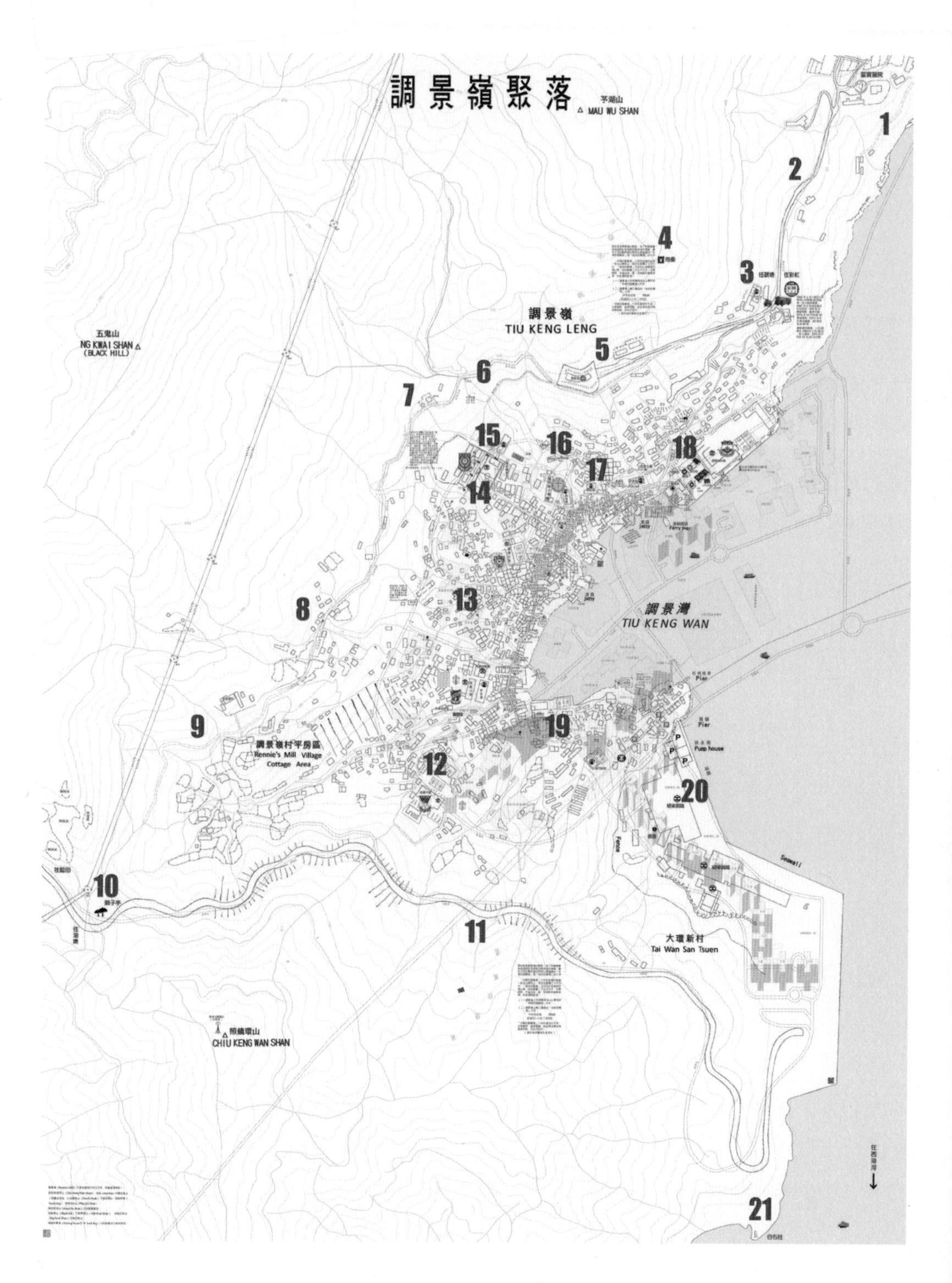
調景嶺聚落
茅湖山
MAU WU SHAN
五鬼山
NG KWAI SHAN
(BLACK HILL)
調景嶺
TIU KENG LENG
調景灣
TIU KENG WAN
調景嶺村平房區
Rennie's Mill Village
Cottage Area
大環新村
Tai Wan San Tsuen
照鏡環山
CHIU KENG WAN SHAN
Ferry pier
Pier
Pump house
Fence
Seawall
1
2
3
4
5
6
7
8
9
10
11
12
13
14
15
16
17
18
19
20
21

# 情繫調景嶺

## 二十個嶺上人的故事

丁新豹＋汐爾＋劉義章 編著

策劃編輯　梁偉基
責任編輯　梁偉基
書籍設計　吳冠曼

書　　名　情繫調景嶺：二十個嶺上人的故事
編　　著　丁新豹　汐　爾　劉義章
出　　版　三聯書店（香港）有限公司
香港北角英皇道 499 號北角工業大廈 20 樓
Joint Publishing（H.K.）Co., Ltd.
20/F., North Point Industrial Building,
499 King's Road, North Point, Hong Kong
香港發行　香港聯合書刊物流有限公司
香港新界大埔汀麗路 36 號 3 字樓
印　　刷　美雅印刷製本有限公司
香港九龍觀塘榮業街 6 號 4 樓 A 室
版　　次　2019 年 11 月香港第一版第一次印刷
規　　格　16 開（168 × 230 mm）304 面
國際書號　ISBN 978-962-04-4537-8

# 張同祖序

過年前，老同學黃學媛叫我為其女兒妙玲主編的一部書寫序，我立時說好，豈敢不從。王國儀「大飛」兄，可是我一直敬仰的學長呀！

用電影術語 flash back 回說前事，嶺上的歲月是那麼遠，這麼近；似清晰，又模糊，竟不知如何說，忐忑！妙玲來電說，她會把文章都送來給我閱讀。安！定下心來。

細閱各人所寫的文章，生花妙筆，感情真摯。不捨的情，難忘的事；不能忘記的人，不能忘記他們說的話，數十年前塵愛在調景嶺的日子如在昨天。汐爾在本書開首寫道：「別讓記憶的盒子鎖上了。」說得好！連串畫面就在眼前閃跳⋯⋯

上世紀五十年代中期，我和父母、哥哥、弟弟和妹妹遷入調景嶺。第一次住木板蓋的房子。冬夜，寒風以熱情擁抱，我則以抖音高聲唱：風兒多可愛（恨），不知那裏來；有誰能夠告訴我，風從哪裏來？！

第一次接受多語異腔教學。老師們皆飽學之士，來自五湖四海，上課時，各以其流利母語或鄉音授課。有四川腔英文、上海腔數學、湖南音調國文，還有潮州口音的歷史課⋯⋯老師們教學認真，上課時夾雜着興奮情緒，課文是熟練、快速地連珠迸發，「同學們明白了嗎？」明白！只要不礙下課就好了。

課後大家自由奔放，一邊玩一邊模仿老師的口音講課，瞎猜拼湊也會明白七八成，還認識到各省方言的一二。聰明啊！快樂啊！

沒有升學壓力，自由自主，快樂學習。區內有嶺中、鳴遠、信義（其後更名「慕德」）三所中小學。如果你在任何一所學校讀得不好，不能升班，轉往另外兩所多數考得上。一是因為你已接受了父母「愛」的教育（教訓），而知恥努力了；二是各校招生都本着「有教無類」的大愛精神，而給予發奮機會。

區內學子到台升學，在台灣的優待政策下，大部分都能考上。基礎較弱的學生，經嶺中推薦者，也能入讀台灣五專學院。國儀兄為眾學子造福，功不可沒啊！

調景嶺是野孩子的嬉戲天堂，升上中學，自覺長大，換成「叛逆」自主。自由豪情，簡直是天地任我行。由於山區全無交通工具，我和哥哥猶如脫韁野馬，海闊天空，八方遨遊。

攀山越嶺登上碉堡或到油塘市區，採摘山稔、捉金絲貓；在大坪與元洲碼頭跳海逐浪，釣魚、抓蟹、挖蜆；踢足球、打籃球、放紙鳶…… 自由似神仙。除了不能上天，當然也不能花錢（實在沒錢）。回首時，快樂仍然在腦海裏迴盪。

那還是「多元信仰」個地方。基督教、天主教、佛教、道教都有信眾。基督教與天主教的教會最多，福利援助也多，食品、奶粉、衣服…… 自是衍生出「多元信徒」。哪裏有福利，哪裏就會看見他。何時信基督？何時信天主？是自由的選擇，連牧師與神父都知道，也包容。神愛世人，信，就好。自由！自主！快樂！

有云「樂極生悲」，快樂一定有悲痛或苦難相隨嗎？我驗證了。剛上初中，我為了看舞師而擠在人群裏，動彈不得。突然有一串鞭炮落在頭頂爆開，不只炸得我魂魄不齊，頂上頭髮更被炸掉一大塊。

好端端一個少年，頂着「地中海」髮型，當時真給同學們帶來了一段歡樂時光。大夥兒以安慰為名，視察與撫摸我天靈蓋上的禿頂為實。回想，快樂比痛苦多。快樂啊！

反叛自主的歲月裏，包括就讀信義中學時有這樣一段深刻記憶。由於一位老師處事不公，我抱着隨時要轉校到鳴遠或嶺中的後果，也要趁學校舉行演講比賽時公開批評他。當然，隨即被外號「鐵拐李」的訓導主任李鏡宇召見，他要瞭解我抗議的因由。

我講完了，訓導主任當然要訓話。最後他對我說：「張同祖，你將來要不流芳百世，要不遺臭萬年！」當時我不知道何謂流芳百世，卻很清楚遺臭萬年絕非好事。我把此事牢牢記住。如今，腦海裏的李老師，容貌已模糊。他說的前一句，我沒有放棄，不知能否達成；後一句，應該不可能了。

謝謝您，李老師！

父親原是軍人，「中華民國」忠貞之士。他嚴肅寡言，善良而和藹，每日離家在外為稻粱謀，在家多數寫稿或看書。一家六口的生活重擔，讓他難展笑顏。我對父親是敬而不畏，並不親近。記憶中我似乎沒有跟他擁抱與玩耍。記得他曾經教我和哥背誦唐詩。

有天父親病了，留在家裏。中午時分母親在照顧弟妹，還沒做飯，巧婦難為。我和哥哥在外自由奔放嬉戲後快樂回家，問母親何時開飯。母親說等三哥（大伯兒子）買菜送來。坐在椅上閉目休息的父親，突然把我和哥哥叫到他身旁。父親哭着說對不起我們兄弟，不能給我們完整的教育⋯⋯

這是我第一次見到父親哭了，我當場呆住，不知道如何反應。當時我很想抱住父親，告訴他說：「爸，你放心。我不會丟張家的臉！」

很遺憾，我沒有擁抱他，只是呆住，呆住了。腦海一片空白。

最後，父親哭着說：「我這輩子做錯了一件事，就是做官時沒有貪污……」爸爸，我真為你驕傲！真快樂！

母親來自大戶人家，乃書香後代，身體纖廋，舉止斯文，有教養，持家有道，還教我和哥哥繡花。在艱苦歲月中，她帶着我們度過。我會繡花，是的，手藝還不錯，比我哥要好呢！哈，我又快樂了！

上網 Google 調景嶺，只得到「調景嶺（英語 Tiu Keng Leng，又稱 Rennie's Mill）位於香港新界西貢區將軍澳，原是寮屋區域，經一九九〇年代填海發展後現時為將軍澳新市鎮……」這是個地鐵站名，不吸睛，也無意義！

調景嶺是香港歷史的一部分，在很多人生命中留下烙印。它有一股神秘力量，只要你在那裏生活過，你一定會刻骨銘心，魂牽夢縈。這股神秘力量是甚麼？

是所有「調景嶺故事」中那幾代善良的人；追求自由、自主，掌握改變命運的人堅毅勤奮，自我完善的人；堅信有「愛」的人，堅信有「情」的人；容易快樂的人！他們來自五湖四海，沒有退路，只有奮勇向前；他們命運相同，所以守望相助；他們目標一致，所以眾志成城，造就了一個永不可能再複製的自由桃花源！生活雖然艱困，卻是精神愉快、心靈富足。在那裏，大家自由、自主、自律、快樂、成長。終生難忘！

我曾經在調景嶺經歷了許多人生的第一次，細閱本書每個的故事，讓我重溫這段動人歲月。多麼美好的情懷與人物啊！如果當年你沒有去過那片桃花源，那麼，這裏的故事至少能讓你領略一點。這是一段被遺忘的香江歷史，這本書就是《情繫調景嶺：二十個嶺上人的故事》。你還要錯過嗎？

# 目錄

# 序章

# 戰後香港社會的縮影

◎丁新豹

自古以來香港就是一個逃藪。新界的原居民不少是宋元、明清朝代更替之際，因逃避中原戰亂而定居香港的。《南京條約》簽訂後，香港成為英國人管治的地方，百多年來，它是國人的避難所。

每當內地發生變亂，引致社會動盪不安，包括十九世紀中葉以來的紅兵之亂、土客互鬥、第二次鴉片戰爭、辛亥革命、抗日戰爭，一波波的國人扶老携幼，離鄉別井，爭相來港避難。這其中，論規模之大、人數之多、景况之慘，首推國共內戰所引發的逃難潮。

本港人口在短短數年增加了逾百萬人，而在芸芸逃港的難民中，有一群在內戰中敗下陣來的國軍及他們的眷屬，分別來自湖南、湖北、山東、遼寧、上海和廣州，遠涉千山萬水，經歷千辛萬苦才能逃到香港來。他們抵港後先是棲息在上環街頭，其後被遷往西環摩星嶺，最後被安置在遠離市區，一個偏僻荒蕪的地方——調景嶺（當時稱「吊頸嶺」）。異鄉客落地生根，一住就是幾十年。

這些一窮二白、身無長物的難民，在這片荒野築起自己的家園。結婚生兒育女，他們的下一代在這片土地上求學、成長，結識另一半，組織一個個家庭，其中有無數悲歡離合的故事。

五十年代至七十年代的香港是窮困的，調景嶺更是赤貧之地，它是當時香港的一個縮影。但人窮志不窮，這裏孕育了醫生、護士、大學教授、講師、中學教師、社會工作者、還有名導演與演員，其中正包括了為本書賜序的張同祖先生及作者之一的溫碧霞女士。

時光荏苒，調景嶺村早在九十年代已清拆了，今天的調景嶺已找不到半點昔日的痕跡。然而，對於調景嶺人來說，當年調景嶺的一草一木，仍然歷歷在目，記憶猶新。本書正是二十個曾居住在調景嶺，或曾在此工作的人的真情自述。

這些人中，有從內地走難來港被安置於調景嶺的第一代，有在調景嶺出生成長的第二代，即所謂嶺內人；也有在調景嶺的學校唸書或工作的嶺外人。他們分別從自己的背景、經歷和角度，回憶和記述調景嶺的天、地、人和事。有的趣味盎然，有的令人唏噓，有的賺人熱淚，有的令人扼腕，但都是真情流露，感人至深。

二十個人的故事，有國儀和學媛的純情真摯、死生相許的愛情故事；有一生坎坷，堅毅不屈、樂觀自信的九旬老人國英；有前半生顛沛流離，晚年老當益壯的王媽媽；有心懷調景嶺，遠適瑞士的張詠琴；有三代居於調景嶺的白衣天使盧志煌；有來港初期當苦力維生，後來成為官校教師的王達明；有自貧童邊青搖身變為社工的劉宏章。他們都是憑着無比的決心和毅力，在赤貧的環境下闖出一片天。

我們都知道調景嶺窮，從諸位嶺上人的描述，相信會有更具體的認識。比方王文正的父親勉之，抵港時身無分文，舉目無親，因長期營養不良而導致全身上下浮腫；溫碧霞一家九口，住在三百呎的屋子裏。

王達明偕同妻子及父母初到調景嶺時，棲身於用油紙搭建的三角帳蓬中，後來入住用木板蓋的房子，但廁所只能建於海中，中間只得一條木板與之相連，冬天在木板上走倍覺寒冷，人在木板上搖晃不定，十分驚險，加上道路滿是泥濘，其女兒直指當年過的是非人生活。

張詠琴在襁褓時，因家貧，缺乏營養，母親身體弱，沒有奶水，家裏又窮得買不起奶粉，全靠教會派送的奶粉及喝米湯，才能存活過來；陳國英母子三人抵港，身無分文，沿路靠善長仁翁施捨食物或金錢維生，遷到調景嶺後，一家住在臨時搭建的草棚中，每天靠隔夜麵包皮，或撿拾菜皮充飢。

學媛每天待員工清洗飯桶時，撿拾被冲洗出來的飯粒，曬乾後磨成粉，煮成糊仔餵哺出生不久的幼弟；甚至有人因生活太困窘而把兒女賣給他人。那種赤貧景況，現代的香港人實難以想像。

當年的生活十分困苦，但在諸位作者的眼裏，調景嶺山川秀美、景色迷人。比方王懿芳筆下的調景嶺，春、夏、秋、冬都有四時不同的景色；汐爾對調景嶺的草木蟲鳥和夏天的夜空有非常細緻的描述。雖然物質缺乏，但在調景嶺成長的小朋友不乏玩意，如游水、垂釣、爬山、放風箏、玩瓢蟲、撿拾貝殼、採摘野果，不一而足。他們自幼便在户外陽光下成長，難怪對此地的一草一木有如此深厚的感情。

調景嶺物資匱乏，但嶺上人對當年嚐過的美食，念念不忘，比方龔記的韭菜盒子、孖仔粥店的蒸腸粉、毛記燒餅店的山東燒餅、朱爸爸的山東饅頭、信安的牛腩麵、小上海的榨菜肉絲麵、永生飯店的酸辣湯。大家都認為後來無法再嚐到如此美食，昔日的調景嶺已不復存在，這些美食已成為調景嶺的記憶的一部分了。

二十個故事，離不開一個「情」字。此中有夫妻之情、少男少女間的戀情、父母子女間的親情、鄰里守望相助之情、朋友之間的友情、師生之情，也有人和愛犬之間的情、對山川景物之情、對當地美食之情。一言以蔽之，本書盛載着嶺上人對調景嶺這片土地在某個時空中的感情。

作為歷史愛好者的我，從來對調景嶺這個地方有一種特殊的感覺，對於這些昔日曾參與抗日的國軍，有一份由衷的敬意；對於他們在內戰中戰敗逃亡，流落香江，棲身在荒蕪的調景嶺有說不出的難過與同情。生平只踏足過調景嶺一兩次，但那種旗海飄揚的盛況，異常震撼，至今仍是印象深刻。

是次很高興能參與由好友劉義章教授牽頭的《情繫調景嶺：二十個嶺上人的故事》的編著工作，翻閱過有關文章後，對當年調景嶺的生活景況有進一步的認識。對於在如此惡劣條件下成長的嶺上人，佩服得五體投地，作為在條件好得多的環境下長大的我，也深感汗顏。也許，讀者們也會有同樣的感覺。

# 永遠的嶺上人！

◎劉義章

調景嶺人的故事及其歷史從香港及全中國來看，似乎是微不足道。然而這個小社區出現的時空，正當中華民族命運處於歷史交叉點和十字路口。調景嶺的前世今生若能為更多人所知，於考量中華以及人類發展前景時當有所裨益。

筆者與計超先生合作撰寫《孤島扁舟：見證大時代的調景嶺》時，曾邀請母校同班同學分享他們在嶺中讀書的回憶，其中八位同學熱烈回應並很快就把文章發來。同學回憶篇篇精彩，當時就感到每位同學的文章都可以獨立成篇。我由此萌發出再編一本「調景嶺書」的意念——內容是同學當年在嶺上讀書、學習和生活的故事。

發出邀請後，反應令人鼓舞；作者群逐漸擴充到包括慕德、嶺中和鳴遠三所中學任教、任職或讀書的老師和校友，以及與調景嶺分處同一座山兩邊的鯉魚門芳鄰。

當筆者向三聯書店（香港）有限公司出版二部經理梁偉基博士提出編寫這本書的意念時，他表示積極支持，並建議內容擴充成三代人的故事。內容以時代為經、故事為緯，配以圖片，編成一部能立體地呈現出調景嶺近半個世紀（一九五〇——一九九六）的「圖像書」。後來，本書輪廓逐漸成形，主旨和定位亦相繼明確和清晰。

我們有幸邀請到香港歷史博物館前總館長丁新豹教授一同擔任本書主編。新豹兄是史學專家、香港史泰斗而著述等身，其加盟令本書計劃添上動力。他不住嶺上，中學時因對調景嶺感到好奇，曾不止一次與同學到西灣河乘坐小渡輪跨海直奔調景嶺，還記得那裏各種平常在港島市區不容易吃到的北方菜餚與小吃。

新豹兄對這個小區懷有一種特殊情懷，深知調景嶺作為當代中國史特殊一頁，有着豐富的人文內涵和時代烙印。他撰寫的〈戰後香港社會的縮影〉讓讀者在細閱每個故事前，能先掌握全書脈絡。感謝新豹兄！

在尋找第三代嶺上人撰寫他們的故事時，王妙玲女士正好出現。

事緣筆者為撰寫王國儀老師和師母的故事在一次訪談時，提及本書仍缺少第三代嶺上人的故事。老師和師母一直大力支持本書計劃，多番接受筆者訪談。他倆聽後即想起其長媛妙玲來，並為筆者聯繫看看能否寫一篇。妙玲爽快地答應，而且很快就寫好她的精彩故事。

筆者想邀請妙玲師妹參加本書計劃，乃商諸新豹兄並得其贊同；我們乃發出邀請，蒙妙玲惠允。師妹帶着一顆心願參與編寫：調景嶺故事和歷史能廣為人知識。她抱着對故鄉一片深情和無限懷念、帶着一股激情參與本書計劃。

妙玲精心修繕每一篇文稿，為作者們提出修訂、增潤意見。她勞心、勞力，為本書灌溉以二十年報章記者前線採訪、後方編輯等實戰歷練而成的文字修養；加上作者們無縫配合地作相應修訂，最終每個故事的可讀性都得到提高。讀者可以自己細味慢嚼。

感謝徐閏桓先生無私的幫助和大力支援！我們因調景嶺地標之

一而認識；他為維基百科撰寫的「白石柱」條目長了我的知識。當我請他幫忙協助處理本書電腦作業時，蒙他毅然惠允。他又把每個作者所提供的照片整理成圖片檔，並按出版社有關圖像書規格，把每張照片配到該篇文章適當位置，從而使圖文渾然一體。

可以想像其中所需要投入的時間、心力和耐心是何等的多！一天晚上八點多我為本書事宜打電話給閏桓時，問他會否妨礙他和家人用晚飯；他回答說他仍在處理本書事宜。衷心感謝閏桓為本書的付出！

本書在妙玲和閏桓兩位努力經營下逐漸成形，兩位又把眾多篇故事理成井然有序的電子檔，既便於編輯工作，又為本書交予出版社時達到「齊、定、清」的要求。

偉基博士從本書意念醞釀開始一直關心其進展。感謝他撥冗出席編輯會議，為全書佈局、構思等提供寶貴意見。計超先生多方關心本書，包括訪問故事主人翁和為訪談作筆錄。

老同學桂花女士一早寫好自己的故事，又仗義自薦與計先生一起訪問顏君寶老師。鯉魚門芳鄰葉柏強先生分享其珍藏的調景嶺老照片。另一位同學王鳳霞女士從台南回香港省親時，為筆者安排與她母親王媽媽在她位於將軍澳坑口窗明几淨的家做訪談。感謝鳳霞姨甥女荊蘊琪小姐當天一道訪談，又幫忙提供有關她姥姥的照片。

感激每位作者的信任和耐心等候本書出版！大家把各自的故事寫好以後又精益求精，參考妙玲所提供的建議修訂文稿。

除了嶺上人的故事，還有一個有關他們故鄉——「調景嶺」名字本身的故事。當年調景嶺整個社區被連根拔起般遷拆後，小社區灰飛煙滅；其名字卻「奇妙地」存留下來了。那是因為王國儀老師在擔任西貢區區議會議員時極力爭取的成果。

那時候，香港政府決定把將軍澳區發展成未來最終可以容納約五十萬人口居住的新市鎮。西貢區議會在一次會議上討論將來將軍澳新市鎮內七個區的命名時，議決廢掉將軍澳原來的英文名稱 Junk Bay，代以中文（廣東話）發音的英文音譯 Tseung Kwan O。

坑口區則沿用坑口，英文名字以同樣廣東話英譯方式處理為 Hang Hau。當為座落調景嶺原來所處地段，與將來從填海得到的土地連起而成的那一區命名時，會議上一度有聲音提出一併廢掉調景嶺的中英文名稱，即調景嶺和 Rennie's Mill Village。

議員王老師乃據理力爭，他認為該社區居民為香港城市發展而遷徙，如果連「故鄉」名字也一併被抹掉的話，對他們並不公道。討論結果決定保留調景嶺的中文名稱，而以廣東話發音的英譯作為英文名稱，即 Tiu Keng Leng。同時決定，將來香港地下鐵路發展將軍澳支線時，沿途各個車站名稱相應地按照各該地區名字命名。因此，當地鐵建造將軍澳支線時，調景嶺區站名即為調景嶺。

感謝陳國英老師、顏君寶老師、王欒素珍女士和溫碧霞小姐欣然接受邀請，撥冗作訪談。主內梁錦華和張慶運兩位弟兄古道熱腸，為本書進行拍攝。顏老師於二〇一七年辭世而沒能看到本書面世，乃我們的遺憾；感激世兄顏世誠先生安排、陪同桂花同學和計超先生與顏老師作訪談，並訂正故事中的一些事實和提供珍貴照片。

感謝掌握本書全局的 三一上帝！祂補足筆者的欠缺。在祂認為最合適的時刻，差派天使偕同筆者一起為本書打拼。因着大家齊心和攜手並肩，感恩事情就這樣成了！願榮耀歸於 上帝！

* 感謝王國儀老師在電話中為筆者回憶細述當年會議上的討論，提供一手和親身經歷的寶貴資料。二〇一九年一月十日晚上八點鐘。王國儀老師是本書編寫過程中所依賴的「百科全書」，他和師母隨時伸出援手提供珍貴資料。

# 別讓記憶的盒子鎖上了

◎汐爾

不知不覺間，離開調景嶺已經二十三年了。那真是一個讓我魂牽夢縈的地方。我知道許許多多的調景嶺故事，卻不曾想過如何把故事告訴更多的人。後來，十來篇故事放到我面前，終於讓我看到這個機會了。

一直以來，調景嶺代表着一群在國共內戰後，敗走至香江那群國軍與其家眷居住的村落；一群早期是遺世獨立的異鄉人，後期是落地生根的香港人。

基於恐懼，這個族群一開始就被摒棄於荒野，沒被港人接納；然後，他們在抵港的頭二十年，一個香港政治局勢仍然混沌、左派挑釁的氣氛緊張環境裏，自多番被人下毒與放火燒村後重生。

這段時間令調景嶺上下都提防陌生人，外界又覺得那是「生人勿近」之處。但村民不僅成功堵截可疑者入村，守護了全村安全，漸漸地，大家知道「土製菠蘿」不會在調景嶺出現，那才是最安全的地方。對吧，真諷刺！

早期有如「異域」的這片山頭村莊，卻成為外頭一些同樣是貧苦的草根階層，把孩子送進去讀書的地方。這些孩子，如今分佈在香港每個角落，成為了社會的中流砥柱。

早年，當大氣波是香港人主要的娛樂節目時，村民同樣收聽着一樣的頻道；當電視提供各樣節目予全港觀眾時，村裏除了掛滿「國旗」，家家戶戶屋外的天線一樣壯麗。

七十年代開始，調景嶺的子弟開始為經濟起飛的社會貢獻了勞力。有電視及電影喜歡以調景嶺為拍攝背景，村內外的互動亦日漸增加。到了八十年代，培訓青年的軟力量開始滲透到社會各階層，這股力量令到香港與台灣的民間交流日益蓬勃，亦為本土公益及政治活動提供新力軍。

連九十年代的移民潮，亦席捲調景嶺，不少村民以不同管道移居海外。直至香港遭受沙士侵襲，不論是受害者，抑或是守在前線的醫護人員，都有調景嶺子弟的身影。一直以來，調景嶺就與香港休戚與共，只是大家沒有察覺已。

如果你想瞭解香港開埠以來的政治發展，不能漏掉調景嶺，它雖然地處一隅，但政治信仰與氛圍乃全港最獨特的。今天回頭看，有調景嶺的日子，正是自由空氣品質保證的指標。

如果你要瞭解香港的房屋政策發展，也不能少了調景嶺，她是全香港最大的平房徙置區，佔地近八十二公頃，政府曾承諾居民可以「無限期」居留。最後，港府忘記了諾言，居民因而提出司法覆核，並贏下官司，由政府承擔「損害賠償」。

年輕一代根本不知道調景嶺以往的事跡，但這是不會憑空消失的歷史。於是，調景嶺又成為了香港目前中生代的一些集體回憶。

曾經有人跟我說：「妳可知道調景嶺有『三多』？」我確實不知道。那人說道：「就是遊子、戲子與癮君子呀！」這一語，道破了調景嶺早期生活的貧困淒苦，以及她潛藏着令人迷失心志的陰暗面。

遊子，乃指一些為了謀生，做了船員的調景嶺子弟，跟隨大輪飄洋過埠。有人志在往海外落腳謀生，亦有人飄泊一生四海為家。

戲子，自是以演員為職業者。不論是首位在外國影展得獎的香港演員關山，以至擅長飾演女鬼，有「鬼后」之稱的王小鳳，都在調景嶺待過或成長。這裏盛產明星，不就是地靈人傑？你要說人家是「戲子」，偏偏就是行行出狀元。

我小時候聽說過，調景嶺一些小幫派，曾為了搶奪毒品市場而群鬥；有鄰里跟我商借幾十元買個甚麼東西，甚至有向我借幾千元的。當然，買的正是毒品。我見過俊秀的男孩淪為道友後，落得不似人形。這些藏匿的癮君子，還讓好些家庭支離破碎。

不過，我也看見沉淪毒海十年，透過福音成功戒毒的劉民和牧師（台灣晨曦會總幹事），三十年來全天候守護戒毒者，協助他們脫癮，奉行《聖經》路加福音所載「你回頭以後，要堅固你的弟兄」的旨意。他一人吸毒，用餘生把數千人挽回正途。

還有，本書其中一位嶺上人劉宏章，曾是圍繞毒品打轉的邊緣少年，其後蛻變為「北斗星」，走入人群。他們勵志的事跡，豈能只用幸運去形容，他們家人以無盡的愛，幫助他們重返正道，他們又義無反顧地回饋社會。

所謂「三多」，我見到更多的是學子與白衣天使。由於調景嶺有升學台灣的渠道，形成一股去台灣讀大學的風潮，令到村內的教育水平急升。一條石梯左右兩邊的屋子裏，不知出了多少個大學生，而調景嶺的石梯就有過百條。

此外，靈實醫院早年的創立與調景嶺密不可分，也成為村內白衣天使的搖藍。本書若干故事的主角就是以護士為終身事業，其中黃學媛一家就出了兩名護士。她的其中一位閨蜜郭肇家，既是小學同學，亦是靈實護校校友。調景嶺清拆後，她們巧合地搬到同一幢大樓的隔壁，再做芳鄰。

調景嶺的美，不在於裏頭的房子有多漂亮，而在於村民的精神。一群在戰火中被遺下的軍人，他們流落異鄉後胼手胝足重建家園，不論多艱苦，都挨過了飢寒與貧窮。

無疑，第一代度過的日子最艱苦與克難；第二代是支撐着他們父母的重要力量，也是調景嶺得以茁壯的支柱；第三代是最幸福的，沒有戰爭，可以安穩地讀書與自由自在地生活。

還有一類人，我未敢忘記。他們是第一代入調景嶺難民營，但孑然一身，度過幾十個寒暑後，還是只有自己一個。他們不是沒有親人，但戰亂後全然失散，無從尋親。他們用濃濃口音的家鄉話與人交談，我們叫他們「大爺」，這代表他們的軍階甚高，起碼是少將的級別。

當年國軍撤退台灣，不是人人能夠隨部隊而去，去不成的原因甚多，最後只剩下一個境況，就是長年累月只和孤寂與回憶相伴，人們稱之曰「命」。

我記得有一位不良於行、獨居的老將軍，經常徘徊在窗邊等待路過的人，請託別人代其購買食物或必需品。最後，他在香港制水期間的一場火災中喪生。直到今天，我依然無法忘記他的淒涼。

還有一位楊大爺，山東人，梳理着一頭整齊不苟的銀髮。流落在調景嶺大半生，直至清拆前夕，大家才發現他留在鄉間的妻兒，早於一九四九年在其勤務兵護送下，登上了前往台灣的船艦。抵台後，楊妻以為丈夫已死，最後嫁予該位勤務兵。

近半個世紀後，韶華已逝的老妻與中年兒子在港與他重聚。一別經年，最後三人共處月餘。不多久，楊大爺過世了。蒼天悠悠，楊大爺窮了大半輩子惦念的親人，終於在其離世前，一圓訴盡衷曲的心願。命運多舛啊！

不管是否大爺，每個小區總是有些無所依靠的老兵，靜靜地過活。村裏居民日出而作，日入而息。做父母的操心小孩的教育；做夫妻的，除了為生計，也得努力經營婚姻。緊緊挨在一起的這一群，是平凡不過的老百姓，卻處處散發着濃厚的人情味，互相扶持着。一方受難，八方支援。

調景嶺，代表着一個族群，由上千上萬的人構成，每個人都有一個故事，集合上千上萬個故事，才成就了調景嶺。

本書收集了二十個調景嶺內外的人的故事，待我着手編輯時，得再花時間把一些細節、時間弄清。心中難免惶恐，畢竟那是一個時代的許多故事，很多記憶已隨時間變得模糊了。我只得與時間競賽，要搶在記憶盒子鎖上以前，完成它！好讓故事得以流傳。

# 01

# 調景嶺上月彎彎

## 舊一代嶺上人

### 陳國英

今年即將迎來九十一歲的國英，在江西讀中學時已在教會受洗，離開不曾善待自己的親戚家，直奔軍營與年輕軍官王勉之締結姻緣。國共內戰後，獨自攜男帶女到港尋夫，還在荒蕪的山嶺下與丈夫建立家園。扛起家計時，身兼數職仍全無怨言；不管遇上火災還是生病，她還是堅忍前行。

她遭遇磨難與考驗之多，讓人不忍，但她依舊樂觀豁達，以傳揚福音為己任。我們不能決定自己的出生，卻能選擇怎麼過自己的人生。生於舊時代的陳國英，活脫就是位新女性，以自由心志活出了精彩的一生。

### 王媽媽

王媽媽名叫欒素珍，祖藉遼寧本溪，如今九十七歲了。一直講家鄉話的她，直至七十歲時，終被嘲笑不懂粵語了。如果說她被人欺負，似乎有點小題大作，但確實是她離開調景嶺後的遭遇。城市人對長者的包容度，還是差了一些。

她是調景嶺一群不辭勞苦的媽媽們一個象徵。在那個需要開荒才能存活的年代，無數媽媽以女紅手作或是勞力換取工錢，以哺養她們的小孩，只求孩子能夠長大成人。如今，即將見證香江百年變遷的王媽媽，已看到了新生代的媽媽與孩子，不必再吃她們那一代的苦了。

## 王國儀伉儷

覓得愛情之後，有人渴望天長地久，有人只在乎曾經擁有。隨着時代轉變，能堅守一生一世的婚姻承諾者，變得越來越少，「天作之合」更如鳳毛麟角了。

上個世紀六十年代時，調景嶺的第二代逐漸成長，山下多了一群出雙入對的年輕愛侶。他們花樣年華，都是從貧窮中茁壯，懷着相同的夢想，以一致的價值觀開拓人生。今天，我們要說「調景嶺一哥」大飛與 Lily 的故事；對，是一個愛情故事。

## 顏君寶（一九二六—二〇一七）

學識淵博、交際亨通，並桃李滿天下的老師——顏君寶，祖藉廣西平樂，生於香港。少年在故鄉讀書，抗戰期間，毅然投筆從戎。國共內戰結束後回港，先後在筲箕灣培志小學、鯉魚門海濱學校和長沙灣佛教大雄中學擔任教職，長達三十八年。

顏君寶長期居於調景嶺姊妹村嶺南新村內，乃村民景仰的傳奇人物。顏老文采飛揚，酷愛書法與詩詞，別名「若狂齋主」，一生留存不少詩詞文章，並收錄在《若狂齋文集》內。位於鯉魚門的嶺南新村，同樣躲不過清拆的命運，與鯉魚門沿岸的村落一樣，紛紛遁入歷史。毋須唏噓，顏老的文集已為自己的人生留下註腳，更為歷史留痕！

# 巾幗英雄

◎汐爾　計超

今年農曆七夕乞巧節，國英屆滿九十歲了。美國曾經做過一個統計，花旗國的女士，一生大概搬家七次。屈指一算，國英大抵也差不多，但當中是經歷了離家千里冒死逃難、與丈夫失散、房子被祝融燒光、住了近半世紀的社區被清拆的遭遇。

乍聽之下，你會怎樣形容這些打擊與境況。顛沛流離？生死歷劫？苦難一生？這還不只，還有墮海險溺；光是癌症，就已經三度找上門來！

你可知道，即使歲月留痕，國英頂上換來一頭閃亮的銀髮，如今她依舊事事獨立自主、樂觀豁達。即使曾經窮得三餐不繼、風餐露宿，國英依然樂觀豁達。你問她何以活近百歲，竟能屹立不搖？只因她心懷感恩。

一九二八年七月初七，陳國英在湖北黃梅縣一個殷實家庭出生，其父為飽覽經書的私塾先生，母親則打理兩家小店。國英排行第五，上有三兄一姊，還有一弟一妹。民國初期，風氣漸開，出身小康之家的國英，八歲時寄養在江西吉安一位親戚家中。

豆蔻年華的國英

可是，寄人籬下的日子並不好過。這戶人家一開始沒有及時讓國英上學，反而要她每天從朝到晚，盡是幹活。清晨，國英要拿着自製的早點外出販賣，然後回家裏的菜園澆蔬種菜；下午，她還要上山砍柴，傍晚挑回柴火煮飯燒菜；晚間，還得前往街邊販賣水果。

這樣的過活，根本與丫環無異，卻造就了國英獨立而自主的性格。就是那些年，艱苦的生活讓她學得一手烹調的好手藝，學會了在鄉間的溪澗中徒手捕魚，她還自創了一招叫「力爭上游」的捕魚妙法。

她會先把魚群驅趕到上游，再將魚網放在下游，待魚群順流而下即自投羅網，隨手把網一收，即滿載而歸。有一回，她驚見網裏有一條黃鱔，卻誤以為是蛇，把自己嚇個半死。

國英唯一的大姊也住江西，就在太和省立的醫院做護士，國英偶爾會去探望大姊，更獲傳授一些護理知識。未料這一點知識，卻對國英未來的人生幫助甚大。

好不容易，國英終獲入學的機會，那是吉安一所教會學校，直到初中畢業。她受到中華聖公會聖約翰堂余謹瑞教士的牧養栽培，

國英與勉之結婚十年，
攜一雙子女拍照留念。

並開始接觸宗教信仰，就在十五歲時接受了聖約翰堂會何明華會督（Bishop Hall）的施洗，由此改變了國英一生的命運。

## 千里姻緣一線牽

儘管少小離家，還吃下不少幹粗活的苦，卻從沒改變過國英外向的個性，她總是笑面迎人。就在一個場合，她偶然邂逅了一名叫王勉之的青年軍官。待人接物瀟灑大方的國英，與英姿勃發的王勉之，互生好感。

王君老家在東北遼寧本溪，在東三省講武堂（軍校）第十期軍官訓練班畢業，是隸屬張學良麾下一名校官。抗戰時南征北戰，一度駐守在吉安，後又轉而駐守江西上高。

由於吉安的親戚不曾善待國英，促使年僅十六歲的她，帶着微薄盤纏離家出走，時值一九四四年。

國英出走先由吉安前往新余，再到分宜尋找王勉之的表兄，一路輾轉找到部隊駐守上高的營地。當時王勉之正好外出公幹，國英唯有住在王勉之好友家裏，一待將近三個月，直至王勉之歸隊。國英早已多番打聽，確定這名青年軍官確無妻室，同年就在分宜與他結下姻緣。

王勉之乃正團長級別軍官，遂由部隊師長擔任他們的證婚人。時值烽火年代，但仍有很多人參加了他們的婚禮。國英向另一位團長的太太借用了衣裳做新娘服，爾後他倆共處四十年之久。翌年，國英誕下長女王柱男，其後再添幼子王文正，成了一個圓滿的家庭。

新婚燕爾，二人先回國英娘家——湖北黃梅小住兩個月。國英母親知道女婿為東北大漢，喜歡喝酒，親自釀製五十斤黃酒招待。爾後，他倆才啟程返回東北老家。

當國英只得九歲的時候，日本正式對華發動戰爭，戰火首先在北方燃點；到她嫁作人婦時，抗日戰爭已近尾聲。只是在返回丈夫東北老家的路途上，國英目睹了許多人間慘劇。

戰亂中，海鹽奇缺，有些婦女為了走私圖利，不惜利用孩屍填塞海鹽，企圖蒙混上火車；在火車上，有小孩抵受不住火車的悶熱，為了吸一口新鮮空氣，趁其母不備，擅自開窗而不慎跌落窗外！凡此種種不幸，多年來國英一直難以忘懷。

抵達本溪時，正值抗戰勝利。國民政府為了安撫傷殘軍兵，給予王勉之擔任傷病軍人第二隊隊長的職務。可惜好景不常，國共內戰爆發，中共率先在東北地區展開大規模的「土改運動」。

王勉之是國民黨軍官，又具有濃厚的政治背景，是中共頭號打擊的對象。二人猶如揹着「政治原罪」，想要立足生存，只得告別鄉親，遠離家鄉，從老家開始展開一段逃難歷程。

逃亡時，一家慌不擇路。有次在度過小橋時，所有行李差點遺失；攀山越嶺時，家姑不慎與大家走失了，要命的是，他們同時又遇上一批歹徒強行搶奪財物。國英一家慶幸已走上山頂，免除財物盡失之痛，但走在後方的逃難者，衣物財帛，全被強盜搶奪一空。

國英一家逃難真正目的地是香港，他們期望避過鋒頭，他日可以回鄉安居樂業，未料這一逃，卻使他鄉變家鄉。

## 千里尋夫　異鄉落腳

形勢逼人，他們決定先往江西九江，暫時投靠國英大姊。甫抵九江，王勉之安頓好妻兒三人，迅即隻身前往南昌，再去廣州轉往深圳。趁羅湖海關尚未封閉，跟隨大批難民的腳步倉促抵港。

與絕大部分難民遭遇一樣，王勉之身無分文，舉目無親，不但身處語言不通的「異域」，每天都要面對食無定餐、居無定所、窮困潦倒的非人生活。王勉之抵港後不久就在摩星嶺停留，後來成為了第一批被遷進調景嶺的難民。這時他已經因為長期營養不良，而令全身上下浮腫。

國英在九江逗留時，有一天想去參加教會的祈禱會，不料有一位相熟鄰居暗中通知她，當局準備將她拘捕，囑她馬上離開！

按照解放初期中共制定的階級成分政策，王勉之是國軍軍官，共產黨稱其為「反動軍官」，屬於反革命分子，國英自然是反革命家屬。「非我族類，其心必異」，她自然成為鬥爭、關押、管制的目標。

國英急中生智，為了取得穿州過省的通行證，她急急走進地方公安派出所，佯稱其夫已被南昌公安部門拘捕，要求開具一張「路條」前往探望。取得路條後，國英帶着一雙兒女奔赴南昌，趁着局勢尚未安穩，再取道廣州轉去深圳。

趕到羅湖海關，經當地村民提點，國英將身上僅餘的二十元賄賂守橋人，才得以順利抵達「自由世界」。

母子三人抵港，已身無分文，沿路只靠善長仁翁施捨食物或金錢維生。國英記得，某日在飢寒交迫之際，途經街邊大牌檔，小孩嚷着要吃噴香的臘味飯，可巧婦難為無米炊，幸獲有心人及時接濟，才得以裹腹。種種苦難，她至今仍歷歷在目。

在港無處容身的國英，好不容易遇上同鄉，才知道不少抵港難民已入住俗稱「吊頸嶺」的調景嶺難民營。國英母子三人，得到同鄉資助，終於在一九五〇年七月抵達調景嶺。皇天不負有心人，千里尋夫，夫妻二人不禁悲喜交集。

喜的是全家團圓，大女五歲，小兒三歲；悲的是，王勉之身體患病，卻棲身在草棚，過着與蠻荒人無異的生活。

雖然團聚了，一家四口只能住在信義會附近臨時搭建的草棚中；獲得允許在小區居住的「難民證」，也擁有可辨別難民身份的調景嶺東北同鄉會會員證，但缺乏賴以生存的飯票。每天就靠隔夜麵包皮，或是撿拾菜皮充飢，全家一直過着飢寒交迫的生活。

## 那沒有看見就信的有福了

「耶和華是我的牧者，我必不致缺乏。」國英堅信神的愛，始終陪伴着她們一家。她自幼踏足教會，受浸歸主，是一個基督徒。當挪威信義會路恩德（Ms K. Noding）與其他西教士等，在調景嶺訪貧問苦傳誦福音時，前往國英一家的草棚探望。

路教士一眼看見他們逃難帶着的行李中，竟保存着一本殘舊的《聖經》，頓時眼眶泛紅。路教士曾在湖北傳道，得悉國英不但是湖北人，又是中華聖公會的教徒，於是推薦國英直接向香港聖公會何明華會督求助。

後來國英一家自教會獲得每月三十港元的資助，剛好夠買三張飯票，暫時解決了吃飯的問題。路教士目睹王勉之全身浮腫，無法動彈，於是邀請調景嶺大坪診所的葛瑞霖（Hanny Gronlund）和孫海倫（Helen D. Wilson）兩位西教士醫生前往會診。經過教會深切禱告，與打針吃藥，病情才得以轉危為安，恢復健康。

大部分遷入調景嶺的難民，都曾獲得教會或多或少無私的協助，當中獲得的幫忙簡直與救命無異，其後他們當中許多人都信主了。像國英那樣年輕時已受洗的，絕對是少數。所以，她就成為了調景嶺信義會的第一位教友。

教會委派國英擔任倉庫保管員，管理教會倉庫的食品與衣物。世界信義宗聯會香港服務處主任施同福牧師（Rev. Karl Stumpf）到調景嶺信義會視察時，國英亦參與接待。

調景嶺曾發生過幾次嚴重火災，國英的家未能倖免。

國英先後抵受兩次戰火——抗日戰爭和國共內戰的浩劫，逃難到港，最重要是生命保住了，一家也團聚了。不過，艱難的歲月也才開始給予國英各種各樣的考驗。

調景嶺早期的難民營，是由近千個以油紙、樹皮、草葉搭出的小棚，堆滿整個山坡而成的。草棚呈 A 字狀，進去就像爬入一個小洞穴，小棚一個挨着一個，成為了「家家戶戶」。當村民告別草棚的日子後，大家蓋起了木屋，當時港府將調景嶺列作寮屋區。

香江有一個齊集幾千名國軍與其家眷的營地，五六十年代政局混沌，好容易成為被攻擊的目標。只要一戶起火，必定戶戶受災。調景嶺的大火，動輒就是幾十甚至過百戶人口的家園盡毀。

誠然，木屋同樣易招祝融，不知發生了多少次大大小小的火災後，調景嶺才終於建成一個主要由石屋打造的社區。國英苦心經營的家，也被一場大火吞噬，鄰里的家園也變成一片焦土。

大火過後先安頓在一間簡陋的石屋，國英幸獲世界信義宗聯會世界服務處給予免息貸款，以此重建家園，地址是「調景嶺五區二保二甲一零七戶」，這回終於蓋了兩層的石屋樓房地址是八區三五九號。她說，「我們這戶『外省』家庭，在調景嶺這塊只得三平方公里『借來的地方』安家謀生，可謂『神蹟』」。

## 人人助我　我助人人

要在五六十年代的調景嶺謀生，的確相當困難。國英其中一位鄰居，是在信義小學擔任《聖經》老師的曹淑慧教士，她與國英一家非常熟悉。

路教士知道國英不僅是基督徒，也會彈鋼琴，為了協助國英解決基本的生活，於是向顧正榮牧師推薦，讓她成為信義小學幼稚園

國英擔任幼稚園老師

重建家園後，國英與家人在新居二樓合照。

的老師，每月領取薪金五港元。每天照顧一百多個小朋友，教導幼童頌唱聖詩與講解《聖經》故事。

至於王勉之，這名前任國軍軍官脾氣倔強，在村內根本難以覓得工作，惟有在自家門口開設忠仁商店，一家小本經營的零售店，令家裏上上下下的開銷勉強維持。

由於生活實在艱苦，為了幫補家計，國英不得不挑起經濟重擔，身兼數職。白天在難民義務學校暨幼稚園（即信義小學，後改稱慕德小學）任職，下課後還得洗衣服和炒菜煮飯，晚上挑燈刺繡。她甚至經常以「陳仲秋」為筆名，投稿到市區的報刊，以賺取微薄稿酬。

宗仁商店開設後，國英夜裏還會協助丈夫打理，即是從大清早一直忙到深夜。整個家計，她一肩挑，後來又自家提供寄宿服務，為村外貧苦家長擔起照顧他們子女住宿、上學與膳食的工作。

刺繡手工幾乎是調景嶺家家戶戶都會做的，教會更竭力協助居民多找一點生計，信義會工藝品加工場即曾接受大隆洋行委託交貨，後期居民還改做手工毛公仔、禮品盒子，甚至做長衫邊。當然，後期的手工費已經調高許多，一對長衫邊就有五十港元的工錢。

從路教士第一次踏進國英的草棚開始，教會就一直照料着她一家，除了聖公會在其經濟陷入困境時，雪中送炭，信義會還幫國英謀得教職。國英明白「施比受更為有福」，常與路教士、司務道教士（Ms Annie Skau）、那教士（Ms Dagny Nodland）和曹淑慧等翻山越嶺，向區內居民傳誦福音，對生活貧困者及時施予援手。

在其中一次探訪，她們發現有戶人家剛誕下一對孿生嬰兒，急缺食品，隨即定期提供奶粉和衣物，以解決他們的燃眉之急。這戶人家，後來也度過了艱難歲月，還在大街上開了一家百貨商店，出售文具、玩具、校服與日用品，一應俱全。這店在村內無人不識，

一邊抗癌，一邊苦讀，國英（左一）終於完成學業。

名叫「大昌」。

在亂世中，國英只能完成初中的學業，但路教士向教會推薦了國英與曹淑慧，於五十年代中期，由教會資助交通費與學費，前往信義聖經學院研讀神學課程。

就在這個時候，國英的身體出了毛病，經檢查後她得了血癌，已進入第三期，情況相當危急。當時，她的孩子不過八歲與十歲。除了服藥，她就憑藉信仰與教會教友的支持，闖過「第一關」。

康復後，生活還是照樣忙碌地過，一天只有二十四個小時，國英還能不辭勞苦地在晚間前往市區（當時神學院在九龍窩打老道真理樓）去上課。每四個月一學期，前後讀了八年！

整條進修之路還沒結束，國英在教會資助下，其後還在位於九龍上海街的東南書院進修。沒想到這時她的血癌復發，距離首次發病，前後只是四年。當時只有三十二歲的國英，還是依靠藥物來治療。

兩年後，她在東南書院社會教育系畢業，並考上註冊老師。自她獲得教職起算，手執教鞭歷時三十四載，直至一九八四年退休。

## 見證靈實醫院的誕生

每年秋天信義小學都會舉辦旅遊活動，帶領學生前往將軍澳一帶遊玩。五十年代初期，調景嶺的居民因長期營養不良，體力下降，致使肺癆橫行，港府對此亦束手無策。

一次，司務道教士與國英，以及學校師生等一同秋遊，途經調景嶺往北一點的元州時，司教士覺得此地環境幽美，空氣清新，實為肺病患者療養的好地方，於是興起建立肺病療養院的想法。

司教士隨即與在聯合國工作的弟弟聯繫，告知信義會正籌集資金在調景嶺元洲興建肺病療養院的計劃，其弟馬上寄來二十美元。就這樣集腋成裘下，國英目睹荒原上終於建成了療養院。

時間在一九五五年十月，靈實肺病療養院與護士學校同時正式開辦。初期建造了二十間病房，供肺病病人療養，同時為調景嶺七千幾名難民提供醫療及救濟工作。直至一九七三年起獲得港府資助。三年後，靈實肺病療養院正式更名為靈實醫院。

當時司教士還把藥品編排號碼，供實習護士參照以分發給住院病人。滿有愛心的司教士從不責備任何員工，即使他們偶爾犯錯，司教士就與他們一起在祈禱石邊跪下禱告，求神賜予聰明智慧，充滿信心做好本份工作。

最初物資缺乏，醫生與護士施藥時，都是提着一個籃子在病房走動；房間不足醫生就在石上診療。隨着靈實不斷壯大，嶺上許多難民的第二代，都入讀靈實的護士學校，成為了培養「白衣天使」的搖籃。

六十年代初期，國英在戴大衛牧師（Rev. D. G. M. Taylor）和那教士創辦的調景嶺學生輔助社（今已改為香港學生輔助會），擔任主日學老師，教授青少年學生《聖經》課程。多年來，國英一家在

一家四口在影樓留下合照

教會牧養下，信仰堅定，全家都在信義會參加主日崇拜和各種主日學，屬靈生命與時並進。

國英長女王柱男，就讀信義小學、慕德中學和神學院後，退休前一直擔任教會傳道人；幼子畢業於台灣師範大學，留校擔任音樂老師，如今全家祖輩三代都信主，成為神的兒女。

當初軍伍出身的王勉之，一直不想接觸教會，後在調景嶺宣道會高牧師牧養下，受洗歸主，於一九八四年安息主懷。

回想當初自本溪出走，半路與家姑失散，為了尋找家姑，國英與丈夫想方設法四出張貼尋人啟示，最終尋回家姑，安置在江西九江，沒有跟隨南逃。

不過，原來王勉之對此事一直銘記在心，對妻子極為感謝與讚賞，還留下「女中豪傑」書法一帖藏於枕下。直至王勉之逝世後，國英才發現這墨寶。

昔日的荒原，成為千千戶戶人家聚居的安樂窩，國英夫婦亦在調景嶺以克難的精神，茹苦含辛養大一對子女。不過，戰火、逃亡、火災與生病都只是國英人生的上半部劇目。下半部，同樣是目不暇給。

因為是早產兒，國英自幼體弱多病，不只患過天花、瘧疾，膽石與子宮外孕，但都似乎是微不足道。一九七五年時，血癌第三次來襲，癌細胞先後侵犯她的淋巴及乳房。

每次癌症來犯，除了家人陪伴，教友就是她的另一支柱。國英最感動的，就是當醫生、診斷她患上白血症後，教會牧師就圍着她禱告，身兼醫生的九龍諸聖堂牧師太太也參與會診。

她笑說，除了經醫生、護士打針吃藥，令身體康復之外，她在第二次病發時，就吃用醬油泡浸的大蒜。第三次再發作也能打敗癌症，「醬蒜功不可沒」！

劉民和牧師（左）曾邀請國英前往香港晨曦會傳講福音

國英傳道的足跡由香港走至中國內地的東北

雖然調景嶺年輕的一輩，大都學會了游泳，但國英始終只是一隻旱鴨子。事發在一九八四年暑假時，她準備前往位於中環，幼子文正任教的學校畢業典禮，就在調景嶺大坪碼頭候船時，她不慎失足墮海。

全然不會游泳的國英，一沉就落到海底，她奮力掙扎向上，抓住一根木頭後，方才化險為夷。她感到是神拯救了她。不論是癌腫，抑或遇溺，國英總是那樣的自信與樂觀。

國英退下杏壇時，不過五十六歲，所以就處於退而不休的狀態。她先在聖公會聖十架堂擔任了四年幹事，中間還實現了多年的心願，就是前往以色列遊覽聖地，並在亞伯拉罕墓前留下珍貴足跡；之後又轉往新界馬鞍山聖提多堂擔任幹事五年。

接下幹事工作之始，她應曹淑慧之子——劉民和牧師的邀請，每月三次前往香港晨曦會，向失足學員傳誦福音、主持早禱會和查經班。當中國內地實行改革開放後，國英亦首次重返黃梅老家，她把握時機上台講道作見證，述說神的大能，領人歸主。

國英是調景嶺第一代的難民，她是那個時代堅毅女性的表表者。在荒野中建立家園，看着四十多年的故舊社區消失。雖然她老了，住進了老人院，但每天起牀後，仍然堅持兩個小時讀經靈修，兩個小時做讚美操和彈鋼琴，生活無憂無慮，自得其樂。下午還會履行教會執事之責，回去教會處理瑣事，有時候就到老人中心做義工。她有充實的人生和豐盛的生活。

到底人生屢次歷險，她為那樁感受最深？原來是教育工作。她為自己教出了好幾位牧師，以及各種專業人才最感欣慰。這就是做老師的心情，這是「施」；我們人生路上都會遇到過好多位老師，大家應該牢記，彼此都曾「受」。

# 一封給母親的信

◎王文正

## 母親大人：

您好。時光荏苒，轉眼間您已度過九十誕辰了。感謝您為我，為我們這個家奉獻了一生，更感謝您告訴了我，甚麼是堅毅。母親啊，請繼續用身教豐富我的人生。

俗語有云「人生如戲，戲如人生」，在人生多變的舞台上，直到目前為止，母親您已足足演了九十載，是不可多得的資深演員了。作為兒子，您就是一直疼我，愛我，顧我，護我；可敬，可佩，可愛，世間難覓的好母親。

可您自己呢？我無時無刻記掛着您的身子。您是早產兒，自幼體弱多病，不僅患過天花、得過瘧疾；之後您還生了膽石，嘗過子宮外孕之苦。這些似乎只是皮肉之痛，足以致命的癌症如淋巴腺、乳房、白血病等，都一一找上門來。

我當然不只一次問上蒼，為甚麼是母親得此重病？而您卻從來不會向命運屈服，咬緊牙關，決心要與病魔一戰。

這又讓我想起，您說家裏曾被大火燒燬，一切化為烏有；您不懂游泳，卻曾墮海而命懸一線；打從九歲開始直至結婚生子，當中經歷了抗日戰爭與國共內戰的浩劫。母親啊，我為您的人生經歷，多少次感到悲傷與難過！

不過，我看到的卻是您樂觀豁達，就算是天塌下來當被蓋的達觀性格。您可知道，有多少人受到您的感染，從無助走向豁然開朗？噢！您是知道的，而且還一心一意地付出，就是因為您的豁達與樂於助人，無形中在鼓舞着其他人。所以，您一直是社區裏的開心果。

講到社區，我知道您無時無刻會想起住了半輩子的家，那個在和父親胼手胝足 —— 曾經舉目無人、一片荒野的調景嶺 —— 所建立的家園。是的，我亦是歷歷在目，那個讓我度過童年及成長的社區，同時讓我認識到自己的母親，原來是位女中豪傑。

您別笑，我是相當認真的。您大概不知道在自己的舞台上，是如何成功地演繹了這個角色的。

父親是一副軍人脾氣，倔強又不肯妥協，從北方走難逃到了香港，還要在物資缺乏的調景嶺謀生，談何容易？於是，您倆決定開家小店。慢慢地，我看到您無怨無悔地獨挑大樑，肩負着支持家庭的經濟重擔。

除了相夫教子，您還身兼數職。白天在信義小學幼稚園任教。回家後除了煮飯炒菜，還需夜裏挑燈刺繡，幫補家計。同一時間，還要協助打理小店。為了增加家庭收入，後來又照顧十幾位寄宿生。

所以，母親呀，我看到了您苦心經營着我們的家，幾十年來不只手執教鞭，還做了店家掌櫃、舍監。您不但一貫的雄心壯志、不畏強權，而且膽識過人；作為人妻人母，您忍辱負重、不屈不撓；對外處事果斷，而且能言善辯；您反應敏捷、眼觀四方、耳聽八方。

生活艱難，但您依然無畏無懼，時時刻刻都保持心胸開朗，見義勇為。母親啊，這樣的您在當今社會，不也是相當罕見的女中豪傑嗎？

自從離開了大陸，您已經以香港為家。母親的家鄉，今天看來不再是那麼的遙遠吧！湖北黃梅距香港就是八百七十二公里，然而舅舅與阿姨們都已先後離世。我知道有種感覺叫鄉愁，希望您偶爾想起就好，不必太掛念。

請您多些想起在信義小學幼稚園任教的三十四年，培育了多少英才。當中還不乏社會傑出人士，堪稱「桃李滿天下」啊，這是您人生最欣慰的事情。還有，您在退休後，還在教會做幹事九年之久，直至今天，您為傳揚福音而在老人中心擔任義工。媽媽，九十歲的義工，您猜猜全香港會有幾位呢？

外孫結婚，頂着一頭銀髮的國英舉家與親家大合照。

國英與長女柱男（左）以及外孫（後排右）和外曾孫（前排右一）的四代同堂合照。

以前在調景嶺，出入就是靠一雙腿在石梯爬上爬下。後來雖然住上大樓，行動已不如以往敏捷，您就以菜籃小車充當助行器。好多個年頭，您一直獨居斗室，獨立自主，其實我時常掛念着。每逢兒孫探您，您必定親自下廚，您所展示的一流廚藝，被我輩奉您為最傑出的大廚。

九十載的歲月，您所經歷的各種磨難，就在全能的上帝保守下，安然渡過。如今您兒孫滿堂，而且全都成為神的兒女，我們一家都在此祝願您長命百歲。

在人生舞台上，母親您一直屹立不倒，因為您深受廣大觀眾擁戴啊！您把每個角色都發揮得淋漓盡致，不但是位出色的演員，更是生命鬥士。母親啊，我敬您，愛您，請您務必保重。

兒

文正 敬上

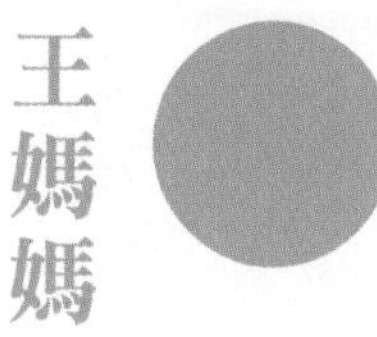

# 王媽媽

◎汐爾　劉義章

頂着密茂而摻雜着半灰半白短髮的王媽媽，個子短小，笑時瞇眼，是個和藹的老人。她說：「孫女叫我染髮，但我不想染了。」

說着字正腔圓，卻不帶半點地方腔音的國語，實在很難猜得出她的老家在那裏。為了逃避內亂戰火，她跟隨丈夫來港。七十年了，王媽媽一直只說自己家鄉的話。

九十七歲的王媽媽精神矍鑠

這正是住在調景嶺的「風景」之一，左鄰右里都自說自家的話，「雞同鴨講」卻不會有人抱怨。倒是王媽媽遷往市區以後，突然是城市裏的人怪她：「怎麼來港幾十年，不會講廣東話？」

這樣一批老移民，香港還剩多少？王媽媽只是一個縮影，調景嶺有許多。就像程媽媽、蔡媽媽、李媽媽、周媽媽、胡媽媽與尹媽媽……

這批媽媽大軍為了生存，為了養育孩子，有繡花的、有做飯的，甚至做苦力的。她們不辭勞苦，任勞任怨。調景嶺就像一棵參天大樹，每個媽媽挑好了樹椏後築巢，哺育她們的下一代，直至他們長大離巢。

王媽媽娘家姓欒，名素珍，一九二二年在遼寧本溪出生，即將迎來九十七歲了。「欒」這個字，王媽媽直指許多香港人，唸也不會唸。雖說是遼寧人，但她記得祖上輩，不全然是漢人，也許還有滿族或朝鮮族，現已無從考究。她的長外孫女蘊琪從小叫她姥姥，這正是中國北方人對外婆的稱謂。

素珍是家裏第一個孩子，下面還有兩個妹妹。一家人務農為生，父親名慶玉。冬天在日本人經營的煤礦工作，春天則耕田種地。

素珍前後只接受了一年半的教育，因為在上小學一年級時，家裏遇上土匪，全家只好逃到本溪城裏躲避。後來她父親患病，只得到村裏中醫診治，素珍十五歲時父親不幸病逝。

四年後，年方十九的素珍，在舅媽的姐姐介紹下，嫁予較自己年長六歲，住在僅一河之隔的鄰村青年王克勤。當時日本侵華戰火連天，北方吃緊，王克勤雖在國民政府任職，但生活艱苦。

其後即使日本戰敗了，華北似乎沒有感受到打勝仗的幸福，便隱隱跳進了另一場戰爭去——國共內戰。

王克勤在家排行第八，他的二哥是跟隨國民政府軍事委員會調

舊日拍攝的個人黑白照就是耐看

查統計局副局長戴笠的情報人員，堂四哥和堂九弟也是政府官員。家族這樣的背景，在政府軍節節敗退下，若不逃命，就只剩死路一條了。

素珍婚後先誕下了長子文治及長女鳳倩，逃亡南下前待在瀋陽，再誕下一對雙胞胎女嬰。惟戰事令三餐不繼的素珍，體弱而無法給女兒餵奶。當時已產下了一個男孩的堂嫂，雖曾給雙胞胎餵奶，但這雙女兒仍然不幸餓死。

王家逃難是一九四九年初從瀋陽出發，目標是逃離大陸，足足走了一年，才從北方到達香江。他們從瀋陽輾轉到達天津，一路南下到達江西南昌，再穿過湖南株州，直奔廣西柳州與南寧。

從株州前往柳州時，克勤、素珍夫婦與兩歲的長子文治共乘一部車；長女鳳倩就跟着克勤的堂四哥、堂九弟夫婦搭另一部車。抵達柳州後，堂兄弟的車輛壞了，大家惟有分道揚鑣，約定要設法前去香港。

素珍在走難的路上再度懷孕，與丈夫和長子從柳州去到南寧時，已經臨盤在即，二女鳳霞就在當地一家天主教醫院出生，時在一九五〇年一月中旬。休息幾天後立即從南寧搭船到香港。一家人幾乎用了一整年，才終於抵達香港。

走難的，只能走到那兒就睡在那兒。他們住過東華醫院，以布袋鋪墊就睡在地上，睡過醫院附近的一別亭，還有摩星嶺荒廢的英軍堡壘。山嶺上有幾千名與王家相似遭遇的難民聚居，風餐露宿，只能靠志願機構及慈善團體接濟。

王媽媽憶及摩星嶺的生活，只用了一個「慘」字來形容。就算有救濟飯送來，都已經發餿，根本不是人吃的！六月下旬，王爸爸與王媽媽就帶着長子與五個月大的次女，乘坐由香港政府安排的油麻地小輪，與大批難民一同遷入調景嶺。

踏上當時只是一片荒野的調景嶺時，王家就在海旁一片被居民稱為大坪的地方搭蓋的三角棚內棲身。告別顛沛流離，惟有向前望才能活下去。這批難民都是捨棄了老家田產，甚至高堂妻小而逃。每當入夜，居民的愁緒彷似凝固於空氣中。

嶺上一位文采出眾的才子文棣華曾寫《景嶺之夜》一詩：「秋盡南天玉露涼，星移物換倍悲傷，歌殘明月詩千首，吟斷寒潮淚萬行，荒山夜雨泣蕭娘，紅羊刧後滄桑事，無限悽愴憶故鄉。」這是草棚內居民的共同悲歌，亦道盡了各人的淒涼。

大約一年光景，王媽媽那滯留在廣東的長女鳳倩，與堂四哥、堂九弟夫婦都順利獲准到港，甚至身份最敏感的二哥，一家亦成功逃抵香港。這時候克勤與素珍，已分別在天主堂接受施洗，成為調景嶺第一、二批受洗的教友。每個主日，二人會分別參加第一、二堂的彌撒。

不久後，王媽媽一家就遷到山坡上，自己搭蓋了簡陋的木房子。當時哪有自來水？當然也沒有電，家家戶戶都想辦法打水，王家就從山上打水回家用。若干年以後，王爸爸找來朋友與鄰舍幫忙，把木屋拆掉，在原地蓋過一間石屋，門牌號碼是「調景嶺村第七區三十九號」。

調景嶺確是讓媽媽們築巢與養育孩子的好地方。王媽媽後來為家裏再多添四名孩子：二子文國、三女鳳儀、三子文安和么女鳳偉。除了么女在港島贊育醫院出世，前面三個孩子都在調景嶺四區的錫安堂留產所誕生，這是由瑞典宣教士戴瑞蘭所設立的。

所有早期在調景嶺落腳的人，都要想辦法謀生計。有人開店做小生意，或是到學校教書，甚至有人出賣勞力去搬石頭，以免「手停口停」。王家是二大七小的九口家庭，初期主要靠王爸爸糊糊火柴盒，以及王媽媽繡花為生，很多時候就一直做到深夜一兩點鐘。

繡花的產品多樣化，包括用作沙發上的鋪墊、餐桌上的桌布等等，每張成品的工錢分別是八元和五毛錢，還有針線包與其他針黹手作等。王媽媽說，那些手作活大都是五毛錢一個，工序繁多。當時一元已經能買到很多食物，勤快地做，一天可以賺到一塊幾毛的工錢。

不管你從前是帶兵打仗的，或是在富裕家庭長大的閨女，通通都要拿起針線學繡花，戴着針頂把針線扎進各種布品上。

有幾年時間，王爸爸夥拍一位友人從事貨物搬運工作。調景嶺的日用品、糧食都是從港島用船舶運來，再僱人將貨物從船上抬到每家商號。包括宏發商店、國民商店、大陸商店、建成商店、王家坡商店和錦星商店等。當時調景嶺有一戶叫「大生船」的，是從事駁運生意，這店的老闆王大權很會做生意，賺到的錢就在嶺上蓋了許多房子。

調景嶺第七區開始出現石建房子，王媽媽的家就在裏頭。

王克勤伉儷合照

後來，王爸爸到觀塘的紗廠工作，負責管理生產流程，一直做到香港工業和工廠北移。之後，他又到九龍紅磡生產牛仔褲的製衣廠做保安，直至退休。

王媽媽也待孩子們年紀稍長後外出工作。學生輔助社馬可之家就在王家隔壁，她替學生們做了兩年的飯。有一回，她凌晨三點已起牀，隨即前往馬可之家。一個早起溫習的學生遇見她，驚訝王媽媽怎麼會摸黑來上班？她才發現天還未亮。自此買了一個鬧鐘，再沒戴月披星的去上班了。

後來王媽媽去了調景嶺巴士站的一家小型鐵廠工作，那是高老丁把房子租給別人開的小廠。王媽媽主要是用縫紉機把網布縫好，然後把網布纏在經師傅打孔的鐵塊上。這一回，她待了三年。

王爸爸是東北同鄉會主要幹事之一。他為人熱心、樂於助人，同鄉家裏有紅白等事，都找他幫忙，可見其威望甚高。只是王爸爸晚年不幸患了支氣管癌，除了看西醫，二子文國隔天就帶他去元朗看中醫和服中藥。由於路途遙遠，每次往返需時，舟車勞頓，常覺疲累。約半年後，於一九八九年九月安息主懷。

調景嶺的居民，就在一九九六年先後根據政府的安置方案陸續遷出。王媽媽直到今日都在懷念舊居。「房子是自己蓋的，一磚一瓦都是。還有家裏種的花與香椿樹，可以自己摘下嫩葉子炒蛋與作菜呀！」算一算，住了四十五年的地方，是她待過最久的一處。

搬到將軍澳明德邨快二十三年了，東西南北都有認識的舊街坊，碰面時熱切地打招呼，總算是一點兒安慰。

從逃難起算，王媽媽離開老家已經半個世紀了，遷出調景嶺之後，她決定回去本溪老家看望妹妹。搭飛機，再換車，一路顛簸，卻難掩再見家人的期待與興奮的心情。她共回去本溪三次，與妹妹及姨甥共聚；其中一個妹妹嫁到吉林，她也特地前去探望。

四個女兒與王媽媽合照

王媽媽是調景嶺教友中最早接受洗禮者之一

見證香港百載變遷，點滴在心頭。

雖說往事如煙，王媽媽對眼前人還是有她的期待。她說，「以前的人好蠢，生育多。我的么女，只生了一個兒子就不生了！」

仔細算算，其實王媽媽一生懷有十一胎，健康成長的共三男四女。除了在瀋陽誕下的孿生女兒，由於遷進調景嶺後，早期的生活與醫療質素還不足，王媽媽先後還有兩個孩子夭折了。

子女成群，她卻一人獨居。她說，子女有在外國的，在港也有自己的家，也是沒法子。外孫女蘊琪自小就與姥姥親近，不但陪她回本溪，如今住得也近，經常陪伴在她身旁。

王媽媽行動自如，不必使用拐仗。每個星期都去望彌撒，祈求家人健康；偶然到老人中心走一走，與其他人互動一下。遇到煩惱或不快時，她就祈禱。

儘管早年生活顛沛流離，生活艱苦，但歲月在王媽媽留下的痕跡的確相當「仁慈」。蘊琪笑言，「姥姥有做護膚的，而且臉霜有冬夏之別，我自小已聽她怎麼教我，例如冬天時，要塗滋潤一些的。

還有，洗澡與洗頭用的，她一概都很講究。」

對那些年、那些事，王媽媽沒法子全部牢記；說到開懷之處，笑容就是那麼地簡單，似乎對所有事都覺得滿足。其實不盡然，她把這二十年社會上的轉變、城市的焦點話題等，通通都看在眼裏。

她說：「今日香港變得亂了，來了那麼多的人，有點亂七八糟。還有，那個大媽跳舞就算了，還敢收錢？」不過，她依然每週望彌撒，向天主祈求賜予香港平安。王媽媽從來不是過客，她在香港生活了六十八個年頭。這裏才是她的家。

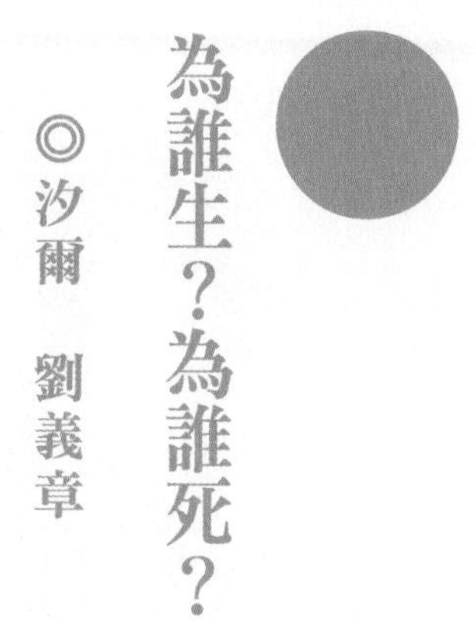

# 為誰生？為誰死？

◎汐爾　劉義章

如果人一生戀愛一次是幸福的，那麼，他們正正是那幸福的一對。

他們執着對方的手，已經邁入第五十四個年頭。他們會鬥嘴，會嘔氣，也會互相嘲笑；但同時也堅守誓約，心無旁騖，一直用心守護着對方和自己的家。直至天荒地老。

小時候，我們總是覺得上一代的時間齒輪，轉動得比我們這一代慢。人與人之間的情感，不論是愛情或是友情，宛如細水長流，讓時間慢慢梳理、沉澱；可以說一輩子的故事，可以感動天地，可以永誌難忘。總是那末地細膩。

國共內戰後，輸掉了江山的國軍遺民，最後落入調景嶺這個小山區棲身，亦為他們下一代建造成長的安樂窩。王國儀為了獲得免費教育機會而進入調景嶺；黃學媛是跟隨官拜少校的父親逃難，成為早期遷入調景嶺的難民。二人的命運自此交織，縈繞一生。

每個人都有自己的愛情故事，兩個人說着同一故事，是一種幸福。國儀認為，與妻子學媛的故事，放在六十年代調景嶺成家的一

為郎才女姿，非是雲邀雨期，這情蹤傍人怎知？

代，是典型的。就是相若的背景，一起成長，一塊兒讀書，然後相知，繼而認定對方就是自己尋覓的人生伴侶。

調景嶺有不少這樣的故事，至少在那一代是的。國儀與學媛身邊有許多同學都是一雙一對的。掀開一本又一本的黑白相片簿，我們看到了他們的青春，陽光燦爛的笑容，還有對感情的承諾。

一九六一年，國儀自台南寄給學媛一幀相片，背面寫着「為誰生？為誰死？」這張照片距今過了五十七年，在那個時候，就已經有答案了，他們還是用了超過半世紀的時間，告訴彼此。

在調景嶺一起生活了幾十年，村民都互相熟悉。鄰居之間打招呼不喊某先生或某太太，而是喚作「某爸爸」或「某媽媽」。

早年以前，很多居民喊王國儀作「大飛」，後來多數稱他「王 sir」或「王主任」。比較有趣的，是他那從未去過調景嶺的親家母，聽多了新聞報導之後，喊他「調景嶺一哥」。

黃學媛除了被喚作「王媽媽」之外，絕大部分人都尊稱她「師母」。居民很少叫她黃姑娘，因為她的護士工作都在市區，不是在村裏。國儀稱呼太太做 Lily，一叫就是半個世紀了。

## 河塘與闖關的歲月

五十年代調景嶺村民的背景相似，大家不是逃難來的，就是接近赤貧，夢寐以求的，就是獲得每日的溫飽。

一九三八年農曆二月初一生於澳門的國儀，祖籍山東昌邑。其父王鴻臣從事絲綢生意，少年離家，從山東飄洋過海，去過印度、日本，輾轉去了澳門。與徐志妍相識後，不久就結為夫婦，並在澳門定居下來，當時王鴻臣在澳葡政府警察部門任職。

二戰時日本與葡萄牙並非交戰國，澳門尚算太平，一家糧食足夠。抗戰勝利後，澳門發生了轟動一時的傅老榕之子綁架案，在交付贖金後人質獲釋。警方偵查時，發現警察部門和澳門「大天二」（即黑社會）涉及此案，王鴻臣的上司牽涉在內，其後更被遣送葡萄牙服刑。

時任探長的王鴻臣雖無涉案，卻被牽連解職。他決定去香港謀生，並在一家金舖覓得守衛一職。國儀與弟妹隨母，返廣東中山的母親娘家居住。沒多久就爆發國共內戰，鴻臣叮囑妻子務必將孩子帶往香港與他團聚。

一九五〇年初，志妍帶着孩子坐上三輛車去中山的石岐碼頭，準備先乘船去澳門。豈料國儀左腳後跟被單車輪子上的車軸夾着，一時血流如注，結果未能一起上船。他先用玉扣紙止血，隨即坐在腳踏車尾座趕回外婆家。到村口時，他把村民供奉石敢當旁的爐灰掩蓋着傷口，到翌晨終於止血了。

留在鄉間一段日子，國儀把腳傷養好，還在河塘學會了游泳。其後，他收到母親捎來「一定要在大陸關閘以前，到達澳門」的消息，而且要設法前往香港去。

他遵照母親的囑咐，把家中重要物品和藏在枕頭袋的首飾帶上。金飾就用布纏在腳上，看似包紮腳傷，還故意露出一點傷口。由於沒有離境通行證，國儀在關口耐心的等候。直到當天下午四點尾班車時，他緊隨着一位打扮斯文高貴的女士，順勢進入了澳門。

國儀一直走到舅父家，並住了下來。期間與同齡孩子玩擲銅板，那時候的銅板都擲地有聲，他只贏不輸；夜間就跑到黑沙灣「大笪地」的地攤玩。這樣待了半年，在去香港之前的兩個星期，他和同伴跑到關閘充當水貨客，幫人家攜帶香煙和白砂糖等，每一趟可賺五毛錢，為自己賺下零花錢。

那一年的聖誕節，國儀從澳門到了香港，終於結束了一年的浪蕩時光。他記得當時天氣很冷，父親在北角清華街任職民居護衛員。一位曾在澳門受父親恩惠的李先生，把車房闢出讓他們一家暫住。

鴻臣在港謀生相當不易，那時候生火用的是火水爐，每隔三天就用街上的水喉把水引進屋子去。國儀到港後入讀北角正心學校，做家課只能夠借助街燈的光線。後來，他從母親口中得悉，父親為了籌措他的學費，已把毛衣押給了當舖。

小學讀畢，國儀去了銅鑼灣布樂活道的壽山中學，因為學校給予他和其他從大陸來的清貧子弟豁免學費。國儀原名「國兒」，父親期許國儀猶如「國家的兒子」，忠勇雙全。中學二年級時，趁換兒童身份證之機，國儀把「兒」改為「儀」字。

回家後他告訴父親，國「儀」有國家儀表之意，而且二字的粵語讀音一樣，沒甚麼影響。父親聽罷亦不反對。

升讀高中前，國儀同窗好友余國忠之弟在調景嶺讀書，由於學費全免，國儀乃隨國忠到調景嶺去。他們報考天主教鳴遠中學高中部。當被問到報考哪一年級時，他們回答「高中二」。

就這樣跳了一級，二人順利入學，還與一位楊同學在學校附近的望月橋，合租了一個房間居住。

國儀（左二）梳着飛機頭在鳴遠中學門前拍下了相片

## 六百里路奔香江

一九四一年冬季，學媛在江西出生。她是母親曹雪梅離開了湖南醴陵的老家，追隨夫婿黃文揚在行軍路上誕生的。文揚十幾歲時參軍，黃埔軍校第七期畢業，接受軍訓時勤奮讀書，從排長晉升為連長、營長，正當要升至團長時，卻發生了國共內戰。

文揚是在國軍打敗日本後回鄉結婚的。當時他已晉升至軍官，主要任務就是帶領部下剿匪。學媛是雪梅與文揚的第一個孩子。

學媛記得幼時，曾隨父親部隊出行，父親會把她放在其駿馬之上；她亦記得鄉間瑣事，其一是最愛把綠色大尖椒放在廚房灶間，烤熟後用手掰開來吃。還有，就是在冬天時穿上外公替她做的棉褲，非常溫暖。惟時局動盪，學媛八歲的時候，山河變色，戰火再燃，她的童年一瞬間就結束了。

當時父親在外，曹雪梅帶着兩名幼弟隨夫征戰，沒料連吃敗仗，邊戰邊退到了汕頭，部隊正準備分批隨軍艦撤退至台灣。

雪梅一直惦念着學媛與兩個還在湖南老家，正由外家照料着的小孩。她掛念孩子，不斷哭泣，直至要開船了，仍然不允上船。文揚最後決定幾口子一同回去湖南。回鄉後，他甚至買下一些田地，準備在鄉間落地生根。

當時共產黨的「土改運動」已經開始，文揚與雪梅目睹把田地賣給他們的地主，被鬥至死。新任地主的文揚，又豈能倖免？一遭檢舉，他立即被抓去坐牢，幸獲鄉親周旋才獲得假釋。文揚連夜帶着全家逃往江西，在一棟四合院租了一個房子住下來。

他們擺了煎薄餅、賣雞蛋的小攤子為生，以作掩飾。不過，很快就有共產黨的幹部來找文揚。學媛去攤子找父親，看着他們進了屋子，談了許久，學媛在屋外一直忐忑不安。這一談，文揚確定大難臨頭，必須再次逃亡，而且一定要離開大陸。

隔天他就趕去派出所辦通行證，這才發現全家的戶口資料，已被昨天前來談話的人抽走了。剛巧該幹部當天沒上班，文揚借故大發雷霆，直斥當值人員辦事不力，要求立即辦理通行證。值班者不知就裏，在文揚的氣勢下，匆匆為他們辦下了所需的證件。

文揚立即帶着妻子和五個孩子離開江西。翌日，七人已在前往廣州的路上，然後轉赴深圳，帶着妻子和兒子走過深圳河上的橋，前往香港。雖然妻子因通行證上姓名不符，不得出境，但因為不捨被遺在鄉間的孩子，而放棄赴台的雪梅，很快也偷渡到了香港。

他們一家，在已先行抵港的文揚弟弟黃勵協助下，在青山道租了板間房住下來。就是這樣，國儀與學媛都分別在一九五〇年到達香江。半年後，學媛才舉家遷入調景嶺第三區。

遷入之初，父母在信義中學（即慕德中學前身）附近，一片偌大的地段蓋了間簡陋的房子。文揚因為自尊心重，對日薪三元的工作不屑一顧，雪梅遂把女紅刺繡手作接回家做，文揚情願擔起了所有的家務。他很有創意，從山溝引水挖地蓋了個游泳池，深度足有小孩人身的高度；又在屋外栽種白菜、玉米、辣椒等。

由於他們一家並非在一九五〇年六月二十六日至二十八日，一連三天乘坐港府安排的渡輪到達調景嶺，即非從摩星嶺隨大隊難民入營的，所以沒有獲發飯票。

那個時候在大坪蓋有間大棚屋，難民從棚屋窗口以飯票領取飯食；十人一組，一組人能獲分發一個用圓桶盛載的米飯，大家整齊地排隊領取飯食。廚房以方形器皿端出米飯，每次倒進圓桶時，四角的飯粒必定溢出。學媛經常徘徊棚屋窗口，就是為了撿拾那些溢出的米飯。

她又會等待廚房員工清洗飯桶時，一顆一顆或是一把的撿起那

學媛（右一）與雙親及七個弟妹攝於新屋園子裏

些被水沖刷出來的飯粒。當時學媛四弟明智剛出生，因缺乏足夠奶粉予以餵哺。父母把學媛撿拾回來的米飯粒煮粥，或是曬乾後磨粉，煮成糊仔餵哺明智。

那個年代村民穿的，都是所謂的「救濟衣」，即全部均由教會派發救濟的衣裳，包括冬天禦寒的厚大衣，為時三年之久。就是那三年，學媛家裏沒有被褥可蓋，睡覺就蓋上厚大衣。她與大妹子寧平，跟着雙親學習做手工藝品，有首飾盒子、針線包等。

她倆和母親一邊繡花，一邊聆聽父親——一個手拿針線的陸軍前任上校講故事。父親記憶力很好，幾乎是按着章節口述《三國演義》、《聊齋誌異》等予孩子知道。故事精彩，也增添了繡花的樂趣。

入營以後，學媛新添了兩弟一妹，連同父母親，一家十口。就是他們領取教會分發的麵粉和白米時，剛好一組十人的份額，重一百磅。這是抵港之後，生活最為艱苦和困難的時期。

全家上下咬緊牙關的過，就在學媛十五歲以前，一場颱風把家裏整片屋頂給吹走了。父母遂把一點積蓄，在山下天寶茶樓附近，建了一間有三進的房子。房子圍了前後院，進門是大廳，二進有兩間房子，父母親住一間，學媛與妹妹們住一間，弟弟們則睡在閣樓。後進也有兩間屋房子，租給一個家庭。

童年奔波，又幫忙照顧家裏，那時候的學校有不少都是超齡學生，學媛亦屬其一。當時她在信義小學讀五、六年級，勤力讀書。學校採取複式班授課，即三年級和四年級學生各半。學媛與幾位女同學讀至六年班時，穿上藍色的旗袍返學，校長讚許「真漂亮」！

## 金風玉露一相逢

五十年代美國著名演員占士甸梳着帶領潮流的髮型，國儀也梳着這一把「飛機頭」進入調景嶺。在村裏人看來，確是潮到不行，加上他身材魁梧，村裏同齡學子看見直指「呢個大飛頭⋯⋯」自此，「大飛」之名不脛而走。

這樣外表出格的少年，只進入調景嶺一個月就已經「打」出名堂了。當時國儀代表鳴遠中學男子籃球隊，對手是調景嶺中學，雙方雖不同校，但彼此認得。不知誰看誰不順眼，比賽開始不久，兩邊已經大打出手。打球變打架，同輩焉有不識之理？

當年美國歸主籃球隊來香港作表演賽，並順道到調景嶺比賽以娛樂居民。國儀與同學齊集在大坪，等待甄選作為調景嶺籃球隊的代表。

忽然傳來他室友楊同學在沙灣遇溺的消息。他與同學立即跳進海裏拚命往沙灣方向游去，當他們到達時，鳴遠中學舍監老師張修士已為楊同學施行人工呼吸，但不幸未能救活。

翌日楊父來到學校，他身穿長衫步入教室，並對大家設法搶救其子致謝。楊父為新界某小學校長，也是從大陸逃難來港的。可是，中國籍校長李若石神父說：「我曾叮囑學生，不准去游泳的。」這不是意味着楊同學遇溺，乃咎由自取麼？

國儀覺得李神父對楊父的說話太不近人情，同學余國忠亦不滿班導師處事不公，遂和夏基聖、蕭敏球等商量轉校。那個時候，調景嶺的轉校風氣普遍，他們就決定全部轉往信義中學升讀高中三年班。

五十年代的調景嶺，打籃球與踢足球是男孩子最主要的課外活動。男孩們打完球後必然瞎鬧嬉笑一番，通常都會聚在同學李連燦家，因他家裏空間夠大，同學都把他的家戲稱「牛棚」。

大家坐在一塊談天說地，講得最多的話題當然是女同學。一天，大家要輪流說出最想追求的對象。國儀是一眾男孩的頭目，自然是最後一個才說。但他除了知道班上幾個女同學的名字之外，其他的一概不識。國儀乾脆跟李連燦抬槓，故意放話：「李連燦追誰，我就追誰！」

當時李連燦心儀的對象正是學媛，國儀就在高中三年班時想盡辦法讓她認得自己。追女孩子的方法有很多，但國儀用了個很蹩腳的法子，就是老遠喊學媛不怎麼好聽的外號。國儀本來就很招人注目，學媛這下子肯定就認得了他。

國儀在調景嶺讀書和生活可謂苦樂參半。學校師資參差，有些很有學問，有些教得古板。他自己偶然會吸收，讀書完全無壓力。同學都是苦學生，卻也勤奮向學。

為了賺取學費，升讀高三那年的暑假，碰巧學校天主堂要修建修女宿舍。田金鎰老師發動學生「勤工儉學」，當貨船聖家號把建築

早年在鄉間學會游泳的國儀（右），到調景嶺讀書後經常與海為伴。

學媛（左一）是村裏成長的第二代中一名渡海泳健將

關關雎鳩，在河之洲。窈窕淑女，君子好逑。

材料像泥沙、大麻石等運抵調景嶺後，學生就負責搬到建築工地。每擔一塊麻石，有六毛錢工資。國儀第三天即可一次擔起四塊人稱「石牛」的麻石。

領到工資後，他就坐小輪航安號到筲箕灣警署附近的李家園，為自己買了一套衣服——斜紋褲子和襯衣。

高中畢業後，國儀參加了香港八大私立專上院校舉行的升台入學聯考，一舉考上了國立成功大學的英語系。第一次坐輪船到基隆，國儀暈船吐了三天，吐得連站立的力氣都沒有。可從那回以後，不管在海上遇到多大的風浪，他再也不暈船了。

由於家境清貧，國儀入學後要設法省錢和賺錢。首先他請寢室室友幫忙，選他擔任伙食委員，這樣就可以免繳伙食費；或是課餘打桌球賺些零用錢。他小時候與同伴射彈珠、擲銅板都考驗目光；長大後，憑着精準的眼界與精湛技術，在校外與人打賭桌球，還真的贏了點錢。

自從進入調景嶺做寄讀生起，國儀在家裏已經沒有牀位，所以放暑假回港，會在調景嶺或鯉魚門的朋友家中暫住。

國儀讀大學時，記起要抬槓李連燦追女孩之事，居然寫信將此事告訴學媛。信件是寄到學校，但教務主任可能已經把信拆開細閱了，才再把信件交給學媛，還叮囑她「切勿回信」！學媛閱後不僅回信，還囑咐國儀日後寫信，一律寄到區公所去，以免再次驚動校方。

在這個被群山環抱下的小村莊，少男少女的活動非常純情，都是靠寫字條或信件「傳情」。學媛氣質出眾，由初中起就不斷收到男孩子們的紙仔和信函。王國儀只是其中一個捎來信的男孩。不同的是，她回信了。

其實這款魚雁傳情，不過是一個學期一封，一個學年才兩、三封信。直到國儀唸完大學二年班，在暑假回港時，趁着信義中學校隊對台灣同學隊的籃球比賽後，跑去找正讀高中一年班的學媛看電影。

彼此，終於有了第一次正式約會。他們去的，是位於銅鑼灣的京華戲院；他們看的是林黛主演的《江山美人》。

一對小戀人各自奮鬥。國儀自忖自己的學習基礎不好，小學與中學不僅停學又復學，甚至跳班，到了大學就格外的吃力，學分一點也不好拿。

為了要對得起父母與鄉親父老，他必須考試合格，並順利拿到畢業證書，國儀整個大三學年是徹底地苦讀了。白天上課，晚上就熬夜溫習，日復一日，週末就瘋狂補眠。為了專心學業，頂上青絲剃個清光，甚至連大學校門也「不踏出一步」！

同一學年，學媛已讀畢高一，考上了靈實肺病療養院護士學校，作為護校第九屆學生。這一讀就是兩年，畢業後到聖母醫院工作，與另外兩個護校同學兼同事，合租一個房間，每個月每人負擔三十元。一年後國儀亦學成返港。

這時候，她家裏早已出現了上門提親的人。提親者眾，都被學媛的

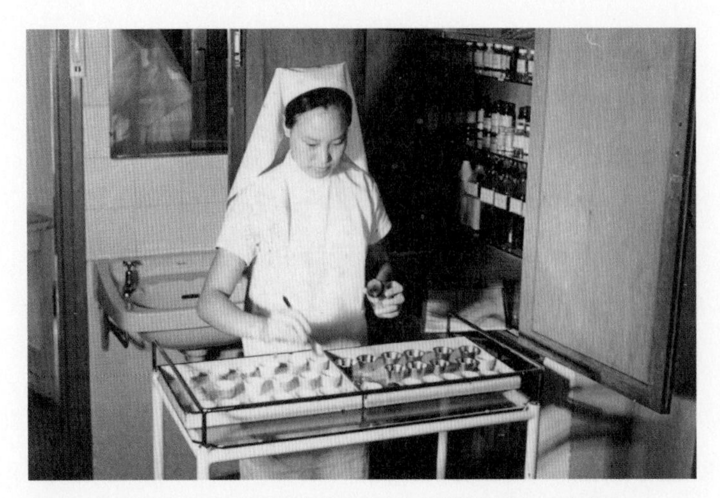

學護時期的學媛，頭上戴着靈實傳統用大方巾摺成修女頭巾的帽子。

父母拒絕了。黃爸爸與黃媽媽知道學媛已有一位大學畢業的男朋友了。

沒有臉書，沒有智能手機的年代，是個美好的年代。等待，簡直就是一種藝術。國儀與學媛的約會地點，包括在天星碼頭碰面，結果一個在中環等，另一個在尖沙咀等。當然，當天大家都沒看見對方。直到今天，他倆說到這事兒仍然笑得開懷。

在仍然保守的社會風氣下拍拖，尤其是在調景嶺，國儀與學媛都是一個前後腳步行，盡量避免招人話柄。不過，學媛身邊的一班手帕交與女同學，對「大飛哥」的印象不太好，不只碎碎唸，甚至力勸學媛「千萬」別嫁他！

不過，學媛遇到國儀，就知道是他。猶如金風玉露一相逢，便勝卻人間無數。一九六五年夏天，二人經過六年交往，在長輩祝福下共諧連理。

學媛生下兩個女兒後暫別職場，閒時帶着小孩前往元洲遊玩。

## 春風化雨　桃李滿門

國儀大學畢業後回港，投身杏壇。最初在九龍英文書院任教。他笑言自己或是最早期的鐘點補習老師之一。經人介紹，聖保祿女校一名女學生找他補習，由於成績出眾，讓身邊的同學相當羡慕。一時推介者眾，他就在課餘替中四的學生補習英文，最擅長圈畫考試範圍。

後來轉往筲箕灣遠東書院教書。書院校長黎嘉潮博士對國儀信任有加，除教學之外，亦協助處理大小校務。

新婚之初，二人短暫居於北角，學媛懷孕後，遷至佐敦道鴻運大廈，以每月三百元分租一個單位。這時學媛已轉往明愛醫院任職。第一個女兒妙玲誕生後，就交由調景嶺的祿母照顧，直至第二個女孩妙芝出生了，該如何妥善照料小孩？成為這對小夫妻面臨最重要的問題。

最後，二人決定一家四口重返調景嶺生活，在第八區以每月七十港元租下一間石屋。同一時間，國儀已在遠東書院待了三年，經成功大學同學王沛儀介紹，轉職到調景嶺中學為專任教師。學媛辭職，全力照顧家庭，由國儀一人撐起家計。

時為一九六九年，國儀開始在嶺中執教，直至一九七七年止。手執教鞭前後十三年，當中有八年是在調景嶺中學任教，主力教授英語，學生都喊他「王 sir」。國儀教出一大批學生，從事各行各業。他從不評價自己做教書先生的表現，直指自己「只是盡力做好當老師的本分」。

七十年代的調景嶺已經沒有那麼清貧艱苦，但當時做老師的，猶如半個家長。尤其是那些家在市區，卻在調景嶺寄宿的學生，師生之間互動非常密切。

國儀的教學方法活潑，比較年輕、沒架子，很容易與學生打成一片。他體格健碩，一對濃眉大眼與直挺的鼻子，如此出眾的外貌與個性，深受學生歡迎。他還會在課餘帶着學生打球、日間釣魚、晚上抓蟹，學生們真的樂透了。

他的一位學生，如今在元朗執業的牙醫鄭志強曾經說過，「王老師做我中一班主任時，他的風采直讓我們把他視為偶像，相當崇拜他」。其實國儀離開遠東書院後，他的學生專程從港島搭船去調景嶺探望他，還帶着當時價格不菲的電動刮鬍刀作禮物。可見他深受學生愛戴。

在國儀心目中，學生沒有好壞之分，只有「會讀書與不會讀書，乖巧與頑皮的」。當時慕德中學沒有預科，一些村民子弟畢業後無所事事，四處遊蕩，就被國儀抓去嶺中唸中六，結果大部分都考上台灣各所大學。畢業後各有所成，有些還為人師表。

另外有些本性純良，卻無心向學者，年紀輕輕已輟學；有些是為了幫補家計，有些則缺乏人生目標。眼看這些學生前路茫茫，已當上訓導主任的國儀，就聯絡台灣救總掌管香港事務，並且相當關

王 sir 與學生在嶺中合照，瞥見七十年代的服飾。

港九各界救濟調景嶺難民委員會駐營服務處是調景嶺與台灣溝通的重要橋樑

心學生動向的第四組組長湯振熹。

國儀認為，這些學生的基礎較弱，進不了大學，希望台灣五年制的專科學院可以破例錄取，令這些年輕子弟能學得一技之長。最後在救總努力下，教育部門同意由嶺中推薦的學生入讀。於是，這個「特事特辦」的方式，讓部分學子得以赴台入讀體育與商科的專業學院。

另外，嶺中還組織了赴台的職業訓練班，包括汽車維修、中文打字等，令到村內的青年都有機會去台灣充實自己。

這些最後都能完成學業的子弟，人生篇章從此改寫，多年來與國儀保持聯絡。有學生曾經公開表達對國儀的感謝，直指「如果沒有王 sir，就沒有今天的我」。

國儀積極為學生鋪排升學之路，赴台讀書與學習的風氣鼎盛，讓嶺中踏入全盛時期，全校學生達到八百多人。他說，做了訓導主任才有職權向台灣有關部門爭取，更重要是湯組長真誠關心調景嶺的學生，是玉成調景嶺子弟得以負笈的功臣。

惟一九七七年時，國儀遭人抹黑，被指「認識黑社會人士」。救總為此將國儀調職至調景嶺服務處擔任總幹事。這一職場鬥爭，導致國儀黯然離開嶺中。這幕人事變動引起村民高度關注，但國儀閉口不語。結果通向台灣求學的管道打回原形，嶺中的榮景亦一去不復返了。

國儀對調職不服，索性「不幹」！本來就對水電木工有些心得的他，跑去跟着大舅做裝修工程，幾個月之後，接下了逸仙英文書院的教職。

在這家學店，國儀被內定接任教務主任之職，但書院位處荃灣，每天往返調景嶺不但長途跋涉，加上私立學校的遠景與穩定性都差一些。所以，當救總再次徵召，並許以調景嶺服務處主任之職時，國儀就辭去教職，從此放下教鞭，投身社區。

## 夫唱婦隨　重投職場

學媛辭職後，在家裏帶着老大與老二。兩年後，與國儀看中了第七區三十四號的房子，希望作為安樂窩，房子售價六千港元。夫婦的積蓄只有二千元，學媛遂向母親借了二千元；同時，以二千元作為照顧大妹子初生嬰兒宇正的酬勞。就這樣，二人夠錢買下了房子。

搬往新居前，某天學媛發現宇正的肚皮脹硬，氣息不對勁，她立即抱起嬰兒直奔海邊的醫務所。一路上對着宇正的小嘴做人工呼吸，一邊觀察小孩的膚色，整整十分鐘的路程，宇正在到達醫務所前一分鐘才回復自主呼吸，小臉逐漸紅潤。至今想起，學媛依然緊張不已，「因為懂得急救，才把宇正的小命救回來了」。

新屋座落在慕德中學下方，座山向海，左右兩邊由環山抱擁。照料全家的閒時，學媛跟母親所學的女紅，全部大派用場。除了做衣服、織毛衣，也接了一些手工回家做，是在布面繡上大小不一的珠子或彩線，構成百花爭艷或雀鳥爭鳴的全圖，刺繡技巧遠比做針線包高得多。

在新居住下半年，學媛把宇正送回家，她的第三個漂亮女娃——佩珊也出生了；三年後再誕下老四佩詩。自此，國儀與學媛擁有四位千金。

上世紀五六十年代，香港的護士大部分是由醫院培訓出來的。學生在中學選讀理科者，進入護校就有資格接受三年訓練，畢業後成為註冊護士；選讀文科者，只能修讀兩年，成為登記護士。

學媛把老四生下來之前，已決定重返職場。她說，在靈實護校畢業後就立即登記入職，結果在聖母醫院的內外科做了幾年。因為婚後要照料小孩，在家裏待了七年，直至好友告知基督教路德會社會服務處有空缺，她就再次入職。這一回，是擔任學童護理組護士。

護理組由五位登記護士負責路德會主辦的中小學學童作健康教育和健康檢查，學媛負責路德會協同中學、天主教鳴遠中學，一所智障中小學校和牛頭角的路德會聖馬太小學，為學生們進行視覺、聽覺和口腔牙齒檢查，並作相應跟進。

鳴遠中學就在調景嶺，學媛對學生提供一般護理常識外，亦在校推廣健康教育活動。其中一次，她向校方建議舉行舊曲新詞歌舞比賽，連學校也沒把握同學們是否會響應，沒料到高班同學踴躍參與，以熱情回報學媛，讓她非常高興。

學媛會提醒女同學切勿節食減肥，因為發育時期應注重吸收營養。她以自己家老二妙芝「每餐都能吃三碗飯」為例，叮囑大家每一頓飯應吃飽。學媛連老二的名字都掀開來，同學聽後立即笑得人仰馬翻！

重返職場時，老四還在襁褓中，所以學媛請了一位嬷嬷幫忙照料家裏。前後幾位嬷嬷幫忙了六年多，直至老大主動提出願意分擔更多家務，家裏無須額外僱人照顧，才停止聘用家傭。

就算以往做全職家庭主婦時，國儀有空時都會幫忙做菜。他對食物的味道有一定要求，要色香味濃。國儀母親曾對孫女們說，「根據你們爸爸出生的時辰測算，他的命格就是長在『皇帝口』，一世嘗盡美食口不停呀」！

自從撤去家傭後，一家六口的晚飯就成為大事。國儀會每天開車接學媛下班，然後在觀塘買菜，回家後一個小時之內，必定安排三菜一湯上桌，有時候還會有冷盤小菜，一家人坐在一起吃晚飯。

學媛一向要求小孩不偏食，在飯桌上女孩們不敢挑明，但國儀對每個女兒愛吃與不吃甚麼，通通瞭若指掌。學媛偶有投訴，國儀做好晚飯，廚房就落得猶如戰後的下場。他就回話「要快，當然顧不了那麼多」！

飯後是歡樂時光，一邊吃水果，一邊說說笑話。有時國儀會邀請學媛在客廳跳一隻華爾滋，未待其瞪眼已接口說「這是家庭教育」。此外，家中女兒升上小五以後，都必須入廚房協助飯後清潔，分擔家務。不過她們對怎麼把鮮蹦活跳的黃鱔、螃蟹做成一道菜，更感興趣。

夫婦二人要教養四個女孩，並非易事。國儀本性外向活潑，逗小孩如玩魔術，自是慈父；學媛是家中司令，自是嚴母。此外，夫婦從不在小孩面前說三道四，家裏沒有任何「八卦」；給小孩的身教就是凡事應以積極的態度應對。他們打從一開始就建構出一個永遠有「溫暖」的家。

## 創辦海華　投身社區

國儀接手服務處的工作時為一九七九年，後隨即在雙十節帶團返台參加慶祝活動。機緣巧合下，他與僑務委員會官員交流時，落實了在港延攬優秀青年到台灣參加「救國團」講座班的構思。

這是每年兩次，在聖誕及復活節期間赴台，參與由「救國團」負責提供的領袖訓練活動，旨在培訓一些青年領導人才。對象為學生、教師與各階層的文化人士。這些活動包括了帶動唱、教授組織活動的能力等。

就是這樣，國儀一手創立了海華青年服務中心（其後併入海華服務基金），並擔任總幹事。同年十二月中旬，第一屆海華回國研集團立馬成行。同時，海華又成立了義工團，舉行長跑活動、清潔香港沙灘等，週末又舉辦青年育樂營，積極參與香港的公益及青少年發展活動。

國儀的執行力與動員能力，可能是在嶺中教書時累積下來的。到了海華，又將之推向另一個層次。這些經驗，他都運用在日後的工作上去。

一九八二年，香港舉行第一屆區議會選舉，全港共劃分十八個地方分區，調景嶺是西貢區的其中一個小區，有一個議席。救總認為，調景嶺應該積極參與地方事務，希望國儀以調景嶺難民營服務處主任的身份，參與這次選舉。

由於這是香港政府推行的第一次代議政制的區議會選舉，國儀擔憂當局會對候選人做政治審查，遂與好友嶺中附小訓導主任范之豪商議，請他護航，一同報名參加了這次選舉。

國儀在區內的人氣甚高，除了獲得一班德高望重的老村民力撐，還有昔日的同窗與學生，甚至是多年的街坊都大力支持，大家很珍惜首次由港府下放的投票權。於是，以往在通向大坪大街的標語，不只是「毋忘在莒」或「還我河山」，還增添了介紹候選人的橫額了。

其實，選舉氣氛並不激烈，兩位候選人本來就是相熟要好的朋友，但大家仍然非常期待投票日，畢竟是調景嶺，也是村民平生的第一次投票。更奇妙的，是這次投票令一向有「異域」之稱的調景嶺，一夜間與港九各地融合一體了。

結果當日的投票率高達百分之九十七，不但是全港各選區之冠，投票率之高還揚威海外！這個紀錄，不但令此後區議會之投票率難望其項背，也說明了調景嶺村民的團結氣勢極為驚人。

國儀高票當選，這一結果雖屬意料之內，但調景嶺終於有子弟兵當上議員，大家非常高興，畢竟以後民意可以登上議會了。身兼服務處主任與區議員二職，國儀的工作開始變得更多樣化了。

這次區議會選舉，各區都有不少正氣的青年才俊當選了民意代表。國儀更藉着海華青年服務中心，為台港兩地的交流不斷牽線。

翌年中英進行了談判，有關香港前途問題終於搬上枱面了。整個八十年代，調景嶺能否在回歸後依然保留，似乎是村民心中最最大的問號了。區議會還不到討論這個政治問題的層次，但地方發展的確會觸動這條神經。

一九八四年，國儀與學媛的長女考上台灣東吳大學法律系，第一個孩子終於要離家上大學了。夫婦的計劃是要四個孩子都去台灣，至少把大學唸完。將來要留在台灣或是回來香港，甚至去其他地方，由孩子們自己決定。

第一及第二屆區議會的任期都是四年，國儀在第二屆連任成功時，次女也負笈赴台；學媛則被調離已服務了十二年的學童護理組，轉職至何文田包美達社區中心轄下的成人日間展能中心，為弱智人士提供護理服務與分擔行政工作。

八十年代困擾香港的其中一個問題，就是大量滯港的越南船民該如何安置。一九八九年，港府在西貢萬宜水庫附近設立接收越南船民的收容中心，引起地方居民恐慌與抗議。

剛好國儀正帶領着一班青年在西貢入營，於是配合另一名議員的抗議行動，加入聲援。其後警方清場，沒料到其中一名執勤的機動部隊警員是調景嶺子弟。國儀被抬離現場前，警員說了聲「抱歉，王 sir」！

隨着國儀在西貢區紮根工作越來越深入，區議會已漸漸踏入第三屆，時為一九九〇年。政府將議員任期縮短至三年，調景嶺選區的版圖亦因為將軍澳社區的不斷發展而擴大了。國儀接觸選民的腳步已擴至康盛花園、翠林邨與寶林邨一帶的社區。

這次選舉，是八九民運之後的投票活動，令香港的選舉氣氛變得比以往熾熱。尋求連任時，國儀遇上將軍澳區居民的挑戰。由於佈局較早，居民遷入將軍澳居生活所遇到的問題，國儀都馬上接手處理，很快就累積了大批支持者。加上有調景嶺這個「大票倉」做

郝柏村於九十年代初期以國民黨副主席的身份探訪調景嶺。國儀（左二）負責接待。

因為攸關村民福祉，所以反清拆的請願與抗議活動在九十年代初一浪接一浪。

後盾，連任的得票率超過百分之六十七。

這時候，長女已大學畢業，幼女正讀高中。國儀在邁向第三個任期路上，終於遇到了調景嶺的清拆問題。

## 誣蔑分化　笑看風雲

調景嶺經過四十年的發展，平房區終究會累積很多公共衛生的問題。一九九二年初，在西貢區議會一次會議上，列席的環境規劃地政司官員被議員質詢時，證實了政府計劃在短期內清拆調景嶺。

事件立即引起調景嶺居民的強烈反彈，因為政府曾在一九六一年承諾居民可以「無限期」居留，如今要把調景嶺納入將軍澳的發展，等於摧毀了所有調景嶺人的家園！

居民隨即成立調景嶺居民反逼遷保權益委員會，由國儀擔任主席，而得高望重的父老陳寶善做副主席。同年，調景嶺居民先後前往行政局、立法局及房屋署請願及抗議；年底時又前往港督府請願。國儀對此事記憶猶新。

他說，那天有接近四百名居民參加。大家先在皇后像廣場集合，然後遊行至港督府提交請願信，回程走到滙豐銀行總行時，居民全部躺在德輔道中的電車路軌上！

由於正值下班尖峰時間，所有車輛幾乎動彈不得，附近交通嚴重擠塞。當晚居民開會時，覺得事件不太妥當，畢竟對在中環上班的市民造成了不便，決定翌日登報向全港市民道歉，表明調景嶺居民只為理性爭取權益的立場。遊行抗議結束後還登報道歉，這大概是香港的頭一遭。

港府原定於一九九四年清拆調景嶺，而居民的反逼遷行動，只令拆遷延宕兩年。拆村一事，猶如巨輪碾壓，在與政府商討的過程中，有人趁機分化，亦有人對賠償方案或拆村決定，感到不滿。

這等涉及全村數千人的家園大事，豈能不容置喙？總是有難聽的、抹黑的說話傳到國儀耳中，甚至有人跑去廉政公署告王國儀，理由是「他收了房署的好處」。

正當與港府談判賠償條件如火如荼之際，區議會的改選已悄然而至，國儀決定不再參選。因為不只整個選區丕變，更重要的是新版圖內已有一名十分稱職的議員，自己可以退下火線，全力應付與政府的談判工作。兩年後，他接任港九救委會主任秘書之職。

調景嶺不能過度到九七回歸，乃村民無力改變的命運，但每家每戶都得到政府的安置與賠償。由於絕大部分居民同意搬遷，所以遷出行動順暢，國儀與學媛選擇遷往港島東熹苑，一九九六年四月初某日清早，搬運工人就把第七區三十四號屋內物品抬走。

國儀接手救委會的工作後，當時最主要是要應付大陸新娘赴台之事。這些大陸新娘赴台「依親」定居，由她們在台灣的丈夫辦理入台證件，經由香港中華旅行社分發。救委會安排接待自大陸搭火車或飛機抵港的大陸新娘，包括在港食宿、赴台機票等。

調景嶺服務處因為清拆而走進歷史，救委會亦在二〇〇六年中結束了四十多年的歷史任務。國儀六十七歲時全面退休，卸任中國文化協會主任與中山圖書館館長之職。

回顧走進社區的二十幾年工作，國儀收到的求助不計其數。早年，村民經常走進他的家或辦公室；傳呼機、手機或家裏電話響過不停；他從不輕易在過年時帶着孩子在村裏走動，以免居民破費封紅包。

他說，幫助居民本來就是他的工作，「我助人無求，與人沒有利益衝突，也沒利害關係，我只是在做事」。

二十幾年前被指收到好處，廉署找國儀談過兩次，此後沒再找他；四十年前的誣衊，害他辭掉教職一事，誣陷者病危前捎來信函。是道歉？悔疚？「不知道，沒看過。我沒有把信拆開。有必要看嗎？」國儀從不覺得需為這等事解釋甚麼。

有那麼多的人，就那麼多事。以前要接濟眾多自大陸偷渡來港者，不論是投誠，抑或為爭取自由，這些人有些去了外國，有些在港重過新生；助人千里尋父，或是為了一家團聚；還有孤獨病逝者，無人殮葬；村內子弟誤入歧途，父母央求救助……

這些人和事，回想當年的情景，有些驚險萬分，有些要苦口婆心，還有些讓人痛心，當中也有令人窩心的。當年要絞盡腦汁，滿腔熱忱才能辦到；許多事情，國儀必須帶頭，領着追隨者往前走！如今看來，不過就像風與雲，可以泰然處之。

## 我欲與君相知　長命無絕衰

學媛重投職場至六十歲時退休，離開工作了二十七年的基督教路德會社會服務處。由於體魄與精神俱佳，她一度前往安老院做兼職護士。市場對此求才若渴，許多護理院或安老院都只求有護士駐院，不求護士做滿工時。不久，全城陷入沙士恐慌，學媛的兼職只做了幾個月即「全退」。

這二十七年當中，過半時間由國儀管接管送。還住在調景嶺的時候，每天下班買菜回家，從屋子到山上停車處往返的山路上，幾乎是有影皆雙。

國儀退休後，與學媛報名學習中文打字，很快就開設臉書帳戶。有段時間，國儀是開心農場的忠實玩家。二人還經常旅行，其中一趟去了澳洲，那是聯同另外六個中學同學在西澳的自由行，並在當地探望已經移民的舊同學。二人把同學屋外的李子採了一大堆，還把李子釀了酒。

離開工作了二十七年的基督教路德會社會服務處時，同事為學媛（結領巾者）慶祝榮休。

國儀（右二）從前帶着女兒在調景嶺垂釣，女兒與女婿們後來陪他往南海釣魚。

二人在英國劍橋享受康河撐篙的浪漫，重溫沉澱着彩虹似的夢。

他們的足跡還包括俄羅斯、東西歐、日本和英國。兩年前還組團一行十六人到台北自由行，享受悠閒而充實的生活。

學媛不只是國儀的好伴侶，某程度上，也算是國儀的粉絲。問她：當初國儀被調離學校，卻拒絕新職要做臨時工，你會憂慮嗎？「不會」。國儀要選議員，意味將來會更忙碌……「我支持的」。

過去十年，國儀固定參加宣道會的主日崇拜，又在教會活動小組分享日常生活的小知識。包括教導長者教友使用智能手機、即時通訊工具，以及分析社會時事，很有「王 sir」重現的味道。學媛說，「大家喜歡聽他講，而他就是很會講，生動又活潑」。

青春與時光，都是無聲無息地在每個人身上走過，留下的積累成為了歲月。他們在自己最美麗的時候相遇，情定終生，然後歲月為他們留下痕跡，成就一個又一個的故事。這些故事都被兒孫們哄着要聽，他們亦一段一段的說着。

學媛感謝母親放棄去台灣的機會，冒死回鄉把她和弟妹帶到香港，否則不會有以後的故事。早期調景嶺的生活是克難的，「大飛哥」從石岐闖關起，直至進入調景嶺求學，半生時間以此為家。

大半生在調景嶺度過，國儀感念着許許多多的村民、學生與同事，一路以來的全力支持與鼓勵，這是他義無反顧地投入社區工作的一大動力。他說：「這個地方讓我建立了家庭，養育了我的四個女兒。你說，那有多重要呢?!」更重要的，自是與愛妻的相遇。

這時候，我把一幀舊照反過來，看見「為誰生，為誰死？」的留字。問學媛可曾記得？學媛說「不記得」；我問國儀，他道「記得，我寫的」。學媛笑着說：「你才不是會寫這些話的人啊！」可她的眼睛泛出了亮光。若有情話綿綿，也只得學媛會知。

我彷彿站在茅湖山上，再度尋找第七區三十四號那幢白色的小屋子。彼時想起樂府一首：「上邪，我欲與君相知，長命無絕衰。山無陵，江水為竭。冬雷震震，夏雨雪，天地合，乃敢與君絕。」

# 嶺南新村之「寶」

◎計超　毛桂花

鯉魚門除了有三家村，老一輩的居民或許還記得有媽山村、馬背村、嶺南新村。如今村落已沒，只剩下口誦相傳的往事。我們來說說嶺南新村之寶——顏君寶。

港英政府在五十年代將聚集在港島摩星嶺近七千名持有飯票的難民，先後用六艘油麻地小輪，送往與鯉魚門僅一山之隔的調景嶺。那時調景嶺乃窮山惡水的不毛之地，無水無電無路無屋，唯一的陸路，就是用一個半至兩個小時的腳程，翻山越嶺走到鯉魚門。

當時調景嶺有些廣東籍難民，不但會講粵語，甚至有親友散居於港九新界，故不甘受困於全無謀生機遇的調景嶺。於是夥同其他同鄉轉址，他們先在鯉魚門覓得靠山面海之地，再開山建屋。前後建造了三十多間屋子，住進了三十多戶人家。

他們為了家庭生計，自此在市區從事各行各業，同時亦解決了子女的教育問題。調景嶺早期連一塊磚頭都沒有，但鯉魚門已有一所海濱學校。這小村瞬間落成，以其為「調景嶺南面新建成的村落」，故名為「嶺南新村」。許多人一直以為嶺南新村的「嶺南」二

嶺南新村牌坊上的墨寶出自顏老師之手

字，代表廣東嶺南，純屬猜測或誤傳。

早在一九五二年九月七日，港九地區曾聚集百多名黑社會人士，手持金屬製攻擊性武器，意圖上山前往調景嶺破壞搗亂，幸得嶺南新村村民及時提供情報，調景嶺山頂警衛流動崗哨獲悉後，由警衛大隊及時派出二百餘人增援，迅速予以驅趕，才避免了一場嚴重的流血事件。

嶺南新村獨處一隅，倚山面海，景色宜人，中間有一大片耕地，毗鄰則為鯉魚門居民的宗族墓地。村內山坡右側有一條天然溪流，村民除了挑水梯耕和飼養牲畜外，又在清溪上游修築一個小作坊，以發豆芽和製作豆製品謀生，其下游更設有一間漂藤廠，充分地利用其地理環境。

沒想到小村落建成後，鯉魚門的人口急增至一千五百多人。「外地人」落腳只為謀生，常與本地人發生衝突，當時水警輪每天需來回鯉魚門、調景嶺和坑口三地作例行巡邏，由於三地均無警署，警察為調解各種糾紛而疲於奔命。

新村建成後，村民就在村前一條長十多米、闊三米多的拱橋中間，建造了一座五米高的大牌坊。牌坊中央橫匾刻有「嶺南新村」四個大字，牌坊兩旁方柱分別嵌上了一副隸書字體的對聯，均出自海濱學校老師顏君寶手筆。

上聯寫着「嶺上難胞艱苦耕耘皆自力」，下聯寫着「南中壯士忍辱偷生暫從權」。顏君寶以一個「嶺」字，道出了二村同源、自強不息的精神。嶺南新村居民本來就是從調景嶺遷來的，加上政治背景相同，兩村村民互有往來，關係非常密切。

經過多年之後，幾乎無人記得牌坊乃出自顏君寶手筆。但這位到了九十歲時仍記憶力超強、聲音洪亮的老人家，還能有條不紊地闡述一生的陳年往事，堪稱是嶺南新村的傳奇人物。

顏君寶於一九二六年一月初在香港出生，祖籍廣西平樂，乃鄰近廣西東部和廣東西部一個已被撤銷的行政區。年少時在平樂家鄉讀小學，直至肄業於廣西大學先修班（相當於大學預科），行將結業時獲分發入大學。

抗戰時期，他響應當局「一寸山河一寸血，十萬青年十萬軍」的號召，棄筆從戎，毅然參軍抗日，直至抗戰勝利。一九四六年寄居羊城，翌年修滿廣西大學農學院森林系四年級學分。隨着山河變色，顏君寶於一九四九年回港，定居於鯉魚門。

憑藉在港親友眾多的人際脈絡，以及精明能幹的特質，顏君寶很快就進入香港教育界。他首先在友人於筲箕灣籌辦的培志小學任教，其後轉職至瑪利諾中學。一九六一年至一九六三年在鯉魚門海濱學校擔任教職。

六十年代中期，他考進羅富國師範學院的在職教師講習班中學

海濱學校於一九四六年成立，是鯉魚門子弟重要的學堂。

從學校沙地運動場可見維港對岸樓房稀疏

海濱學校五六年級的學生代表傳遞火炬。此乃顏老師引入的「薪火相傳」儀式。相片攝於一九七一年。

組，接受兩年師範教育。此後曾任職九龍長沙灣天主教善導小學下午班；一九六九年起在長沙灣佛教大雄中學執教，直至一九八六年退休。從一九四八年伊始，顏君寶獻身杏壇三十八年，作育英才無數。

他自執教鞭以來，自忖為國育才，任重道遠，曾贈好友五律一首：「教育強邦國，培才任在肩；安貧衿見肘，樂道志傳賢。意決山堪動，心堅海可填。執鞭弘國粹，仰首笑青天。」可見顏君寶對擔任教師的心志是如此堅定，自我期許相當高。

由於他治學嚴謹，管教有方，頑皮的學生無不懼之，稱其為「顏老虎」！這位能寫一手絕妙工整毛筆字，兼具山水國畫功底的教師還有一別號為「若狂齋主」。他熱愛國學，學識淵博，而且文采出眾，一生留下不少詩詞文章。

他在大雄中學教書的日子最長，曾在學校三十週年校慶時，以「大雄」二字題賀：「大智旋宇宙，雄力轉乾坤。」此外，校長、同事與學生，或是榮休，或是結婚，都會收到他的賀文或撰聯。

「兒孫滿堂」是顏老師晚年幸福生活的寫照

顏老師與家人在林村許願樹旁留影

**78歲前教師膺模範父親**

【本報訊】「最緊要順其自然。」聲稱管教學生較自己子女更為嚴厲的七十八歲退休教師顏君寶（小圖）將三子五女撫養成人，看到他們有所成就，其中二女更承繼衣鉢擔任教師，這位好爸爸面帶笑容，謙遜地說，「唔覺得好，只不過盡我責任啫。」

重光後，顏君寶回到香港任職文史教師，一做四十年直至一九八六年才正式退休。他說對子女只求及格，相反對學生的要求非常嚴格。他以身教為子女樹立榜樣，勉勵自己，所以對子女管教所付出並不太多。

**培養子女量入為出**

今年獲得基督教主恩服務社頒發「模範父親」榮譽的包括顏君寶、何帝、楊柏榮及王約翰牧師。顏坦言，身為一家支柱，男主外，女主內，一個人要養大八名子女並非易事。尤其子女就讀中學至大學一段日子，家庭經濟最為緊絀。他表示，自小就要培養子女量入為出的理財概念，直至升上大學後，他只會一筆過給子女一年的花費，如何運用隨他們自行分配。

報章報導顏老師以七十八歲高齡膺選「模範父親」

感情豐富，懷着一夥「文學的心」的顏君寶，對身邊人物、大自然的時序變化，甚至社會氛圍，均能一一入詩。他的詩淺白易讀，意境清澈，其中一首是他在歲末除夕寫下的兩句，「月落星沉迎麗白，雲散雨霽展青天」。迎來新歲的希望躍然紙上。

雖然顏君寶返港後就住在鯉魚門，亦只是租住民居。由於他經常穿梭港九、新界和調景嶺一帶，以致被當局視為政治人物，不時被香港警隊政治部長期秘密跟蹤。不過當局一直沒有實質證據，當然是不了了之。

他在五十年代初與李玉珍女士結婚，婚後共養育八名子女，全部皆接受高等教育，培養成才，如今服務於港九社福等各界。即使當上祖父了，他仍不厭其煩地教導孫女，語重心長地囑咐孫輩用功求學，挺起胸膛，昂首直前，「做一個堂堂正正、頂天立地的中國人」。

為人豁達，一生交遊廣濶的顏君寶，曾受聘為香港童軍區域總監，離開學校以後還擔任過香港《中正日報》社長。此外，又曾出任黃埔軍校同學會、香港退伍軍人協會與香港中山學會等組織的副理事長或理事等職，生活多姿多彩。

晚年時他入住香港仔的老人院，雖以輪椅代步，但仍經常往返海濱學校看望學生，或是出席已由學校改建成的鯉魚門創意館的書畫展覽。二〇一七年十月二十日，顏君寶走完他的一生，享壽九十三歲。

嶺南新村與調景嶺村一樣，不能過度至香港回歸。嶺南新村三十多戶人家，一律被安置到鄰近的油塘邨。

今天嶺南新村遺址已了無痕跡，遺址前倒是建造了「嶺南新村公廁」，真是造化弄人。正如顏君寶所言，「南中壯士忍辱偷生暫從權」。一切，就交給歷史吧！

# 02

# 白雲景色夢魂牽

## 中生代嶺上人

### 盧志煌

本書唯一一位兩度移民的人物。首次移民是被動的，跟隨父母自上海遷往香港，並住進了調景嶺；第二次是為了兩個兒子有更美好的前途，並可擴闊視野，而遠赴大蘋果生活。

志煌在調景嶺的生活純樸無憂，心願是成為白衣天使，恰巧靈實護校就在家附近，等到十八足歲時報考，終於一償所願。她的兩個兒子在港完成中學課程後學後，隨她與夫婿移民。我們在她身上，看到了近百年來中國的一個小家庭，三代人是如何展開「他鄉的故事」。

### 劉宏章

生於貧窮家庭，父母在自己只有四歲之稚齡離婚，宏章自小就被剝奪向爸媽撒嬌的權利。破碎的小心靈於成長路上缺乏自信，渾噩的日子容易過，讓他從街童步向邊緣青年，終日與損友為伍。經兄長苦心婆心勸導，決定重返校園，經歷二出二進才艱苦地完成中學學業。

有感生命可貴，宏章痛改前非，經過苦讀後獲得社工文憑，從「邊青」蛻變為北斗星。社工生涯三十載，助人過程亦嘗盡五味。調景嶺所過的苦日子與工作接觸的黑暗面，他視為促使生命更精進的歷練。就在踏入耳順之年被確診患上前列腺癌，決定把原來要在內地投身社會服務的計劃，調整成協助癌友的復康工程，矢志為人生跑出彩虹路。

## 王懿芳

作者筆下的調景嶺，景色迷人，四季俱美。除了景緻，她還看到人性的美，尤其是一群婦女彼此扶持與關懷的情操。作為家裏六姊弟中，得到父母最多寵愛的女兒，我們沒有看到被慣壞的女子；反而瞥見帶着四個子女初抵紐約，即受久別重聚的丈夫以暴力對待時，化身為勇敢護幼的母親。

我們無法預見人生路上的好與壞，卻可選擇用甚麼態度去面對。作者獲得深造的機會，即以身教告訴子女要各自奮鬥，用堅韌的精神對抗病魔，她告訴大家：調景嶺的女兒是不屈不撓的。

## 王達明

一個備受寵愛，個性驕傲又生不逢時的主角王達明，在國民黨敗退台灣後，舉家逃難到了香港，入住一片荒蕪的調景嶺。

在殷切期待赴台接受教育時，被命運之神第一次嘲弄；苦讀拚下香港聯合書院畢業證書了，政府要他再到葛量洪教育學院進修兩年，才能在官立學校任職；憑着天賦與努力，他獲得意大利音樂學院提供全額獎學金前往意國深造之良機，卻因一家老小待哺而忍痛放棄。

命運之神的第二次嘲弄，是讓他遇見了人生中完美的女人。已是六子之父的男人，無法忘記自己是被安排了一場婚姻，於是刮起的一場家庭風暴，留下了即使窮一生時間也無法癒合的傷口。

## 毛桂花

調景嶺的燒餅，是村民其中一樣重要的集體回憶。軍人出身的毛爸爸，不拿槍枝改繡花、改做燒餅，養活了一家。如今，在香港已難以吃得到這樣的燒餅了，桂花卻依舊記得整個工序。

在調景嶺成長的一代，大抵都是「人窮志不窮」，因為沒有比上一代過的更苦了。但桂花還多了一份豁達與自在。甚麼是得？甚麼是失？熱愛旅行的她，去的地方越多，走的越遠，心中的世界更寬闊。

### 張詠琴

一輩子住的地方就是香港與瑞士。前半部在調景嶺生活與成長，帶着從小在體格與生活上的鍛鍊，遠赴瑞士展開新生活。調景嶺老家的點點滴滴，就成為她人生下半部思鄉時得以回味的溫馨片段。

兒時在海邊摸蜆、全家苦思對付小偷的良策、父親勤奮工作的身影，以至暑期時爬山打工，與妹妹攜手抵擋強風返家的往事，在兒孫眼中是生活的「苦」，詠琴卻因這些歷練而堅毅自強。旅居瑞士三十八年，她不但把兒女養育成才，更從沒忘記自己的「根」。

### 劉義章

一個家徒四壁的孩子，因調景嶺提供免費教育的機會而得以上學。從幼稚園、小學直至中學畢業，十一年半都無需繳交任何學雜費用，課本更是由學校免費提供。故事的主人翁喜歡上學，視學校為大家庭；調景嶺於他，是學習待人接物和處事的「大課堂」。

在嶺上、嶺外恩師們的循循善誘與鼓勵下，他考上大學，並出國深造。在回顧這段青蔥歲月的生活時，深感自己沉浸在親情、鄰里和師友情誼中。飲水思源，最是難忘故里恩情。為此他要感謝上主鴻恩。

### 計超

從上海來到香港與父親相依為命的小男孩，驟然失怙，幸獲教士安排入住學生輔助社，從此改變一生。幼時所學或沒學過的，到了調景嶺生活後就是天翻覆地的變化。他一邊苦於應付集矛盾衝突於一身的文化衝擊，一邊要避開同學的欺凌，然而在宿舍牧師引導下成為虔誠的基督徒。

計超是典型的嶺外人，在調景嶺只度過了一段青少年的時光，卻對社區情根深種，終其一生。

### 葉柏強

作為九龍魔鬼山半島鯉魚門村第四代的原居民，柏強帶領我們輕輕的走了一趟歷史之旅，湮滅的過往總是令人唏噓。這位調景嶺外的芳鄰，年少時吃過惡人村的苦，當時調景嶺的「排外」緣由，是為了「自保」。時過境遷以後，這條村莊呈現的友善，令作者有了新的體會。

純粹基於對研究歷史的熱愛，主角意外地搭出了一道讓人們得以回溯過往的橋樑，通往舊日記憶的路上去。這不是善行麼？

# 我的白衣天使路

◎盧志煌

香港回歸以後，我們將內地來港住居者喚作「新移民」。那麼，我該是舊移民了。第一次移民，我住進了調景嶺，旅程是一千二百多公里；第二次移民，舉家遷往「大蘋果」，距離香港接近一萬三千公里。

與大部分調景嶺老街坊一樣，一旦話說當年，就像在翻一本沒完沒了的故事書。一個接一個的說着。

我出生於上海，五歲時舉家申請移民到香港。父母祖籍廣東中山，父親在上海的大公司擔任部門主管，在滬上生活時結識了母親。二人相知相戀，繼而結婚，當時他們在十里洋場、人盡皆知的金門飯店辦喜宴。用今天的話來說：潮！

兄姊和我，相繼在上海出生，一道與父母移居香江。經父親一位朋友的介紹，我們一家就搬進了調景嶺，時約一九五七年。當初我們住在半山上，不久就在信義小學旁，以一千港元買下一間石屋。那時候，我們年紀小，弟弟還沒有出生，一家五口也沒有覺得擁擠。

每逢週日，哥哥姐姐和我都會去信義會做兒童主日學，聽《聖經》故事、背金句和唱詩歌。當時主持的牧師是來自挪威的鄭錫

志煌（中排右二）讀小二時，與同學們為學校做聖誕表演。

安。他是我平生第一次見到的藍眼睛、高鼻子，但會說中國話的外國人，覺得很不可思議！

雖然居住在調景嶺難民營，但我家既非難民，也不是軍眷，正是身份上丁點的差異，就讓我鬧出了笑話。那個時候難民都有飯票，小孩子有奶票，每人帶着一張證件、一個大口盅、一個勺子，就可以到基督教兒童福利會吃午飯。

我家哪來的奶票？自己就是十分羨慕其他小朋友，可以一起到福利會吃飯。我哭着問媽媽：「為甚麼我沒有？」

母親只好出錢讓鄰居的姐姐將證件借我。那位姐姐很是高興，因為她天天在吃「大鑊飯」，沒啥味道，有了幾個小錢，簡直是喜出望外。於是我就高高興興地拎着大口盅和勺子，吃了嚮往已久的「救濟飯」！

那時候爸爸在觀塘上班，媽媽在家照顧我們，閒時織毛衣給我們穿。媽媽空閒時，偶然會帶我們坐小輪到港島看電影，包括一九六三年上映的著名音樂電影《仙樂飄飄處處聞》，我們也看了。

不久，小弟出生了。鄰居介紹媽媽到宣道小學教幼稚園。順理成章，我家四個小孩就在那兒完成小學。我還記得當時的校長是王澤生牧師。

今天還會有人知道三月二十九日是青年節嗎？這是紀念黃花崗七十二烈士起義的日子。以前調景嶺每年都在大坪操場舉行紀念活動，所有學校的學生都會參加，並會嘉許當年選出的模範學生。

某年，我當選為模範兒童。我走到台上領獎，獎品是一本很大、很重的中英文字典，還有一盒中華牌鉛筆。這對一個只是小學二年級的學生來說，是莫大的鼓勵。

調景嶺的山是山，海是海，村內寧靜，生活純樸而清苦。我成長的年代，同輩幾乎都在村內的幾所學校接受教育，除了在學校，大家隨時就在大街上、球場上、海邊，甚至自家屋子的隔壁遇到。不僅是同窗，也是鄰里，這種情誼可以一直延續好幾十年。

不過，那真是一個艱苦的年代，有些同學中學還未畢業，已經要出外謀生或是做學徒。每個家庭有着不同的故事，當年的抉擇，也就影響着我們的一生。

小時候我也想過將來要做甚麼，左思右想，要做「白衣天使」就成為我最大的願望，好讓病者得到醫治與安慰。中四學期完結，我已迫不及待和兩位好友，結伴到元洲靈實醫院報讀護士學校。

當時我還不足十八歲，沒有達到招生標準，只好回校多唸一年書，翌年再去。倒是第一次同行的兩位閨蜜，已即時考上護校，她們因此成為了我的「師姐」。

靈實醫院早年的護士生制服漂亮又別緻。外面是一件背心大白裙，裏面穿着灰白條子相間的襯裙，左上方有個小口袋。再配白絲襪、白護士鞋，頭上戴着一條由大方巾，可摺成修女頭巾的帽子，很亮麗、莊重。

當選「模範兒童」，讓志煌終生難忘。

獎狀

青字第 號

宣道小學校學生
盧志煌品學兼優
經選拔為本屆青
年節之模範兒童
特予獎勵

香港調景嶺各界慶祝[illegible]第十七屆青年節大會

中華民國四十九年三月廿九日

泛黃的獎狀已保留了接近一個甲子

記得當初入學，先密集上課四個星期。課程包括藥物學、倫理學、營養學、解剖學、內科與外科等，之後就被安排到不同的病房實習。

靈實是一間基督教醫院，名字源自《聖經》加拉太書第五章二十二節，意指聖靈結出的九種果實。因此，醫院的病房亦以此命名，分別為仁愛房、喜樂房、和平房、忍耐房、恩慈房、良善房、信實房、溫柔房與節制房。這都是來自《聖經》上寶貴的話語。

至於我們的護士長就是司務道教士，人稱「靈實之母」。她是一位身材魁梧、和藹可親的挪威籍女傳道人。除了教導我們藥物學和倫理學之外，還教導我們接待病人，要像對待我們家人一樣，要謹慎、冷靜和細心，並教導我們如何面對死亡與黑暗。

當我們還是護士學生，初次接觸死亡時，我們都彷彿遭遇沉重打擊。我們都要學習人生的課，在往後的護理工作中，使我體會到生命的無常。生死不是在人的掌握之中，乃在造物者的主的手中。一切事物，都有定時。

護士學生生涯為期兩年。起初班上有二十多人，在各位導師指導下，把我們由不懂事的女孩，訓練成可以執行醫生的醫囑、幫助病危、處事不亂、尊重病人私隱與尊嚴、謹守服務精神的護士。畢業時，每班都少掉五六位同學，她們以不同因由退學了。

畢業後，我一直以護士為職。即使婚後，我亦能堅持二十四小時輪更工作的生活模式。丈夫與我選擇在調景嶺居住，這倒是省下不少在房屋方面的支出。長子出生後，我託付調景嶺一對姓劉的夫婦代為照料，休班與放假時就把兒子接回。

劉媽媽育有一對子女，對我兒十分疼愛，兒子一直對劉家子女稱作哥哥姐姐，他甚至把劉家視作自己的家。隨着幼子也出生了，劉媽媽要照顧一對年幼兄弟，實在太勞累，我才決定僱用家傭幫忙。雖然把兒子接回家裏，但他倆日後經常到劉家玩耍，兩家的感情相當好。

青澀的面容流露了純樸的美好

志煌（左二）與同學在調景嶺對面山頭的海灣旁留下美麗身影

畢業禮後志煌與母親（右）
合照留念

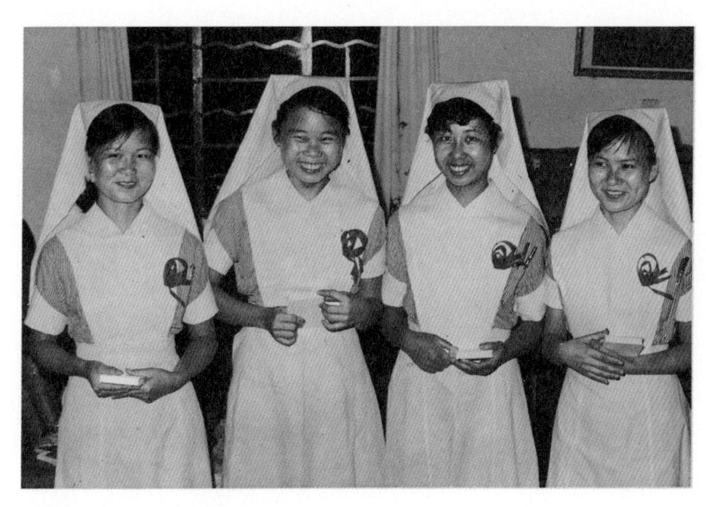

一班學護合照時展露笑靨迎人

調景嶺就是有這種互助互愛的氛圍，鄰居之間彼此照應，不論同齡朋友，抑或年長的阿姨伯伯，大家就是無言地照料着對方。

我後來加入了明愛醫院，那是一間全科醫院，裏頭也有靈實護校的同學。不知不覺間，我在明愛待了十年，直至收到美國移民局的通知，我和丈夫才驚覺時間飛快地過去。不僅是兩個兒子接連要升讀大學，調景嶺這個社區亦不能跨過回歸。

為了擴闊視野，也為尋求更好的前途，我們決定按原來計劃：移民紐約。

面臨着這樣一個轉變，我遂向醫院辭職。明愛不但頒贈了一個十年的服務獎給我，還送我一個南丁格爾白衣天使的瓷偶。至今我一直珍藏着。

調景嶺居民遷徙方案公佈後，我們選擇搬到港島西灣河。長子率先赴美入讀大學，幼子堅持考完中學會考才走。他出動了老師與校長，向父母進行遊說，最後我們同意了。

我和丈夫費盡心思哄他接受去美國的決定，甚至在移民前，先在美國玩了一個月，讓他認識未來的國度。但年輕人就是有他的執拗。由於他在會考這個公開試的成績不俗，到達美國後就無需降班或重讀，直接升學。今日回想，真有他的道理。

初抵「大蘋果」，丈夫繼續工作，兩個孩子上學，我在家裏做主婦。教會裏的姊妹知道我在香港任職護士，機緣巧合下，就把我介紹到一家由台灣女醫生開設的婦產科診所代班。

我本來只是臨時工，暫代即將放長假的護士，並沒準備做全職工作的。豈料一做，就一直在診所上班了。每星期四天，每天六個小時，我只需為醫生準備好病歷資料，工作輕鬆。後來台灣女醫生應聘到上海的醫院做駐院醫生，她就將我推薦給紐約另一位婦產科醫生，那裏工作比較忙碌。

在明愛醫院工作獲十年長期服務獎

么子大學畢業時，志煌與夫婿及長子前往觀禮。

我住在紐約皇后區的法拉盛，這裏亞裔華人較多，應該說是中國人才對。有來自溫州、福州、上海、香港和台灣的，其他當然有白人、黑人、印度人與西班牙人等。

在這裏，真要感謝調景嶺。我是在上海出生的廣東人，五歲搬到調景嶺生活後，練就了一口可以和人溝通的國語。遇着講國語的病人，他們會問我是否台灣人，我會答道：「香港來的廣東人。」

小時候，老師們有來自山東、四川、湖南、上海等地，我都愛學他們家鄉的幾句話兒。我的廣東話固然流利，就是帶有一點點的腔調，該是受上海話影響的。

診所的其他華人同事都來自大陸，不會說粵語。每當有講廣東話的病人到診所，一看到我就說：「見到妳真好。態度好，有親切感。還可以和台灣醫生溝通呀！」我自忖「那不是護士應有的態度嗎」？

這些病人很熱情，經常帶着咖啡、奶茶或冰凍飲品、點心給我和同事分享。她們甚至把家裏後院栽種的適時水果，帶到診所給大家享用。

護士除了照顧病患，大家心目中的印象可能還有拿着針筒的樣子。如今在診所工作，我正是負責打針的。每個要打針的，都哭喪着臉，與小孩子怕打針完全是一個模樣。

她們每每在我的安慰下，都沒有覺得痛，甚至有人說：「打完了？怎麼沒有感覺？妳真的很有經驗，下回打針一定找妳。」「妳是星期幾上班的」……

這實在要感謝靈實醫院當年的教導。靈實從前是肺科醫院，專門治療肺病患者。每個朝早，每個病房的大部分病人都要打針。我們一班小護士，每天的工作都包括要打十幾二十針的。經驗就是這樣累積下來了。

在紐約，除了教會，近年我也和靈實護校一些畢業的校友聯繫上。雖然大家未必是同期的，但感覺是那樣的親切。大家飄洋到了

兩個兒子是清拆前最後一批在調景嶺成長起來的少年

彼邦，偶爾聚一聚，說說以前在護校的點點滴滴，談談到了紐約後的生活。剎那間，感覺世界沒有我們以為的那麼大，就在大蘋果裏遇上護校校友。

靈實護校就挨着調景嶺側邊，二者難以分割，當然亦加深了我對調景嶺的感情，舊日許多人和事，依然歷歷在目。兩個兒子也在那兒度過了整個童年與少年時期，他們想起往日的家，依然充滿懷念。

由於生活的變化，幾年前我已萌生退休的念頭。在美國，我還沒到退休年齡。當然，有本事的，只要做滿四十個季度就有資格領取退休金。不過，退休後的生活是孤單的，日子怎麼過？

該慶幸兒子與媳婦都很孝順，着我做自己喜歡的事情。無論住在那個城市、去那裏旅遊，做兼職，抑或做義工，他們都支持我。幾年前，我曾經在香港停留了一年，日子真難過，沒有人會每天陪着妳說說笑笑的。

返回美國後，診所醫生知道我已歸來，馬上要我回診所，「就算

志煌與兒媳及孫子，一家樂也融融。

每個星期只是上班『一天』」！如今診所一切已經電腦化，工作輕鬆。幸好我也學會了一些診所需要的電腦操作技能，可以自己獨立處理。這是上天給我的福分。同時，我亦重返基督教角聲機構做義工，接觸人群。

當年真是無心插柳，只打算代班，竟在紐約重操故業。我先後在兩位著名醫生的診所工作，屈指一算已經有二十多年了。

如今我處於半退休的狀態。兩個兒子在紐約的大學畢業後，都有一份不錯的工作，並且娶得好媳婦，組織了自己的家庭。現在我有四個寶貝可愛的孫兒呢。

現在我已六十多歲了，從上海到香港，又從香港到紐約，原來只是一萬多里路。可我在護士的生涯，足足有三十多年之久。一生之中，從沒做過其他工作，護士就是我終身的職業，成就了自己要做「白衣天使」的志願。

感謝上帝的恩典，我既磨練出堅強豁達的性格，也學會理解與寬容待人。更重要的，是體會到人的生活美好。

# 貧童邊青跑出彩虹路

◎劉宏章

對一個在調景嶺長大的野孩子來說，回首過去的歲月，自是百感交集，百般滋味在心頭，因為那個年代最普遍的現象就是「窮」。

一九五七年九月出生後，我便隨家人從港島搬到調景嶺生活，家裏還有兩名兄長。作為老么的我，深深烙印的，自然是母親懷抱的溫暖。沒料到年紀稍長後，從親人口中得知父親竟曾打算要把我賣掉！這個消息實在太震撼了。

我無法確知父親是因為當時生活太困窘，沒有固定工作去維生，抑或是他嗜賭，落得要賣子償債的地步。一對回港的美國華僑夫婦就是潛在買主，他們希望購得一名可愛小孩繼後香燈，還多番到調景嶺探視我，與父親私下協議售價不逾一千港元。

華僑夫婦承諾會把我帶去美國，讓我在良好的環境中成長，無需留在調景嶺捱窮抵餓。據已移居加拿大的母親說，正當那對華僑夫婦要付款交易時，是她用嬰兒背帶揹着我逃離他們的視線，才讓這宗「售嬰交易」告吹。

另一件事，便是生活窮困下的磨擦，加上其他催化因素而令父

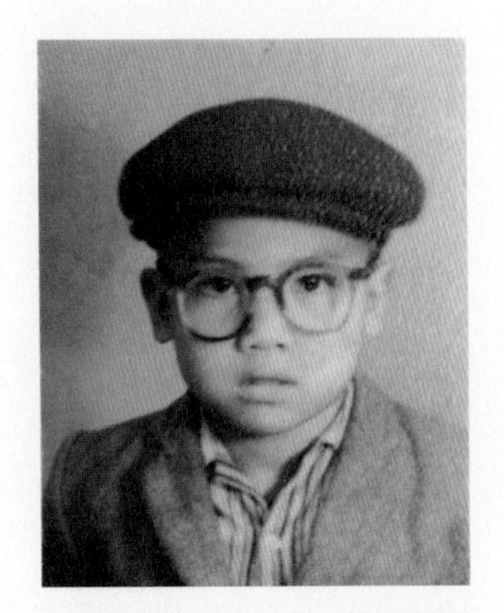

宏章架起眼鏡拍下老成持重的童年照

母在我四歲時離異。當時調景嶺的生活非常艱苦，家庭變異而令幼童的心理需要全被忽略，所有在單親家庭下成長的不良影響，最終亦逐步浮現出來。

這兩件大事影響了我日後人生軌迹的源由。而我的幼年、童年與青少年時期的歷程，堪稱頑童、暴風少年與邊緣青年的最佳寫照。

## 頑童變不良少年

正如其他野孩子般，學業是成長的一大關口。小學一年級時，學習動機還蠻強烈的，可到了二三年級時，我便因躭於與童輩嬉戲而荒廢學業了。當時兄長豈有不督促學習之理，但打罵懲罰的嚴厲手法，令我用退縮及迴避的方式來回應。

逃學、不做功課，其後就偷父親的錢去玩樂，或把買菜的錢拿去與街頭朋輩賭博，玩三公紙牌與擲仙。童年的我，已經劣迹斑斑了。

宏章與父親及兩位兄長在影樓拍下欠缺了女主人的全家福

在街頭玩耍，同伴都練就靈敏反應與純熟技巧，但我的表現實在夠夠笨了！大夥兒自製玻璃線去放風箏，我竟把膠水和玻璃粉混合起來的玻璃漿，倒個滿地；到山野捉「金絲貓」時，都還沒看清楚，我已把葉子間的小昆蟲通通嚇跑了。每次失敗都招來恥笑和責罵，心裏就此不斷重複「我不行」的自我否定。

由於無心學習，在調景嶺中學讀完中一，我就向家人提出輟學的想法。於是，我便隨父親到紹榮鋼鐵廠做汽車機械修理學徒，幸運地師傅常給我鼓勵和讚許，可謂疼愛有加，更在工餘時帶我到港島食西餐及看電影。十三歲的我，在一年多的學徒訓練中，也初窺基本維修技巧，算是安穩下來了。

在青少年時期，朋輩的影響力巨大，隨着他們，我跟潮流、聚眾結黨在街頭喧嘩、留連舞會識女仔、抽煙、講粗口、追逐打架；

蓄長髮、穿大領恤衫、喇叭褲的典型不良少年模樣，不良行徑自然會招惹警察查問與干涉。

我成為了童黨一員，當然會影響工作，最後更是過着混跡街頭的生活，沾上幫派活動而捲入開賭檔、販賣毒品的糾紛。

在我腦海裏印記最深的一次衝突，就是被對方以開山刀包圍在一家茶餐廳內，我們完全招架無力。就在餐廳拉下鐵閘之後，我們被按伏在餐桌上，對方就用手捶狠狠地敲打我們的背部，隨即肉綻血流，年紀較大的朋友被打得更傷，因背部骨折而要送院治療。

此外，很多朋輩都會吸食海洛英，例如「打老高」，就是將海洛英塞進香煙內吸食；隨着毒癮加深，就會「追龍」，即是利用錫紙管或紙筒吸食薰熱的海洛英。為了止癮，最後會用針筒直接注入血管，淪為道友。

我沒有成為道友真是僥倖。因為我吸食第一口海洛英後，胃裏就像有一團火在燃燒，即時不停嘔吐，然後就天旋地轉，感到強烈不適。這股強烈的過敏反應，卻拯救了我不致沉淪毒海。

眼見吸毒的友輩生活淒涼，其他涉及幫派毆鬥的朋友無不遍體鱗傷，我實在感到懼怕！那時候我剛剛踏入十七歲，在想着：人生的意義是甚麼呢？為自己計劃人生的想法也初次浮現了。

當時大哥正在香港中文大學讀書，他放假回調景嶺時看見我的景況，再沒有像過去般打罵，只是平和地向我問了幾個問題：你想用現在的生活方式過多久？你何時才會覺得玩夠了？這樣的生活方式能否維持下去？可有其他的想法？

我實在回答不了。反問兄長：「如果我不想繼續如此活下去，可以怎樣呢？」長兄只簡單說道：「你可以重返校園，重拾書包去改變自身的命運。」

## 重拾書包千斤重

重返校園——我心裏頭立即湧起了三道關口。一是捨棄由六歲開始建立的街頭兄弟情；二是要培養讀書的種苗；三是自少缺乏學習動機而害怕失敗的心態。不過，我亦明白在調景嶺的街童幫派生活根本沒出路，看見同樣在艱困環境走下來的長兄已學有所成，實在羨慕。自己亦希望有朝一日，能夠有所作為。

多番思量後，我接納了長兄的建議。這一信念在微弱的信心下起動，就像騎着一輛腳踏車重新上路，左搖右擺地展開學習做人的旅程。

透過長兄的聯繫，幾經艱難才找到一所私立中學參加面試，教務長看到我的情況就安排筆試，以瞭解我的學習能力在甚麼水平。陪我去面試的二哥，更代我應考，結果僥倖地順利過關，獲安排入讀半日制的中二下學期。

參加兄長大學畢業禮，對宏章（左一）求學路形成一股激勵作用。

為遠離調景嶺的朋輩，並安靜地專心學習，我搬往沙田租住村屋，半年後由長兄安排我到中文大學的員工宿舍，與他要好的朋友一起居住。經過一年半的學習，逐漸適應了學校生活，順利完成初中課程且取得良好的成績。

看見我的學習潛能逐步被發揮，長兄建議我轉往水平較高的全日制津貼中學入讀中四。見賢思齊，當時我滿有信心的希望效法長兄，為未來的發展作好準備，決定去新校面試。校長以我重返校園的決心與優良的中三成績，破例錄取我為中四的插班生。

這家學校在觀塘，為了方便往返學校，考慮到我已穩定下來，就返回調景嶺跟父親一起生活。這時長兄剛剛大學畢業，他安頓好我的學習提升計劃後，便出發到美國展開研究院的課程。

我懷着興奮的心情和信心去迎接高中生活，並下了決心不怕艱苦的，每朝早與父親從家出發，爬過逾百米高的山頭，步行到油塘高超道，再轉乘小巴到觀塘返學。

當時是一九七六年，下午放學會到觀塘的街市買菜——其時滿街都是哀悼中國領導人去世的消息。然後再乘小巴到高超道爬過山嶺回家，晚上自行煮食，父親偶而會回來一起晚飯。

晚上溫習時間短促，學習生活亦緊張，還要適應程度較深的津校高中課程，尤其是艱深的數學。每當學習遇到挫折時沒人能夠傾訴，也缺少了長兄及其學長的指導和鼓勵，重返調景嶺的生活環境，腦海中即浮現童年的學習經歷，不禁懷疑自己是否讀書的材料。

只要信心動搖，再進一步就是慌張，最後是迴避，並再次放棄了學習。那時我剛好十八歲，只完成了中四上學期的課程。重拾書本與計劃未來的願景，就此泡湯！

現在想來，童年時積壓着太多的負面情緒，令成長階段未能培養出在遇到艱難時，所需要的信心和毅力。反而是潛藏着對父母的不信任、每當出現挫折就想逃避的心態，繼而以偏差行為去解決問題。匯聚內心的負面情緒，有內疚和自責，結果是有心無力。

在這段期間我有吸煙的習慣，每當上學前和下課後都要補充尼古丁，以此紓緩全日學習後脫癮的情緒。或許也導致腦袋瓜未能專注於學習、解難的能力降低，這算是再度在調景嶺生活下第二次輟學的遺憾吧。

## 不懂維權只因讀書少

於是我重返紹榮鋼鐵廠，獲安排到鯉魚門三家村的貨倉做吊機手，再隨着貨倉搬到茶果嶺，前後工作了四年多，並一直住在調景嶺裏。

每天我會和父親一起爬山及步行到油塘，再搭車到三家村飲早茶，然後開工，晚上又一道在觀塘一間相熟的酒家用膳。在與父親

在第二度復學前，宏章經常與父親一起晚膳。

這段相處最緊密，而張力又逐漸增大的日子裏，曾莫名其妙地爆發了一次風波。

有一次不知何故，我指責父親曾打算將我賣掉，又無法留住母親，這是他沒良知也沒能力的表現。也許，我是終於釋放了一些長期壓抑住的情緒了。

吊機手的工作忙碌而沉悶，每天坐在吊機控制拉桿九小時，在調景嶺廠房生產的高拉力鋼筋，以躉船從海路運到這兩間貨倉，我用起重機將鋼筋安放到合適位置，或是以起重機將貨倉的鋼筋，吊放到貨車上供建築地盤使用。

數年間，我賺取到頗為豐厚的薪金，但精神上完全沒有獲得滿足。可能是未能圓夢的遺憾，內心總希望將來有機會完成學業。

在美留學的長兄回港探望我們時，對我和父親的勞碌生活深感不安，亦關切我再次放棄學業的因由。長兄鼓勵我白天上班，晚上去夜校完成基本的中學課程。他的叮嚀，終於激發我第三度重返校園的動力。

做吊機手的日子除了在工餘時，和工友們一起去玩樂外，似乎沒有甚麼可留戀。在茶果嶺貨倉工作期間，每當有多輛貨車提貨時，即引起嚴重的交通擠塞，大夥兒便在馬路邊嘲諷在現場指揮的交通警察沒用。

當時有一名外籍交通督察駕駛電單車經過，在我身旁停下，並以手指壓向我胸前，用英語責罵我。我聽不懂他說甚麼，但其肢體語言已盡顯他的粗魯與無禮。可是我無以回應，就連想維護自身權利亦深感無力。

這個情景，令我想起年少時與童黨以一身時髦流行服裝四處廝混時，曾被一隊藍帽子警察截停盤問的不快回憶。警察懷疑我

擔任吊機車手時，宏章是剛滿十八歲的二度輟學青年。

們身藏違禁品，要帶我們到後巷去搜身，但大家都被隔開來接受盤問。

我解釋只是工餘時，從調景嶺到銅鑼灣看場電影、逛逛街，一名警員隨即狠狠地在我胸膛猛揮一拳，強烈的痛楚和恐懼頓時充斥着心頭。大家在惶恐狀態下被揍了好幾分鐘，不斷苦苦求饒，強調與黑社會無聯繫，也不是古惑仔。

警員眼見我拒不透露任何黑社會的聯繫，便攤開他手上藏着的兩個東西、一個是海洛英，另一個是三角銼，着我自認藏有其中一件。要麼承認藏毒，要麼承認意圖行劫。我怎麼可能承認？警員再往我胸前的中央位置（雞心口）重擊，我一直挨打十多分鐘，被打得快要窒息⋯⋯栽贓不成，警員最後把我放了。

想當年，警權之大，簡直是為所欲為、隻手遮天！被威脅、虐打之後，我只感到無助與恐慌，還沒有要投訴或到醫院驗傷的意識。這件事令我對權威產生了莫名的懼意，亦同時醞釀了對權力的鄙視。我深刻體會到弱勢群體的無助，當時我沒有能力反抗，但決心日後要維護自身尊嚴，並為弱勢社群發聲。

## 破斧沉舟　修成正果

就是這些遭遇，教我明白必須好好學習，自己已非父輩那樣，為了餬口，便會逆來順受，要活得有尊嚴和保障權益，才是基本的生活原則。一番思量後決定重拾課本，更以破斧沉舟的決心辭去吊機手的職位，再次專心去尋找重返校園的夢想。

長兄見證了我的重新振作和衝勁，還託付友人向台灣的中專課程叩門，但我不只超齡，學歷亦未符中專的要求。最後我在港報讀夜校，以一年半的時間去完成中學會考的學業。

我清晨跑步，白天溫習和操練過往的會考試卷，晚上返學，生活有規律，學習勤奮。會考放榜的成績是全部五科及格，一科獲取A等、一科B等、兩科C等成績，已有足夠分數報讀全日制的中六課程，及報考高等程度會考的大學入學試。

努力是有回報的。翌年我入讀城市理工學院舉辦的第一屆社工文憑課程，於八十年代獲得入職社工資格，九十年代完成社工學士課程，再有機會在千禧年代完成社工碩士課程。

這樣愜意的結果，長兄是最大功臣。他不但自貧窮的調景嶺苦讀，入讀香港中文大學，再負笈美國完成博士學位，當時不但極為珍稀，於我猶如身教，我由衷地佩服和羨慕。

孔子曾言：「困而後學的，是上等人；困而不知學的，是下等人。」幼時沒法培養出自信，不知何謂鬥志和勤奮，腦瓜未被啟廸，做任何事都是事倍功半。最後，還不是該由自己對生命負責嗎？到了窮途末路，當機會出現，再不能錯過了。「不成功便成仁」的決心，確是最關鍵的動力。

第二次復學時，心裏承受着頗大壓力，除了學習吃力，一些長期壓抑的負面情緒和年少時惹事的罪疚感，從未消退。

其時，一直以耐心、愛心去鼓舞我，身為虔誠基督徒的長兄自美國學成歸來，正在香港浸會學院任教。剛好該校校長謝志偉博士要到教會講道，長兄邀我一同聽道，題目就是「如何處理心中的罪疚感」，非常切合我的需求。

謝校長以使徒保羅在未信主以前，原是一名壓迫基督徒的猶太教師，保羅過去想做的，總是欠缺能力和決心去達成；不想做的惡行，反倒去做，審視後承認，在罪人中，自己就是個「罪魁者」，飽經爭扎下獲得信仰上帝的感召。

直面劣行，才能走過蔭谷，我亦全身心地投入生命信仰中。決志一刻，是往昔為非作歹、儼如小流氓的村野孩童，獲得自新之機，領受耶穌在十字架的救贖。認罪悔改的一刻，像被賦予重新再來的能力和決心，遇到困難時，從禱告獲取力量；遇到不安時可去傾訴，使我往後得到寶貴的支撐力量。

在調景嶺的寶貴成長經驗是一個段落，今天能守得雲開，讓自己有一個很不一樣的人生。主觀的經驗是很獨特和個人的，改變態度就可改變整個生命的方向，這都將會結束的一個段落。

我小時候曾在天主教的幼稚園及小學讀書，甚得一名神職人員疼愛，更為我取了一個天主教學名「澤倫」。我想，當時的我是一個可愛和清心的小孩，也曾領受過聖洗。

經過數十寒暑後，這份小孩的清心渴求仍沒改變。盼望上主所選召的，就是看重小孩的清心和純樸，因清心的人有福了，因他能

劉爸爸出席宏章獲得香港中文大學文學碩士（社會服務管理）學位的畢業典禮

得見神的國。

我十分感激長兄從沒放棄我，不但以身教為榜樣，多年來嘔心瀝血引領我走上正道，還持之以恆地用愛心不斷鼓勵我、關懷我，將我帶進這人生的學習場景中。今天，你所愛的兄弟，不單在人生成長歷程中有很豐富的體驗，在上帝的國度裏有份，是你將我帶進以神的國度，來看我們兄弟的情誼。

## 悲情城市北斗星

自一九八六年在城市理工學院取得社工文憑學位後，藉著自己的成長經歷，以及所學得的專業技巧，我全面投入社區工作。包括服務當時滿佈童黨的秀茂坪，以及被媒體標籤為「悲情城市」的天水圍。

我相信越是黑暗和充滿罪惡的地方，就越需要更多人去燃點希望之光。所以不僅毅然選擇在天水圍參與輔導「邊青」，就連家也搬了進去。

那些處於危機邊緣的青少年加入幫派，參與販毒，看到他們沉淪，與自己在調景嶺成長的處境，如出一轍。我透過輔導，助他們重建與家人的關係，及早改正，不至落入我調景嶺一起成長的朋輩，淪為終身的癮君子，甚至死於不幸的地步。

二〇〇〇年初期，天水圍的青少年佔該區人口的三成，近十萬名在此學習和生活，父母要奔波勞碌在外工作，因而忽略了孩童成長的需要。尤其是剛從內地移居到港的青少年，成為其時活躍幫派吸納的對象，部分更成為娛樂場所新興的毒販，包括搖頭丸，氯胺酮和可卡因等潮流毒品。

除了輔導邊緣青少年之外，當時亦集中資源在學校做社區預防教育工作，包括協助吸毒者人戒毒。改變一個販毒頭子，可減少數以十計被毒品荼毒的青少年。這個策略有助鞏固他們的戒毒決心，也讓他們有機會補償因販毒，而害人無數的過失。

對有決心戒癮的販毒頭子，這是很大的鼓勵；由他們現身說法，更能事半功倍，配合社區預防的公眾教育策略，終於遏止了當時突然爆發的青少年吸毒問題。就是這樣，我默默在天水圍做了近二十年的歧途北斗星。

## 抗癌跑手成新使命

就在兩年前臨近退休時，一個例行的身體檢查，發現身患 2B 期前列腺癌。突然要面對生命受到威脅的恐懼，漸進至面對危機的心理狀態，再經歷「埋怨，憤怒及情緒抑鬱」。

我運用過去三十多年的社工生涯及人生經驗，逐漸走出情緒低谷，逐步尋找合適的治療方案及制訂康復計劃。去年四月做了根治性手術後，年底即參加了「小小環港慈善跑」，逐漸恢復跑步的功能和信心，我意欲闖出一條嶄新的康復路，為自己餘生增添動力和意義。

幾年前我曾到山東濟南擔任一間社會服務機構的顧問，期間與當地友人建立了一份深厚感情與信任，觸發我要去山東舉行「環魯跑－慈善行」活動，不僅藉著長跑來提升康復能力，亦可延續與山東朋友所結下的情緣，為癌病康復者及其家屬提供支援。

計劃就是以「環魯跑」所籌款項建立一個服務平台，由治療方案的選擇、選購藥物，或是處理情緒和生活上所需，甚至與家屬和朋友的相處關係等的支援，希望能讓癌患及其家屬，能有尊嚴地去面對餘生。同時要協助提升家屬照顧患者的能力，以免一人受困，互相負累。

「環魯跑－慈善行」活動在去年四月十四日於濟南開跑，完成五十天一千公里的跑程，在六月二日回到濟南山東大學作終點。

我運用過去社工生涯的處事能力，與策動社會資源平台的經驗推動這個活動，當地對以馬拉松作為全民健身的理念相當受落，每到一個城市，都得到當地馬拉松協會和跑友的熱烈支持。

很多跑友自發地來陪跑和打氣，千里跑程沿途絕不感孤單。我就是在這熱烈氣氛中，內心能量滿負荷之下完成了整個跑程。這份力量猶如《聖經》鼓勵人在軟弱處境時，要「忘記背後，努力面前，向着標竿直跑」的勸勉。人生就是一場信心之旅。

山東的馬拉松協會及跑友，已確認要將運動健康和關懷慈善行動結合起來，在未來最少在五年內努力建立這樣的服務平台，讓更多人參與運動來提升健康水平，也藉此令更多的弱勢群體得到幫

「環魯跑－慈善行」活動自濟南開跑，以五十天跑了一千公里，繞經山東九座名城。

人生就是一場「長跑」── 路上或會跌到、受傷、有晴有雨，最後總是由自己決定跑出怎麼樣的路。

天朗中心開發的手機應用程式「毒癮無可忍」，於二〇一四年香港資訊及通訊科技獎中奪取兩個獎項。身為中心主任的宏章，喜上眉梢。

助。我不但跑出了一條康復的彩虹路，就連社工夢亦得以延續。

童年的坎坷，終究讓我磨練出了堅毅；經歷被人鼓勵和助人自助的生命歷程，我相信人可以改寫自己生命的故事。信仰帶來的平和，讓我坦然面向超越人世間的生老病死。

即使在復康道上，我還是把握了機會提升自己生命的層次和素質，讓那些亦身處黑暗人生困境的朋友，有杯涼水解渴，可以陪伴同行一段人生路，讓彼此體會到人間有愛。

# 我家在那裏

◎王懿芳

調景嶺孕育着和滋潤着我的成長。巍峨的山峰、澎湃的海洋，培育了一個頂天立地、正直和胸襟廣闊，勇敢和負責任的人。我因此認識生命的真諦，以及人與人之間的和諧關係。

人們可以在那裏看到基督的愛，甚至是佛祖的善行，大家在生活中領悟到包容，從而接納不同的觀點和事物，明白到個人的渺小，團結才是力量，能夠穿越人生的歡樂和苦楚。生於斯，長於斯，我大半生在調景嶺度過。那是我的故鄉。

依山面海的生活，成為調景嶺人內心深處最大的富足。

## 掌上明珠

我的雙親祖籍湖南，一九四九年逃難到香港，曾短暫棲身於摩星嶺，隨後定居於調景嶺。早期的調景嶺，因地處一隅，資源匱乏，居民過着艱苦的生活。其後在外國教會和台灣救總（大陸災胞救濟總會）協助下，居民境況逐漸改善。

我是在一九五三年一個寒冷的冬天出生的，父親在產房外等待着我的來臨。我是他的第二個女兒。由於父緣極深，即使我體弱多病，仍然得天獨厚，獲得父母的寵愛。家境清貧，一切家務勞活，全部由姊姊承擔，也養成了我膽大和驕橫的性格。

父親是位教師，凡事要求完美，是一個嚴厲和苛刻的人。他經常在放學後立即回家，以檢查孩子們的學業進度，催促弟弟們交作業和文章。我體質孱弱，豁免交功課，亦因此令學業成績不如理想。

直到在調景嶺中學唸中二時，我的生活終於出現重大變化。父母因工作原故，將我送往學校寄宿。嶺中校園環境幽美，位處海旁，日月輝映，漁舟唱晚，景色非常動人。學校師資優秀，校規嚴厲，本着三民主義的國民教育精神來施教。

雖然我度過的寄宿生活很短暫，但讓我學習獨立，在師長教導和督促下，貧苦的同學們都努力學習，加上有學長們的帶領與指導，我們過着十分充實和愉快的日子。

夏天，我們會到靈實醫院海邊辦野火會，隨着原子粒收音機播送的歐美流行音樂，倩影雙雙在舞動着。一些同學游泳，一些在燒烤，其樂融融。冬天夜裏，我們會偷偷溜到上海館子，吃上熱辣辣的陽春麵、上海粗炒和榨菜肉絲麵。只是一年光景，我的課外知識還真的增長不少呢。

赤腳女孩正是懿芳。家裏的房子還在開山闢土興建之中。

房子蓋好了，弟弟們都出生了，八口之家擔子不輕。

這群青年人不僅是調景嶺中生代的中堅分子，也是懿芳成長路上的良伴。

## 白石柱

若從調景嶺搭船往港島，離開海灣後，就會看到海岬後邊有一塊白色長型的巨石，座落在面向太平洋的淺海礁岩上，因而得名「白石柱」。那裏有個渺無人煙，呈半月彎形狀的海灘，灘上佈滿石頭與覆蓋着白色幼沙，景色幽美。巨石是船舶往來的地標，與對面海島的燈塔形影不離。

白石柱就在魔鬼山腳狹谷底，面向大海，谷底被礁石圍繞，峭壁高聳，高山流水沖下了一條小瀑布。這樣一個海灘，除了划船之外，只能在山腰之處游繩而下。為了方便大家上落，有人就擺放了一道由生鐵做支架的繩梯。

這個小沙灘成為居民暢泳的天堂。夏季來臨，居民或是帶着小孩，或是與鄰里相約，攜着泳衣、毛巾及水泡等，走到調景嶺益智戲院附近的陡坡口，再往高處石階往上爬。越過山上人家，往海岬方向走去。

沿途是彎彎曲曲的小道，青翠的草坡，草藤纏着樹木，野花遍開，蝴蝶與蜻蜓會展示牠們漂亮的衣裳，閃亮的甲蟲也受不住誘惑飛舞着。一大片野地，清新的空氣，使人心曠神怡。

當大家瞥見了被群山圍繞、用碧海藍天做襯托，可遠眺大海卻孤伶伶的一間荒廢石屋，就知道到達目的地了。找到鐵梯，還得耐着性子一個接一個，慢慢往下爬到海灘去。大家都提防已被烈焰烤得燙手的石塊，再尋找理想位置歇息。

白石柱的白沙柔軟，海水清澈，游泳或垂釣，悉隨尊便。昔日兒時，我經常帶領弟弟和鄰居玩伴攀上高山，或是投身碧波之中。到處流連玩耍，穿越山嶺採摘野果，或是捕捉昆蟲。盛夏炎熱，就淌漾碧波中作樂，在沙灘上嬉戲和撿拾蜆蚌，在岩石隙內挖東風螺、珍珠螺。

平日積累的憂鬱和煩惱，都因為望着海天一色，舒暢了心境，彷似世外桃源。這樣一小片沙灘，陪伴着我們健康和快樂地成長，夏日的白石柱，儼然是居民的私人泳灘。

## 望月橋

調景嶺原本只是荒山連連、野嶺一片，經過居民歲歲月月年年，胼手胝足蓋好了家園，還修出了山道、小徑與橋樑。其中有條望月橋，串連了居民從山的一頭，走到另一頭。

明月當空，映照望月橋，倒影在池水中，分外明亮。望月橋在兩座大山的狹谷底，全長約三米，闊一米，橋樑兩邊圍上鐵絲網，以免路人跌落水池。

橋靠山而臥，石壁乃花崗岩，陡斜濕滑，沿着溪水兩旁都是沼澤地，雜草茂生，芭蕉樹和老樹成蔭。溪水潺潺從上游流進了水池，再經過彎彎曲曲的水坑奔向大海。望月橋環境幽靜蒼涼，充滿着原始的面貌。

水池的右側隱約可見兩口天然水井。上井隱藏在岩石中，清澈的水源來自井底，井水清甜，是居民日常飲用的食水。往下走大約兩米，就是下井，露天且易受污染，井口旁有塊平地，可供居民洗濯之用。

說不上望月橋的名稱由來，但住在八區到十二區的居民，無人不識。春季的晨霧，會淹蓋望月橋與周圍景物，溪邊叢林樹根絆腳的濕地間，在彎曲的井旁冉冉升起煙霧，帶點神秘。中午時分，柔和的陽光會將面紗掀起，繁花綠葉，蝶蜻飛舞，境色幽美。

夏季時，暴風雨來臨，山洪犯濫，池水滿溢滾動。孩童都歡天喜地地跳入水中，捕捉被水沖到溪裏的烏龜、小魚、青蛙及水蛇等。

秋季時，黃葉片片，鋪滿地面，格外淒美。尤其在中秋，皓潔明月與橋下的水中月，猶如並蒂嬋娟。村裏孩子們提着燈籠，七彩繽紛，在橋上遊玩，與明月爭輝。冬季北風來襲，這條藏於深谷的小橋，剩下松柏和兩口冷清的水井相伴，盡顯孤清。

有位住在水池左方高地的梁先生，是位忠厚老實人，喜愛園藝，義務管理望月橋和兩口水井，他經常修葺和清理周遭地方。他工作盡責，為居民守護聯誼之處，鄰里之間互相關顧，十分融洽。

當然，望月橋如今已是風住塵香花已盡，成為我輩的往事回憶，或是夢裏徘徊留連之處。

## 婦女會

巍峨的山嶺、浩瀚的海洋、微藍的天空與燦爛的陽光普照着大地。在這一片綠波中浮現的一個小社區，就是調景嶺。

調景嶺先後有三批難民被港府安置進去，但早期猶如洪荒之初，環境惡劣，生活極為困難。由於教會投入大量人力與資源協助難民，所以小小一個社區，教會特別多。

基督教堂有信義堂、路德會、宣道會、神召會和錫安堂等。天主教堂位於舊五區（新十二區）毗鄰鳴遠學校。此外，亦有佛教廟堂及其開辦的觀音學校。

每到週日，天主教的晨鐘響遍全嶺，教友們都穿着整齊的衣服，端莊又虔誠地走到不同的教會，嚴肅地參與彌撒，聆聽音樂聖詩和神父的講解，教友們共同享受這一刻。彌撒後，彼此互相問候，整個氣氛籠罩着主的愛。

基督教的路德會聖約翰堂及信義會，都有主日禮拜。其中，信義會是一間比較大的教會，婦女們都高高興興地互相打招呼，彼此問好，聚會時大家唱着詩歌和頌讚主，聽道與祈禱。

由於生活艱苦，社區內並無正式的婦女會，比較像樣的，要算是每個禮拜天的教會團聚。受過戰火洗禮，與老家千里訣別，居民都渴望在平靜與充滿磨難的生活中，尋求心靈慰藉，勇於克服難題。信義會主辦的家訪小組聚會，就令到區內的婦女獲益良多。

其中，教育工作者曹淑慧正是典型的基督教傳道人。她代表着調景嶺婦女會的主導人，經常不辭勞苦地往來各個家庭、聚會和探訪，姊妹們互相慰問。她瞭解大家的厄運，盡量協助和安慰。在這種惡劣的環境下，村內婦女們都得以舒緩內心的怨氣與鬱結。

曹教士是我母親的知心好友，她心中偶爾有鬱結和煩惱，亦向我母親傾訴，互相提攜，共渡難關。姊妹們結緣就是幾十年，感情密切。有些年近八十的長者，像柳姑和蔡姑，都是虔誠的基督徒，不曾捨棄調景嶺教會小組共聚的時光，當中包含了她們生命的樂與悲，直至上帝召回那天。

觀音學校是一間靠近山頂的廟宇寺院，兼且從事教育。地域廣闊，許多善男信女前往拜祭，尤其是婦女們每當家中發生不愉快和喜慶的事，都前來稟神、祈福和還神許願。

這樣一個小小的社區，居民一起生活，天天相處，鄰里之間彼此熟悉，一方遇難，八方相助，區內發生的任何事情都能迅即街知巷聞，居民早已緊密地連繫在一起。我就是在這樣貧困，卻充滿人情味的環境下成長，眼見大家刻苦耐勞，意志堅強，我實在由衷的敬佩啊！

## 護士之路

調景嶺共有三所中學，當我升讀中學三年級時，轉校到了慕德中學。這是一所由挪威基督教會創辦、師資優秀的學校，着重管弦音樂和體育培訓。《聖經》是必修科，學校的英文程度比較高，學生必須參加晨早禮拜。此時，我的學業逐漸轉好。

直到中學五年級，由於父親與學校關係惡劣，導致我不能參加會考。聰明和善良的母親，勸我投考靈實醫院的護士學校，所以我加入了該院第三十二班護士的行列。

靈實是一間基督教會創建的肺病療養院，就在調景嶺往北一點的將軍澳海灣上。這裏景色怡人，環境寧靜，護士訓練十分嚴格，科目甚多。這間醫院還成為培訓調景嶺白衣天使的搖籃，地位崇高。

回想自己在新生歡迎會當天，真是太糗了。我漫不經心，蓄着

懿芳在母親循循善誘下投考靈實護校，獲得了養活孩子的技能。

主角的孩子們也在調景嶺度過童年，家住第八區。

像獅子頭那樣的一把頭髮，就出席了第三十二班新生歡迎會。

護士長在大會宣讀每名新生的名字時，隨即配給一位負責指導和帶領她的師姐。當叫着我的名字 Evelyn 時，護士們都好奇地等待和凝望着台上。

恰逢春季，天氣潮濕，地上又濕又滑，粗心大意的我，向前邁進時根本沒留意地上有一灘水，就這樣前腳一伸——立時做了個「一字馬」。大家嘩然一聲，之後卻鴉雀無聲！真感羞愧，該慶幸沒有倒在地上。自此，我真學會凡事都要謹慎。

在靈實醫院裏，學到許多醫學上的知識，亦認識到新的知己朋友。兩年後畢業了，我聽從父親的意見，再往港島區同濟中學（現已停辦）完成了中學學業，這樣才到港安醫院工作。

婚後，育有四個子女，生活尚可。丈夫想追求更好的經濟收入，於一九八五年冒險在美國「跳船」，成為黑市居民。

此後我倆分隔二地，我獨自撫養兒女。不幸我的視力和身體日漸衰弱，視力不但僅餘百分之五，同時亦受到疾病困擾。要照顧好孩子們相當艱難，母親偶而會來協助，但孩子們只得「天生天養」，無法在生活中得到充分的照顧和管教。

一九九四年底，因美國政府特赦中國六四民運份子，丈夫叨了光而獲得美國綠卡，因此，我們舉家移民美國。

紐約是國際大都會，科技人才濟濟，經濟繁華，演藝文化精湛，娛樂飲食事業應有盡有。初到紐約，感覺天氣十分寒冷，丈夫不習慣生活裏一下子擠進了五個人。就連我自己，也是不知所措。

由於互相不能協調，丈夫訴諸暴力來解決問題。屢勸不改，為了孩子們能夠有一個美好的環境和將來，五十天後，我與孩子們通通逃往避難所，一個紐約市收容婦孺的臨時庇護中心。

美國的家庭福利制度完善，特別着重兒童的教育和安全。我們

四個孩子隨懿芳在美國定居後，各自開啟了新生活。

被安排在紐約布魯克林區暫住。一名溫文有禮，為人和善的愛爾蘭籍白人修女擔任這個庇護中心的主席，更是悉心照顧婦女和兒童們。

避難所內居住着不同種族的家庭。黑人婦女貧窮和懶惰，但性格樂觀，喜歡音樂和跳舞；印度婦女封建傳統，喜愛咖喱食物、蔬菜和老火湯，熬湯通常就是三四個小時；南美洲婦女，則熱情和愛美。

在此，能夠學習與認識不同的事物，令我眼界大開。九個月後，我家被安排入住曼克頓新款的樓房。我和四個兒女各奔前程，我進入一所商科學院，完成了為期十五個月的商科電腦文員班，之後轉入市立大學唸商業管理系。

大學唸完後，紐約亞裔婦女中心聘請我做辦公室助理，同事們來自世界不同的國家，均屬精英分子。在此，我認識了許多國際與美國文化，得益良多，生活充實。

上天似乎總是喜歡作弄我。二〇一一年，我經歷了生死之戰。我被診斷患上乳癌，並進入了 3c-4 期的階段。我勇敢地接受全套治療方案，包括手術、電療、化療與服用標靶藥。我積極配合治療，

在學習路上兜兜轉轉的懿芳已一圓戴上四方帽的夢，亦見證女兒大學畢業。

亦盡力將痛苦減輕，終於成為倖存者。

我的學業路上跌跌撞撞，但最終成為了護士；我的婚姻帶着傷痕，又意外地成為美國新移民；完成高等教育，覓得良職，健康竟又受到打擊……但我總算是「守得雲開見月明」。

孩子們都長大了。兩個女兒學業有成，各謀得高職；長子自行創業，有自己的小生意，小孫子也十一歲了；幼子任職大型酒店管理人員。

如今我過着退休生活，學習字畫，研究與收藏古董，深入瞭解中國文化，其趣無窮。禮拜天，前往教堂做禮拜和參加小組團聚，生活豐富。

不知不覺，遷往花旗國的日子接近四分之一個世紀了，但我時常會記起老家，就是調景嶺，惦念着嶺上居民的堅毅與善良，憶起純樸的日子，陽光下海天一色的美麗。是的，我家在那裏。

# 我的父親

◎王懿芳

在不知不覺間，原來調景嶺清拆至今已經有二十二年了，而我的父親，也離世十六年了。不論我在天涯或是海角，總是無時無刻都惦念着他。

我的父親王達明，生於一九三〇年，祖籍湖南耒陽，書香世代，庭訓嚴格。身為長子嫡孫，他深得祖輩寵愛；飽讀詩書，惟性格驕傲和霸道。最重要的，是他生不逢時。

民國初期，國家動亂和軍閥割據；不久，日寇侵華，其後國共內戰。十六歲時跟隨舅父從軍，離鄉背井，走上戰場，是正宗的少年軍。

不過，國民黨戰敗，軍心動亂，糧食短缺。父親隨軍隊走至貴州，感染瘧疾，奄奄一息，昏倒在一家大戶門前。戶主心地善良，聘請醫生搶救。父親經恩人的妻女日夜研磨豆腐，以增加營養，悉心照顧下，生命得保。離開時，父親感恩不盡，永記於心。

父親在十九歲時，被祖父因利益關係而出賣了自己的婚姻，強逼他迎娶是同鄉的母親。他極力反對，逃婚被擒，無奈之下娶了母

站在後排正中央的王爸爸，與雙親（坐着）及家人的合照。

親。這彷似是舊時代的故事，卻也是舊時代許多人的共同命運。一樁盲婚啞嫁，往後改變了一家八口，甚至更多人的命運。

也在此時，共產黨已經滲入農村，還經常開會檢討。祖父母見時勢不對，趕急逃命，惟父親被捕獲，成了代罪羔羊。祖父母出逃時，還在家鄉遺下當時只得兩歲的三叔和四歲的姑姑。

年邁的曾祖母眼見父親被抓，遂耳語勸告父親必須逃命。她甚至趁官兵稍一鬆懈，就衝向他們，給父親跳出重圍之機，直奔前方。官兵的追趕聲與槍聲，不停響着⋯⋯他藏匿在自家牆壁間的縫隙中，等待逃命時機。最終，父親在衡陽與祖父母和母親會合，一起前往香港。

幾經辛苦，他們終於到達香港。但因為是難民，言語不通，生活非常艱難。其後港府將集中在摩星嶺的難民，全數轉移到調景嶺。雖然這裏環境惡劣，生活狀況極差，但總算有一個屬於自己的窩居。

初期居民大都棲身於用油紙搭建的三角帳篷內，十分擁擠，後來用木板蓋的房子慢慢多起來。不過，廁所只能建於海中，中間只得一條木板與之相連。冬天走在木板上時，刮着的北風令人倍覺寒冷，人在木板上搖搖晃晃，極為驚險，加之道路滿是泥濘，這等環境真是非人生活！

為了謀生，父親去做苦力，由調景嶺山底下將石頭或海沙，用擔子抬到山頂，每抬一擔，只得五分錢。為了多賺一些錢，父親與村內二千多名居民，一同前往馬鞍山鐵礦場工作。

直至有一天，他險些兒被那些又圓又大、從高處滾下的石頭壓倒。他回頭一看，自忖若被壓中，不是枉死也必重傷。他心有餘悸，帶着恐懼的心情返回調景嶺。

調景嶺自從成為國際難民營後，宗教團體紛紛進入營內協助居民，提供日常所需包括開設小型醫療診所、教堂和學校。台灣成立的中國大陸災胞救濟總會（簡稱「救總」），每月亦派發救濟金及處理重要事項。

鳴遠天主教堂和基督教信義會是兩大教派，還有宣道會與聖約翰路德會等。教會時常派發麵粉、奶粉、牛油、白豬油、芝士以及衣服。另外，教會又開設手工藝品製造作坊，讓居民有收入的來源，例如繡花、七彩針包、白兔鞋和眼鏡套、竹龍掛飾、火柴盒與洋娃娃等。

父親口才流利，自幼獲舅父熏陶，熱愛音樂，不斷自學，故其音樂造詣精湛。因此，他獲得基督教宣道會牧師委任教導詩班。同時，他殷切期待前往台灣求學。

也許父親性格剛烈，得罪了人亦不自知，負笈留學竟未獲取錄。眼看同齡友人、表兄，甚至舅父，一個一個能去台灣求學，卻剩下他一個人。他感到徬徨，痛苦萬分，望着妻小兒女們，頓覺前路茫茫，無語問蒼天！

他嚮往的台灣，把他拒於門外，心中充滿着憤怒與悲傷，覺得自己遭受了不公平的對待，更感到周圍的人都在嘲笑他。父親當年曾道，沒獲錄取赴台，對他造成很大的打擊。

## 匍匐前進　手執教鞭

最後父親化悲憤為力量，重新整理和裝扮，不時自我檢討。他得到教會資助學費，在香港聯合書院就學。五短身材的他，努力鍛練身體，以增強體魄。他特別注重儀容，在鞋內加墊和鞋底加厚。

每日工作和上學，讀書至深夜仍不釋手。這段時間，他和母親不斷接下手工製作回家做，包括各式各樣的刺繡與女紅，以維持家計。父親在香港聯合書院畢業時，乃一九五九年，年方二十九歲。

畢業後，他希望到政府學校教書，但政府不承認一九六三年以前在聯合書院畢業的資格。崎嶇的道路，讓父親差點兒透不過氣，只好到葛量洪教育學院再進修兩年，終在官立學校覓得教職。

期間，他偶爾也會到其他學校擔任兼職教師，並陸續還考取了音樂及體育的教授文憑。

一九六三年時，麗的呼聲舉行了第一屆歌唱表演，父親決定參加。他以《偶然》這首歌比賽，取得了古典藝術男高音歌唱獎，並以「樂邦教授」為藝名。

雖然父親生活在動亂的時代，但完全無礙他對身邊事物的學習興趣。他自學音樂的涉獵範圍包括口琴、鋼琴、作曲作詞、演唱，甚至是指揮！這次參賽一鳴驚人，他的音樂造詣與演唱技巧，獲得意大利音樂學院的賞識，願意提供全額獎學金，鼓勵父親前往意國深造。

對於自覺一路上艱苦奮鬥，卻總與機會擦身而過的父親，如今

The United College of Hongkong

THE ADMINISTRATIVE COUNCIL

HEREBY AWARDS

WONG TA MING

THIS DIPLOMA

TOGETHER WITH ALL THE RIGHTS, PRIVILEGES AND HONOURS APPERTAINING THERETO IN CONSIDERATION OF THE SATISFACTORY COMPLETION OF THE REQUIREMENTS FOR THIS DIPLOMA PRESCRIBED IN THE

DEPARTMENT OF

SOCIAL STUDIES

SCHOOL OF

LIBERAL ARTS

IN TESTIMONY WHEREOF THE CORPORATE SEAL AND THE SIGNATURES AS AUTHORIZED BY THE BOARD OF TRUSTEES OF THE COLLEGE ARE HEREUNTO AFFIXED.

GIVEN AT HONG KONG THIS 31ST DAY OF JULY IN THE YEAR OF NINETEEN HUNDRED AND FIFTY NINE.

Chen Ping Chuan

畢業證書

學生王達明係湖南省耒陽縣人民國十九年十月八日生在本校文學院社會學系修業期滿成績及格准予畢業此證

香港聯合書院院務委員會

中華民國四十八年七月三十一日

一邊工作、一邊上學，王爸爸以二十九歲高齡畢業於香港聯合書院。

竟然因為參賽而得到這樣一個良機，這對他來說是一個莫大的肯定。但家中孩子年幼，就算取得全額資助，也一定要放下香港的家。父親是個盡責的人，他捨不得家庭，最終放棄了這個機會。於是，他繼續穩執教鞭。

他拿下音樂與體育的教授文憑，此兩項都是他的喜好。音樂是一種內涵，猶如他的國學底子，源於自幼飽讀詩書，也是一種素養。可運動呢？是因為外表，一個可以塑造強健體魄的基本功。

父親在官校任教前，曾在調景嶺中學和信義中學執教超過十年。信義中學高層尤其欣賞他的才華，委以訓導主任之重任。父親相當注重學生的健康和紀律，所以要求全校學生都進行晨早體操訓練，以加強學生的體能和靈敏的頭腦。

年輕學子紛紛穿上體育裝束，以靈活的身體朝着信義中學大操場去，並按自己所屬班級，一行一行地順序排列着。

帶着威嚴面貌的父親，配襯的是魁悟體格，只要他把哨子一吹，

王爸爸（左）任教慕德中學時，挪威友人訪校與學生進行籃球友誼賽。

喧嘩聲頃刻間變成鴉雀無聲。學生們都聚精會神地凝望着父親，跟隨着他的動作，全體師生運動起來。一剎那，明媚的陽光映照着大地，彷似「天人合一」，雄偉壯觀。這真是調景嶺最燦爛的時刻！

## 多情自古空餘恨

我的母親蔣菊青與父親是同鄉。她出身富裕、聰慧，可惜外婆早逝。臨終前唯一要求是要外公讓母親多接受教育，但外公沒有做到。他認為女兒家不必多讀書，因此母親只有中學一年級的教育程度。

父母親在動盪時代為了生存，二人一心，家庭氣氛和諧美好。媽媽的女紅做得非常好，我記得她做針線包，爸爸就在包上的人形娃娃畫上眉眼與表情。我和弟弟們，曾經擁有一段短暫的快樂時光。父親教導我們園藝，唱歌跳舞，或是領着我們攀山與游泳。

隨着父親到官校任教，這段婚姻開始出現裂痕。二人價值觀的分歧日深，父親批評母親的說詞日漸增加。最常聽到的，就是父親評彈母親「短視」，又攻訐她不擅理財，是「大花筒」。最致命的，是已為人夫、為人父的父親，此時遇見了他人生中「完美的女人」。

一切由母親發現父親衣袋中，出現了兩張戲票開始，漸漸地兩夫妻吵鬧不堪，「三日一小吵，五天一大吵」。這段不幸的婚姻，讓母親直指「生不如死」，亦令父親內心痛苦不堪，他的脾氣變得越來越暴躁。

子女沒有快樂的家庭，加上父親對孩子的教育有其一定要求，他抑壓的痛苦情緒，卻用另一種方式宣洩。越將焦點放在孩子身上，就越是揠苗助長，令兒子們承受不了壓力。在家裏難受，孩子自然往外逃避，結交損友，影響了學業，不能成才。

八十年代中期，七區某戶在入夜後發生了一場大火。當時戶主夫婦因第三者介入婚姻而吵架，正在焚燒舊書刊的鐵桶被踢翻，未料屋子很快就陷入一片火海。結果只得戶主次女逃出屋外倖存，一對年幼子女與戶主夫婦都被火神帶走了。翌日，父親對母親撂下了狠話：「不知道那天，我們也來大吵一場，就跟他們一樣，把所有東西通通燒光吧！」這恨，有多深啊！

雙親的關係從破裂一刻開始，就像射出了的箭，從沒回頭。有時，兩夫妻吵起來勢成水火，要逼得一方離家方能澆熄火頭。

父母婚姻不如意，禍及了下一代。我們家是六姐弟，姐姐是老大，從來得不到父愛；我是老二，是唯一得到父親信任與疼愛的兒女。可是，四個弟弟都與他十分疏離。當兒子闖禍了，就想辦法補救；撲火後，父母就互相指摘！

從事教學工作三十多年，從調景嶺到東頭村的頂樓學校，最後甚至不惜每日往返耗時六個鐘頭，在粉嶺聯和墟學校任教。他盡心盡力，作育英才，可惜的是，自己的兒子們卻令他失望。真是遺憾不已。

家變前所拍的全家福。自律嚴明的王爸爸管不住自己的情感，八人命運由此改變。

調景嶺第十一區的家有二千多呎，一磚一瓦都是父親親手蓋起來的。從逃難到棲身山野，再用一生心血建成的小天地，都在政府下令清拆而塌陷了。他是最後一批離開的居民，搬離舊居到將軍澳，他非常傷心。早已破裂的家，隨着搬遷，母親選擇與兒子同住，父親就一人獨居。

父親退休後寄情於寫作。他把種植園藝的心得，重返故鄉的感受，以及其他旅遊的所見所聞，編輯了十幾本精心傑作。

我自小就與父親最親近，我就像他的知己朋友，他會向我傾訴心事。當他感到眾叛親離時，我亦是唯一仍陪伴在他身邊的人。我是他最信任，也是他感情依賴的唯一對象。他多才多藝，才華橫溢，吸引無數學生的目光，培養眾多年輕學子。但他的內心卻滿是委曲，感情消極。

父親於二〇〇三年含恨而終，享年七十三歲。到底在這個世上，甚麼是最寶貴的？每個人都有自己的答案。於我父親，答案可能就是「得不到的東西」。

# 毛記燒餅店

◎毛桂花

二〇一五年八月初的盛夏，我們八個已經四十年沒見過或甚少見面的同學，下午兩點鐘相約在調景嶺地鐵站集合，然後出發去尋找各自曾經居住過的地方，一起尋找老家的趣事。

雖然四十年來，大家都天各一方，但八人相見後即興奮莫名，沒有半點隔膜，一切盡在不言中。同學文義從美國回港，我們這把年紀的男同學都各有所成，文義除了回港探訪親友，亦計劃返廣西家鄉玉林賑災。

大家先在快餐店小聚，避開酷熱天氣，下午四點鐘才起行。文義熟悉環境，帶着我們一直往山上爬，目標就是找出分佈在調景嶺的五條大水坑。當年調景嶺整個社區的房子，全部靠山而蓋，村子早期劃分為五個區（後期才增至十二個區），每條水坑都坐落在不同的區。當同學們一一找到自己住過的區，都顯得非常雀躍。

調景嶺的小路特別多，每一條小路都縱橫交錯，從山頂向下走便能去到海邊的大街。當時的大街屬於第五區，猶如今天的彌敦道。由南向北走，可從碼頭走到人稱「沙灣」的第十二區。

「少年十五二十時」。照相機把桂花的黃金歲月留住了。

當時沙灣有好多靚女，大家叫她們做「沙灣飛女」，即今時今日的「索女」。調景嶺盛產「靚仔靚女」，例如陳玉蓮、黃元申、周潤發、關山、秦祥林、溫碧霞等，都曾經在這裏生活過。小時候，我妹妹就和陳玉蓮在碼頭跳水、隨山走。大家都是左鄰右里，年紀只相差幾歲，同學的兄弟姊妹或是兄弟姊妹的同學，通通彼此認識。

晚上大家都沒有甚麼娛樂，最「威水」的要算是家裏添置了收音機，可以收聽長篇廣播劇《臥虎藏龍》。當時廣播劇都是講國語的，我們活了幾十年，講國語算不上很標準，卻一定會聽會講。同學們一邊走一邊回憶，暢談往事，不亦樂乎。

我結婚後就住在第四區，有一條石梯走到頂就是調景嶺差館，亦是巴士總站。沿着馬路往市區方向，走路不用半小時就是靈實醫院了。

當年的調景嶺背山面海，環境優美，現在變成私人屋苑與公共屋邨。至於調景嶺的村民，就被安置在坑口區的厚德邨德安樓及德裕樓，或是遷往西灣河的東熹苑。調景嶺如今面目全非，僅留下一個名為「調景嶺」的地鐵站。

## 我爸是連長

我父親生於一九一一年（宣統三年），祖籍山東，與許多遷入調景嶺的難民一樣，他是國民黨軍人。當過兵、做過連長，甚至在一九四九年國共內戰時，散盡盤纏為軍旅兄弟籌謀逃難。

彼時國民黨節節敗退，父親遂帶領一批部下，由上海坐火車一路往南逃，有人到達香港後留了下來，有人輾轉去了台灣。當中有一位，誤會父親沒幫忙讓他能到台灣去，一怒之下，居然與父親斷交好幾年，父親更因此放棄赴台，留在香港發展。

在港國軍隨後聞風靠攏在一起，西環摩星嶺因而結集了來自各省市七千多名國民黨軍人及其家眷。父親艱難地在摩星嶺待了一年，終在一九五〇年六月二十六日，由香港政府用船把全數七千多人，遷移到面積不到三平方公里的調景嶺去。

這批被遷徙的，幾乎都是為了保命，自大陸各省市逃離的國軍。大夥兒被遷進了一片荒山野嶺，一個荒涼到根本沒東西可以吃，就連一隻老鼠都找不到的不毛之地。該怎麼活 ?! 這種日子可謂苦不堪言。

## 毛記燒餅店

為了生計，父親在調景嶺開了一間燒餅店，地點在大街第五區二十號。這家店是媽媽當時把金鍊子典當，花了二百元買回來的。自此，父親每天零晨三點鐘就起牀做燒餅了。

做燒餅的過程很複雜。首先把搓好的麵粉切成一小段，兩吋闊五吋長，然後用擀麵棍搓成又闊又長的餅型，成型後有三寸闊五吋長，像拖鞋般的形狀。第二步是要在燒餅上抹一層油及鹽，用手搓

桂花說：以前沒怎樣拍下做燒餅的相片，這是在深圳見到最接近的了。

捲成圓型，再用擀麵棍搓回拖鞋狀，這樣麵粉就會有味道了。最後要用水均勻地掃過已有味道的長形麵團，再灑滿白芝麻，放入攝氏兩百度高溫的碳爐內。如果大家有在街上光顧過煨蕃薯，就是那樣的碳爐了。把燒餅放進去之前，還要把報紙塞住碳爐底部洞口，不讓空氣跑進去。

碳爐非常熾熱，父親會端好一盆冷水放在爐旁，把燒餅放進碳爐以前，會先把手放入冷水中，浸過手臂，然後用手板握住燒餅放入爐內。等到燒餅呈現金黃色，便用長夾子把燒餅夾出。燒餅有鹹的，也有甜的。

爸爸賣燒餅，對面經營劉玉記的劉伯伯就賣油條。村裏的商店，就是靠街坊支持經營下去。燒餅店的捧場客很多，經常有很多街坊在排隊等着買。「十個甜的，十個鹹的！」「老闆，還有多少？都要了！」

有一位舊街坊，年輕時行船，其後留在巴西。他每一次重返調景嶺，都會買走大批燒餅解饞，甜燒餅尤其耐放，他甚至帶着幾十個燒餅回去巴西。還有，香港第一位國際影帝（瑞士羅迦諾國際電影節最佳男主角）關山，年輕時曾待過調景嶺，即使搬到市區，亦經常回來光顧毛記燒餅店。

除了做燒餅，為了增加收入，爸爸也做雪條、豆漿、酸梅湯、

劉伯伯抱着鄰家小孩留影。左一是影星秦祥林，最前方為秦的小弟。

橙汁及香煙等批發生意。父親每天下午兩點鐘搭船到西灣河進貨，媽媽四點鐘就去碼頭接船，把雪條扛回家，然後爸爸走遍十二區的商店交貨。我記憶中的商店有調景嶺中學合作社、五羊商店、林記、雙喜等。

幹活辛苦，因為要養育我們六姐弟實在不易。爸爸閒來也接一些手工回家做，當時很多人繡花，他專挑「龍」來繡，以賺取多些收入。當年村內有很多居民都會做手工維持生計，那些年過得實在很不容易。

## 媽媽是偉大的「路路通」

我媽媽是個目不識丁的中國傳統女性，她十三歲就出門打工，走難時跟着姐妹來到香港，認識父親後便組織家庭。家裏一共有六個孩子，姐比我大六歲，小弟比我小十年。六姊弟當中，姐姐是最

六姊弟碩果僅存兒時在店舖拍下的相片。斑駁不就是歷史的痕跡麼？

桂花與毛爸爸在第六區十六號屋前的身影

辛苦的，要上課，做家務，帶小弟。

五十年代生活艱苦，媽媽既要幫爸爸做燒餅生意，又要煮飯、洗衣、做家務，加上爸爸喜歡打麻將，有時打通宵不回家，麵粉也要發酸了！

記得小時候，燒餅店是前舖後居，我們姐妹三人睡在閣樓，大弟弟經常尿牀，所以睡門板，門板有空隙，方便撒尿時漏到地上去。因為居住環境不好，媽媽時常希望添置另一個容身之所。

就在我十三歲那年，她用一千六百港元買下第六區十六號的房子，當時的金條只是兩百元一兩，她足足花了八條金條買下，面積約有六百呎左右。有了舒適的居所，店舖就沒有人過夜了。

當年調景嶺有許多吸毒者，街坊都要特別留意門戶。以前燒餅店有人留宿，小偷一樣光顧，他們會把門板撬開，把所有的煙和錢全部偷光。

新居是住所，試過好幾次被闖空門。日間全部人去上學，爸媽回店舖做生意，中午回家一看，門鎖被人撬走，屋內的財物例如唱機等都被偷去。當時十分流行由陳寶珠唱的《女殺手》、《黑野貓》唱片，全遭洗劫一空，衣櫃更被翻得亂七八糟。

媽媽看到這情景，一邊哭一邊去查看大衣的內袋，掏出錢後就沒有那麼傷心。媽媽真有智慧，把現鈔分散擺放，風險來臨亦不致全軍覆沒，真令我佩服！

我們經常穿梭於第五區二十號與第六區十六號之間。父母大約在一九八二年退休，結束所有生意，每年「雙十節」，他倆老都會去台灣觀光，更與曾經誤會父親那位舊部下一起去遊玩。

一九九六年六月十六日，父親病逝，享年八十六歲。他去世當日正是六月十六日的父親節，也是老家的門牌號碼。雖然當時調景嶺已進行清拆，大家都遷往別處，但我知道父親一直心繫自己住了

誤會冰釋以後，毛爸爸（左）每年都和舊部下到台灣觀光。

半個世紀前毛媽媽花了八條金條買屋養兒，如今六姊弟反哺親恩，常伴左右。

超過四十年的家——調景嶺。

至於我母親，今年已經九十六歲了。她對燒餅、對老街坊，依舊記憶深厚。她會惦記着光顧的客人有多喜愛毛記的出品；也提起兒子在調景嶺的中學老師，噗通的跳到海裏，很會游泳。她的回憶裏，充滿了對調景嶺許多人和事的感情。

大約在一九九二年，距離清拆前四年左右，「白馬王子」劉德華擔任主角的電影《天長地久》，在調景嶺碼頭附近取景，母親聞訊也到碼頭看看拍攝情況。最後，她與劉德華拍了一張合照。直至今天她提起此事，依舊是喜孜孜的。

## 堅持讀畢中學

從幼稚園到中學，我都在調景嶺中學讀書。記得讀幼稚園那年，頭上長了瘡，媽媽把我的頭髮剃光，戴了頂帽子去上學，我拚死也不肯拿下帽子。就算只是四五歲的小孩子，都知道醜怪呢！

我小學讀書成績還可以。當時的制度是，只要在班上考取前十名的，都可以直接升讀初中一；第十一名以後就要交報名費重考原校，或向其他學校叩門了。直至讀中四那年，爸爸叫我出來打工，我開始一邊上學，一邊在工廠做工。由於上學是免學費的，在老師鼓勵下，我堅持到中五畢業後才正式出來做事。

其實我的志願是做護士，因為護士是「白衣天使」，訓練成績好還可以獲派往英國深造。當時調景嶺附近的靈實醫院住了不少肺病，或是有毒癮的病人。醫院護士都很有愛心，但畢業那年還未滿十八歲，只能望門輕嘆，加上自己怕血，結果改變主意了。

我第一份工作是在灣仔當幼稚園教師，月薪好像是三百多元，要穿旗袍，小朋友很聰明可愛。一年後，與我要好的同學都去台灣升學，實在讓我好不羨慕！恰逢台灣救總開辦中文打字的職業訓練課程，機票免費，甚至有零用錢，我當然立即報名。

在台逗留的半年裏，每星期放假我都去玩，探望同學，台大、師大與成大，都留下了不少足跡與美好的回憶。回港後，原本想到無線電視做中文打字員，但朋友說我有會計的學歷，比較專長，自此我就以會計為終身職業了。

婚後我仍然住在調景嶺，直到一九八六年才遷出那個山明水秀的地方，當時長女已經七歲了。我是沒事做也要找事忙的人，離開了熟悉的地方，媽媽不能幫我照顧小孩，當然是自己做了。子女要上課，我就到社區中心幫忙補習，看顧小朋友，有寄託又有意義。

八十年代中期，青衣區一帶有不少新移民，小朋友需要輔導功課，於是我就辦了一家補習社，還替人報稅、理賬、介紹家務助理及補習等，高峰期有六十個學生，附近小學的校長還推介學生來補習。雖然學生數量不少，但盈利狀況普通，最後我還是決定再找工作。

## 給自己最好的禮物

我是在一九七二年出來社會工作，賺到薪水真的很開心，於是就籌備到外面看看。菲律賓是我第一個旅行的地方，當年亦是不容易，就連入境菲律賓都要在身上備足四百美元作為財力證明。直到我去過台灣之後，更能感受到這個世界的廣闊。自此，每年我都會去旅行，並把照片整理得好好。

除了極地與非洲，大半個地球我都去過了。我記得去西藏時，得了高山症；去南美洲時，碰到到處有人在示威；去挪威看到北極光，完全被美景震懾！還有印度，當時搭夜機出發，航程就一直在星河中慢慢飛舞，美的不得了。

一九八二年遠赴瑞士探望嫁到彼邦的同班同學張詠琴（左）

長女大學畢業時，桂花偕母親出席畢業禮。好一幀三代同框的照片。

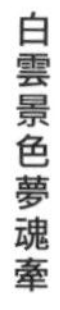

喜愛旅行的桂花，已把世界裝進心中。

二〇〇三年全城陷入沙士恐慌時，公立醫院幾近癱瘓，我先生因為心肌炎住院，但最後未能及時救回。四年後，眼看兒女長大成人，各有自己的天地，我決定將自己的喜好結合於工作，開始做兼職導遊。二〇一五年正式向會計工作告別，迄今過着退而不休的生活，甚至全職帶團。

我總覺得，去旅行是送給自己最好的禮物。做導遊亦抱着與眾同樂的心態，還可以保持心境年輕。我向團友自我介紹，「叫我毛姨姨吧」！

今時今日科技發達，旅行時拍下的照片，現在都不用先沖曬了，存在手機裏，隨時可以看。我試過不小心按錯鍵，結果把相片通通刪除掉。沒關係的，那些美景與記憶仍然留在腦海裏。

我一直相信：旅遊是愛自己的一種方式。「用眼睛去發現、用心去體會，把世界裝進心中，留下腳印，帶走回憶。」

# 心中留痕的調景嶺

◎張詠琴

如果調景嶺是一個線座，我是那一隻風箏，那麼不論我隨風飄到多遠多高，即使已經飛到瑞士，飄過了接近三十八個年頭，我依舊對她念念不忘。我在調景嶺土生土長，實在有許多難以忘懷的事情，每當想起，猶如撥動心中的弦，奏着輕快又溫暖的樂章。

感謝曾經青春，感謝成長路上有山嶺、有大海的陪伴。

## 心中情

伯父比我父親年長八歲，當年響應國民政府「十萬青年十萬軍」的號召，參加了抗日戰爭。經歷了八年抗戰，日本投降，香港光復。伯父乃忠心耿耿的國民黨軍人，一心效忠時任中華民國軍事委員會的蔣中正委員長。一九四九年中國山河變色後，伯父無可奈何下留在香港。

當時我的祖父母還在廣州，在共產黨眼裏，他們是地主，屬於資產階級，成分不好，需要被批鬥。雙親無法忍受那種無時無刻、無理取鬧的折騰，惟有帶着我兩個兄姐逃離大陸，到港投靠住在深水埗的伯父一家。

逃難者眾，伯父跟隨其他抵港的國民黨官兵輾轉遷入調景嶺，我們舉家也跟隨到底。當蔣委員長做了台灣的「總統」後，曾派船來港接走無奈滯港的國軍，伯父舉家立刻就登上了開往台灣的大輪船。但這回，父親選擇留守在調景嶺，直到，生命的最後一刻。

一九五四年冬季，我就在這個背山面海，雜草亂生，野果遍山的調景嶺出生。由於國共內戰後，為逃避戰亂或共產黨清算的人，大部分都湧到香港，令香港的人口一時劇增。由於物資短缺，當時生活的艱苦可想而知。

父母在調景嶺的偏僻山澗旁搭建了一間簡陋的小木屋，只求在風雨中棲身。為口奔馳的雙親，沒料到我在彼時出生。母親身體孱弱，沒有奶水，家裏又窮得買不起奶粉，出生時還不到兩公斤的我，在這個家徒四壁，還要四面滲入寒風的木屋裏，有多大機會能養活下來呢？

基督教的司務道教士每次家訪，不僅為我母親祈禱，還建議她把我送到教會的收養所撫養。父母終究是捨不得，一心要把初生嬰

大學畢業後詠琴打聽到司務道教士所在，前往探望後留下唯一的合照。

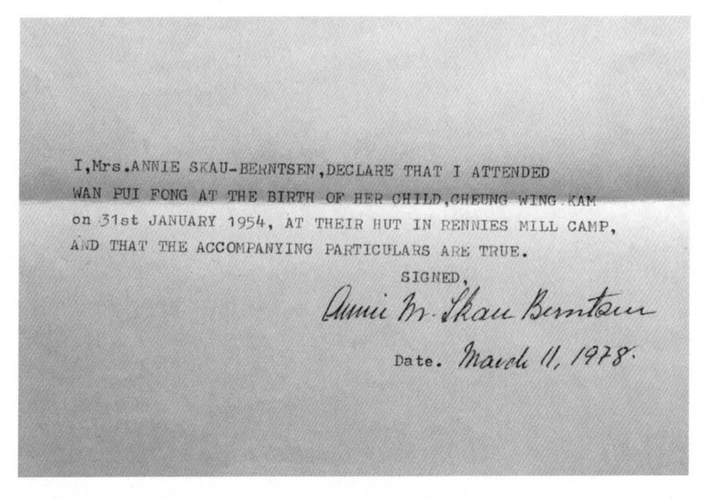

I,Mrs.ANNIE SKAU-BERNTSEN,DECLARE THAT I ATTENDED
WAN PUI FONG AT THE BIRTH OF HER CHILD,CHEUNG WING KAM
on 31st JANUARY 1954, AT THEIR HUT IN RENNIES MILL CAMP,
AND THAT THE ACCOMPANYING PARTICULARS ARE TRUE.

SIGNED,

Annie M. Skau Berntsen

Date. March 11, 1978.

司務道教士親筆簽下三十四年前為詠琴接生的證明函件

兒的我留在身邊試養着。在物質奇缺的情況下，母親有時候給我喝教會派送的奶粉，有時候就餵我喝喝米湯。

適者生存，我就是這樣長大了。能活到今天，算是個奇蹟，也有幾分是父母對我不離不棄的愛。

父親受過高等教育，母親是廣東某戶的大家閨秀，會看書、寫字畫畫，出嫁時有多名丫環陪嫁侍候。面對政權更替，父母帶着我的哥哥和姐姐逃難。一向生活富裕、衣食無憂、嬌生慣養的母親，哪能承受到生活上的巨變？身上既無分文，又兩餐不繼，不會做家事，卻要面對一大堆家務，終日以淚洗面，叫苦連天。

幸好她有位通情達理的丈夫，好言相勸，努力開解。父親分擔了大部分的家務，讓母親有時間調節心態，慢慢適應，以面對逆境。在我記憶裏，母親不但很有耐性地「大手包小手」地教我寫字和讀書，給我講故事，教我唱歌，還會燒上一桌美味的好菜。

父親一直努力謀生，但當時的局勢和環境，還有甚麼工作可以做？只好做點小買賣。那時候調景嶺的交通極不方便，他拿着布袋翻山越嶺走到九龍買貨，再揹着貨物走回家。母親守着這個家，也幫忙守着這些貨物，在家門前用樹枝弄成的桌子，就擺開東西來販賣，掙取蠅頭小利。

後來父親把握到一個機會，取得英國蜆殼石油公司在調景嶺的石油（火水）代理權，我們就掛起招牌做石油代理生意，店號叫「東園」。

初期調景嶺居民用的燃料，不是上山砍柴，就是燒乾草與木炭，有了蜆殼石油公司進駐後，很多居民開始使用火水爐、火水燈，以燒石油為主。尤其是村內的店舖、寄宿學校等，都向我們訂購火水。

隨着居民日漸增加，有公共交通工具通往市區，與外界接觸日趨頻繁，很多居民為求乾淨和方便，皆改用煤氣爐。蜆殼石油公司馬上配合需求，除了運來大罐大罐的石油，也運入煤氣罐，以供使用。後來美國的美孚石油公司也進駐調景嶺，兩大公司幾乎平分了村裏所有燃料的生意。

蜆殼石油公司在調景嶺沙灣海旁蓋了一間石屋，每當潮漲，運輸船會把大罐的石油運載到石屋旁，再用木板充當滾動石油罐的橋樑，通通送進石屋裏。每遇潮退時，運輸船就把大罐大罐的石油拋入海裏，用繩子綁好拖到石屋旁，再把它們拉上岸，最後才把大罐的石油滾動到石屋裏。

父親會即時點算貨物數目是否正確，簽收後就算是貨物接收完畢。我們再把石油灌換進小罐，甚至是小瓶中，再往各家各戶送去。

記得讀小學的時候，中午下課回家吃飯，父親常常會吩咐我和姐姐，下午回校上課時，順便給某家某戶送去一桶石油，收費是多少，或在小本子上記賬。我們都很合作，覺得這是理應承擔的家務事。

就因為從小習慣做家務，在經濟條件差、物資短缺的環境下生活，現在身在海外，做甚麼家務事都能駕輕就熟，操作自如。我深明所有的東西都是得來不易，對自己擁有的一切，知道要珍惜，也要長懷感恩之情，知足常樂。

十八歲前，我從沒離開過調景嶺半步，是一個不折不扣的調景嶺女兒；十八歲時因為要到台灣升讀大學，那是半離開狀態；直到在瑞士定居後，我就真的走出了她的懷抱，只有在夢中相會，舊地重遊。

這個山明水秀，生我養我的好地方，給我留下了太多太多刻骨銘心的回憶，不管是甜酸苦辣，都令我回味無窮。

## 憶兒時

小時候，我沒有住在高樓大廈，但生活再苦，也不必住在「白鴿籠子」裏。調景嶺遠離市區，依山傍水，環境清靜。我們生活簡

詠琴與父母及兄弟姊妹拍下的全家福

慕德中學山上有條可容汽車駛過的路，詠琴與兄弟姊妹對此有着共同回憶。

單樸素，在家門前養了幾隻會生蛋的雞，院子裏種幾棵木瓜樹、芭蕉樹。這些都是我童年時新鮮營養的重要來源。

在那個年代，我們哪來的電視、電話或電腦？父母每天都是日出而作，日入而息，生活充實，悠然自得。在這個環境下長大，我的生活充滿樂趣，亦多姿多彩。

童年時常聽見長輩、老師們說，調景嶺是一個臥虎藏龍的地方。有很多國民黨的軍官將領、名門貴族、知識分子、藝術家等在此居住。他們之中有改名換姓的，或是低調隱居的上海大亨，甚至是特務。我年少無知，總會好奇地問：「他們是誰？你認不認識他們？他們住在哪一區？哪一戶？」

村裏的房子依山而建，分佈在縱橫不到三平方公里的山坡與海邊，這裏的外省人特別多，包括上海、湖南、四川、山東、北京等。

左鄰右里都在說着自己的家鄉話，聽他們互稱「老鄉」，我們就叫他們「老兄」。自小耳濡目染，聽得懂多種外省話，竟對我日後工作甚有助益呢。

調景嶺的人數在高峰時大約是兩萬餘人，其實也不算多，卻容納了多個宗教團體在此傳播福音、幫助村民和救濟難民。例如信義會、宣道會、路德會、摩門教、天主教等，亦有佛堂和觀音廟。

我家沒有宗教信仰，幼時更不瞭解甚麼是宗教信仰，反正哪裏派麵粉，哪裏派發救濟衣，我就上那個教會做禮拜，甘願背「金句」。

因為年紀小，對物質的獲得或領取還是高興的，大人對哪裏有東西發送的消息也很敏感，訊息傳遞快速。尤其是聖誕節前後，我們一幫小孩就會到處打聽，分頭跑好幾家教會，目的就是領取多些糖果或玩具。

我家住在海邊，門前不遠處是石灘，每逢農曆十五，海水會漲潮。我們這幫孩子最高興就是退潮，因為漲潮會帶來很多東西，除了可以撿到能生火的木頭帶回家之外，還有很多魚蝦會被困在小水坑裏，只要移動水坑的石頭，魚蝦就會亂動。

哥哥總是抓準機會，不管是魚是蝦還是螃蟹，通通手到擒來。當小妹妹的我，立刻湊上破罐甚麼的，獵物應聲現形，是魚是蝦自有分曉。我經常充當哥哥的小助手，隨他上陣，百戰百勝，滿載而歸。

夏日炎炎，父親常領着兄姐和我到海邊游泳消暑。我年紀小還不會游泳時，就玩玩水，泡泡腳，撿撿貝殼，搗搗蛋；拿父親的背，當是牀來躺着。有時候，看着兄姐比賽游泳，我就為姐姐吶喊加油。那笑聲、叫聲在空氣中盪漾，樂不可支。直到聽見母親叫喊：「吃飯喇！」我們才意猶未盡地上岸回家。

雖然媽媽不參加我們的水上活動，但有時候也會興致勃勃地拿着小木棍，提着小籃子，帶領我們往石灘旁邊的沙地走去。她告訴我們，海水退了沙地上有小洞會噴水的地方，很可能就有蜆住在下面。她一邊說，一邊把木棍插下去，慢慢挖，慢慢把沙撥開，很快就發現如我小手般大小的蜆呈現眼前。

哥哥姐姐佩服媽媽的判斷和厲害，依樣畫葫蘆。他們努力的挖，我負責撿。有時候我也會去「偵察」一些會噴水的小洞洞，然後通風報訊，不一會工夫，已裝滿了一籃子。直至媽媽說，「夠吃了，改天再挖吧」，大家才肯放下手上的工具。

媽媽把籃子泡在海水中，把蜆沖洗一下，把小的挑出來，丟回海上，也順便沖洗滿手滿臉都是沙的我。回程時，媽媽特地提上一桶海水帶回家，我們就領着戰利品。媽媽說，要用海水把蜆多養一兩天，讓牠把沙都吐出來才好吃的。

我一大早起牀就會跑到廚房去，看看那些泡在海水裏的蜆，看牠們如何伸出肉足，如何挪動，如何噴水，又用小指頭逗牠們玩。有時候被牠們噴出來的水射中了，開心得笑個不停。

調景嶺的小朋友最喜歡隨時隨地與同伴們一起燒烤

父母沒空陪我的時候，我不會撒嬌，不會埋怨，更不會無聊，會跟着哥哥去釣魚。哥哥很會照顧小妹妹，他會弄好魚竿和釣絲，讓我拿着，默默守候。釣絲一有動靜，我立刻示意哥哥。

每當魚兒上釣的時候，我會歡呼喝彩，用力拍手，興奮莫名。哥哥會告訴我釣到的是甚麼魚，有時候會釣到螃蟹和海膽。漸漸地，我也愛上了釣魚，享受其中的樂趣，至今仍樂此不疲。

因為村內沒有汽車行駛，童年的我可以隨心亂走，與同伴隨山亂跑，摘能吃的野果，抓蜻蜓；可以與鄰居小孩在路上或路邊玩捉迷藏，跳橡筋繩，跳方格，拋石頭和打公仔紙，應有盡有。不花分文的遊戲，樂上半天才回家。屬於童年的往事，現在回想起來，那份天真爛漫的歡聲笑語依舊縈繞心中。

## 暑期工

我們這一代（五十年代）成長的調景嶺人，大部分都做過暑期工。小的留在家裏幫忙穿膠花、漆玩具，或幫教會的手工藝品工場做布娃娃、繡花和剪線頭；大的就攀山走去觀塘和油塘的電子廠、製衣廠、玩具廠做暑期工。

記得讀中一二年級時，我和姐姐改唸鳴遠中學，那是因為父母誤信了一些傳言，以為學校是由神父、修女們教授英文，所以英文程度會比免繳學費的調景嶺中學要高，所以我在調景嶺小學畢業後就轉校了。

那時候鳴遠中學是要交學費的。為了減輕父母負擔，我當然要設法利用假期賺點學費。十二三歲的小姑娘，就這樣跟着鄰居姐姐們翻山越嶺走路到觀塘工業區找暑期工。

我拿着姐姐已滿十六歲的兒童身份證，沿着工廠區走，繞着工廠大廈轉，一看到招聘的紅紙，立刻記下工廠的名字和地址，所有工種都不放過，鼓起勇氣去毛遂自薦。當時正值香港工業起飛，到處都需要勞動力，我們這些不大不小的女孩，只要不挑、不要求高工資的話，還是很容易找到工作的。

我的第一份工作是在電子廠裏做燒焊工，就是在喇叭上焊錫，一手拿着燒焊器，另一手拿着焊錫條，在部件上指定的位置點上焊錫。看起來容易，做起來也有一定的危險性。一來焊錫的煙味又熱又臭，常讓我感到口乾；二來燒焊器很熱，一不小心就燙到手。

當我第一次坐上工作枱，看到流動式輸送膠帶上放滿了喇叭，有些趴着，有些站着，好像跟我打個招呼就被我送走一樣，覺得好有趣。可是喇叭不停地傳送過來，我要以飛快的速度焊錫，那真的是手忙腳亂，一點都不輕鬆了。

頭兩天我經常跟不上速度，沒焊過錫的喇叭是不能隨輸送帶送走的，我一個接一個的焊，同時又要一個接一個的留下，不到一小時，我枱上還沒焊錫的喇叭就堆積如山。即使口乾都不敢去喝一口

詠琴（左二）重返調景嶺中學就讀，與同學毛桂花（右二）等在旗杆下拍照。

詠琴（後排右二）與同學到大嶼山寶蓮禪寺參加畢業旅行。相片內都是一張張青澀純樸的面容。

姐弟在家裏鐵閘前留影。與詠琴（左）結伴攀山去做暑期工的妹妹（右）。

水，生怕耽誤時間，更怕領班說我工作太慢。

幸好我的領班通情達理，沒有責怪我，還找其他工友幫我一把。經過幾天的適應，我的手腳變得靈活，不但跟得上輸送帶交來的任務，還能一面工作，一面和工友聊天。

我和姐姐共用一張身份證登記工作的，所以不能在同一家工廠上班，倒是可以在附近的地方工作。早上我們一起出門爬山，中午一起吃飯，下班一起回家，互相照應。

姐姐比我大幾歲，認識的朋友比較多，她的朋友都知道我不足十六歲，但當時很多工廠急需人手，只要你工作勝任，試用期過關，就沒人管你是否符合勞工處規定的合法年齡了。

當年調景嶺雖然交通不便，但已有渡輪航行到筲箕灣，也有巴士通往九龍。但我們都很節儉，情願一大早起牀攀越山頭，跨過山嶺到油塘和觀塘。每天下班後就沿着同樣的路回家和家人一起吃晚飯。

在這條路上，很多本來不相識的村民，都因為在山路上常常遇到而認識，交為朋友或結義金蘭。年輕女孩連群結隊上山下山，陣容不小，沒有人敢欺負我們。

山路雖然崎嶇，路途雖然遙遠，但有人作伴，生活有目標，說說笑笑唱唱歌，一個半小時腳程的山邊碎石黃沙路，就這樣給我們一次又一次地征服，把它走完。

我哥哥比我大五歲，他力氣大，走得也快，很少跟我們一道走。哥哥和他的同學們抄捷徑走到維他奶工廠或屈臣氏工廠，當苦力或跟車搬運工人，他的收入當然比我們姐妹多。

我們這一代調景嶺的年經人，大部分都是自己賺取零用錢，甚至是學費與書薄費。大家都知道家裏窮，生活艱難，兄弟姐妹多，一般是不敢伸手向家裏要錢的，只會把賺來的錢，分一點給還不會賺錢的弟妹。

有一年暑假，我和妹妹在鱷魚袖包裝部當暑期工，進去之後才知道這家大型製衣廠是那麼大，有那麼多的部門，需要那麼多的分工和工人，才能把一件衣服完成。

再經過檢查合格才送到我們面前，讓我們按照顏色、呎碼放在大小不同、高低有別的紙盒裏，依編號排列整齊，隨時可以按訂單送貨。

在製衣廠工作的那個暑假，最讓我大開眼界。我看到從一大卷的布匹，是如何平放在偌大的裁剪枱上，由師傅們貼上圖形，用電刀把厚厚的布疋割開，然後依各種形狀割得整整齊齊，送到車衣部縫紉、釘上扣子、熨燙與摺疊的整個製作過程。

年復一年，我每年都去做暑期工。有一次，當我正在專心工作的時候，領班拍拍我肩膀說，颱風正在靠近，很可能會改掛八號風球，叫我早點收工回家。我立刻找妹妹一起早退，踏上回家之路。

我和妹妹手拉手冒着風雨往山上走，走到山口，風很大，當時真怕被風吹走，我和妹妹盡量靠在一起，親密地並肩而行。那種驚險萬分的經驗，至今難忘，心有餘悸。其實我們也沒有其他的選擇，這是唯一的可以回家的路。

我們在寒暑假期走出調景嶺去做工，消遣也是做工，目的就是賺錢，減輕父母的負擔。所以能用腳走的就走路，能省的就省，能做的都做。每次工廠需要加班，我們這幫人總是最快舉手，在加班的名冊上留名。慢慢地，調景嶺工友就得到不怕苦、不怕累、不偷懶的好評。

現在我定居瑞士，福利好，又是中立國家，生活有保障。我的孩子聽到我的經歷，覺得不可思議，覺得我們的命很苦。其實在工作中，除了獲得工資之外，所見所聞也是另類的學習和實習。在工廠裏我學會與人溝通和相處，這種人際關係的處理，不是書本上可以學到的。

當年刻苦耐勞的經歷與磨練，現在讓我抵得住任何生活上的煩惱和挫折。年輕時在山上走來走去，本來就是一種運動，把身體鍛煉得強壯結實，一生受用。如今我年過半百，回想當年天天走的山路，真是百感交雜。試問遠在天邊的我，還有機會走它幾回呢？

## 樑上君子

一直以來，調景嶺的鄰里都會守望相助，治安良好給人留下了很好的印象。不過在六十年代初期，還是有不少偷雞摸狗的事情發生。可能因為窮，也可能是人的貪婪，當然也有部分是吸毒者所為。

當年我家門前種了幾棵木瓜樹，青木瓜可以燉骨頭或熬魚湯喝，熟木瓜就當水果吃。要是木瓜湯喝膩了，就換口味吃水果木瓜。可是，每次等待木瓜成熟時，總是有人捷足先登，趁我們不在家或天黑時，把快熟的木瓜偷走，害得我們白等一場，一回又一回的失望。

後來父親乾脆先把夠大，或是半黃不熟的木瓜摘下，放進米缸裏催熟，一兩天後我們也能吃到成熟的黃木瓜。

由於父母親的勤勞，家裏的經濟狀況日漸改善。父親好幾次出外辦事，都會買些新的家庭用品回來，例如火水爐、火水燈、小木凳之類。不過，這些新穎好用的家具，總是用了幾次就不翼而飛了。

為了提高警覺，我們就養了一隻看門狗，取名「小黑」。只要有陌生人走近，小黑的吠叫就會提醒我們。

沒想到某天早上，媽媽起來到廚房燒水，發現火水爐不見了，連我們家的小黑亦不知所蹤。當時的盜竊嚴重，簡直是防不勝防。大概是一九六四年吧，父親終於忍無可忍，把省下來的錢，買了一道鐵閘門。

鐵門可向左右兩邊同一直線推開，而不是前後推開那種。有人想進屋，一定要把鐵門弄響，而屋子裏的人可以從窗口看到誰人想進來，不讓白撞之人得逞。晚上還要上鎖，以防萬一。就這樣，家裏東西被偷的事情才告一段落。

父親經營石油代理兼零售，有時候趕着送貨，在大罐的石油罐裏臨時抽取一些拿去賣，其他的就讓它留在大罐內，放在自家下方的海旁，方便監視與看守。有時候會有人帶着裝備，想來偷石油，父親看見了就會喊叫，作賊心虛者多半會自動離開。

有一次，又有人提着水桶和塑膠管趁天黑來偷石油，父親怎麼喊怎麼叫都沒用，只好帶上鄰居和木棍下去阻止，小偷才扔下水桶和塑膠管落荒而逃。父親瞥見他們的體型，心裏有數，知道是誰幹的。可是他從來沒有再去追究，只是每次在大罐取石油時，盡量把它抽乾，免得再招來賊子。

難怪我們放學回家，天都快黑了，父親還堅持要把他的工作做完。他把大罐的石油灌到小罐裏，叫我們兄弟姐妹幫忙抬回家，他才肯回家吃飯。他深怕一旦人走開，東西就沒有了。

我家會生蛋的母雞，也是被偷的目標。一到黃昏，母親會把牠們叫回來，點清楚數目，才關進由父親親手做的籠子裏，早上才把牠們放出來自由走動。

廚房旁邊放了幾個竹籃子，上面鋪了些乾草，讓母雞可以舒舒服服地下蛋，以免牠把蛋都下到鄰居的餐桌上去。生完蛋的母雞會叫幾聲，我們就知道有蛋可撿了，這也是我們兄弟姐妹最樂意做的事情。

姐姐比我大幾歲，經常幫媽媽做各種家務事，是媽媽的好幫手。她常常幫媽媽把衣服帶到天主堂旁邊的山澗去洗衣服，可是偶爾會洗掉了一兩件。姐姐說，也許不小心給水沖走了或漏了，回頭找找看。媽媽說：「怎麼每次都是少了最好的那一件！」

冬天來了，有時候父母會做些臘肉或臘鴨掛在門前曬。這種油膩膩的東西，同樣會有人打它們的主意，爸媽會要我們輪流看守着。

隨着香港的經濟飛騰，加上村內居民的勤奮，大家的生活有了明顯改善。而調景嶺的學校越辦越多，居民的質素和教育水平亦不斷提升，之後還設立警署，警察定時巡邏，小偷才慢慢絕跡。

環顧四周，現代社會的物質供過於求。在社會福利好的歐洲國家，常常看到年輕一輩把好吃、好用的東西浪費時，我總是心有戚戚然。他們無法想像世上甚至乎今日，還有人會為了雞毛蒜皮的東西，絞盡腦汁去獲得或偷取呢？

## 風箏放到瑞士去

一九八一年五月四日，我帶着非常複雜的心情離開香港，隨丈夫飛往瑞士。年輕的我對未知的將來，那五味俱全的感覺，均被丈夫的一個擁抱、一個親吻而失去靈敏度了。

丈夫是意大利和瑞士的混血兒，家中獨子，深得父母寵愛，且有求必應。他中學畢業後一直在郵局工作，直到退休，在同一個崗位上工作超過四十年之久，真不簡單。

我家翁是意大利南部西西里島的一個農民，讀書不多。第二次世界大戰時才十九歲的他，被意大利政府派去當兵，登上戰場。戰爭結束後，他一時回不了遙遠的西西里島，就在瑞士的一個牧場工作，從而邂逅我家姑，締結連理。年輕夫妻就搬到首都伯恩生活。

雖然家翁學歷不高，但頭腦靈活，還有一雙巧手，經過職業培訓，在工廠工作到退休。家翁一直認定自己是瑞士的過客，即使在瑞士生活了半個世紀，仍然不肯轉為瑞士籍，滿口說的都是意大利話。

家姑在中學畢業後就工作了，從服務員到廚師，樣樣皆通，得心應手，是個半職家庭主婦。她精通德語、法語和意大利語，一點點英語，至於華語，實在沒有辦法。

家翁退休後，很想落葉歸根，回到自己的家鄉，可是家姑不同

千里姻緣一線牽！詠琴與瑞士籍丈夫曾在香港留下不少足跡 。

詠琴與調景嶺讀書的同班同學相聚。青春不再，卻感情濃厚 。

意。她覺得自己年紀大了，適應不了意大利南部的天氣和生活。要麼離婚，那就各走各路，分道揚鑣。

家翁不會做飯，離不開家姑，只好「投降」，在瑞士終老，享年八十八歲。家姑獨居多年，因一次在家滑倒，送進醫院後就沒有回家了，享年九十三歲。

我與丈夫育有二子一女，三個子女都在瑞士大學畢業。在無任何背景和人脈關係之下，都順利地找到好的工作，皆因他們勤勞和自強不息。

兩個兒子都是電腦工程師，一個主修硬件，一個主修軟件。長子目前在瑞士政府部門任職，為我添了兩個孫子，大的正讀小二，小的也上幼稚園了。幼子去年底被瑞士最大的電訊公司 Swisscom 羅致，擔任電腦工程師。

女兒是一名攝影師，自己開設了工作室，個人事業正在起步，自己接生意，凡事親力親為。她會說德語、法語、英語、西班牙語、瑞士土語、廣東話，以及一點國語，這大抵是一大優勢啊！她同時是蘇黎世大學雜誌的專業攝影師，曾多次獲獎。她去年已為我添了一名可愛的男外孫了。

我家保留着中國傳統文化，會過農曆年，過中秋節。這些年的農曆年初二，子女依舊回家過年。我給孫子發紅包時，就讓他用廣東話學會紅包封上「恭喜發財，大吉大利」八個大字。孩子們對我孝順，我好安慰，也感恩祖宗的庇護。

退休後，在經濟允許以及香港舊同事的穿針引線和幫助下，我終於可以實現多年的願望，就是一睹泰北孤軍後裔的生活狀況和環境。同時，我還前往泰北山區，在當地擔任支援教師一個月。

回望過去，人生如夢，世事如棋。我這一隻風箏，沒有只停留在瑞士的天空，偶爾亦返鄉，飛回香港，多撥動心弦，讓自己心靈豐足。

# 大課堂

◎劉義章

以前，我為讀書而走萬里；如今，我走萬里也為學習。不就說明了「學海無邊，書囊無底」嗎？而我待得最久、最大又最重要的課堂就在調景嶺，那是開啟我學習的源頭。

從一九五九年到一九七二年，我在調景嶺生活了十三年；其間讀了半年幼稚園、完成了小學和中學的學業。調景嶺中學附小暨幼稚園是我的母校；而調景嶺整個社區乃是我成長的「大課堂」啊！在學校內外兩個課堂，我學習了基礎知識、待人接物之道和培養出愛慕中華的情懷。

## 嶺上待過五住處

我的雙親劉英源先生和潘麗清女士在抗日勝利、第二次世界大戰結束及和平重臨、香港重光後，分別從家鄉廣東梅縣、惠陽縣輾轉來到香港謀生。他們在香港相識，然後結為夫婦。初在港島北角健康村租一個牀位，其後搬到港島東筲箕灣以海邊棚屋為家。

調景嶺中學操場早期的面貌，充滿了「克難」的味道。

當我剛滿週歲時，父母親為了生活，雙雙外出工作，於是把我從香港帶回母親離香港不遠的家鄉，託養於外祖父母家裏。一九五九年夏，內地發生饑荒，外公決定讓外婆把我從惠陽淡水墟嶂下潘屋鄉下農村帶回香港，與父母親、二弟錦倫和三弟宏章團聚。

那時候我五歲半，家，就在調景嶺，當時租住第十一區一百零三號一棟兩層平房的「一個房間」。那是一九五八年父母帶着弟弟們從港島筲箕灣遷入調景嶺後的第二個住處。

屋主木匠楊先生一家住在樓上，樓下兩個房間分別租給我們和梁伯父子二人，兩家共用客廳和廚房。梁伯兒子單名「光」，比我們稍長，當時就讀於鳴遠中學。

母親曾告訴我，她以前會利用從屋頂透進來的月光繡花。我猜那兒應是父母剛從港島遷入調景嶺後第一個家的所在。

一九六一年十一月父母離異，當時我和兩個弟弟分別是八歲、六歲和四歲，從此父親與三個兒子相依為命。三兄弟得到同屋共住的梁伯幫忙看顧；他上街市時，會幫我們順帶買一磚豆腐和搗碎的魚肉，將之揉合後置於米飯上蒸熟作菜。

父親要外出到觀塘等地區打工，有時候還要當夜班，遂先後讓我們三兄弟分別託養到三戶客家鄉親家裏——包括以養豬為生、住在豬舍旁邊的客家鄉親彭婆婆，調景嶺通往車站大斜坡路上養蜜蜂的伍先生，以及在伍家附近的一位林阿姨。她的孩子林應嶠和我是同班同學。

後來，我逐漸開始學會做家務，三兄弟亦懂得照顧自己。有時候，趁父親晚上加班不能回家吃飯，我既想躲懶不做飯，也因為嘴饞，就和弟弟們把父親所給的一元買菜錢瓜分。每人買一瓶汽水加一塊威化餅乾，或者到海景麵食店每人吃一碗牛雜麵。大概是平常沒有零用錢，乃趁機享受難得的「美食」吧！

父親常對我們說：「小孩子就像一顆小樹苗，要悉心照顧、扶持，以免彎曲和長歪了。守護孩子是大人應有的責任，而孩子要聽大人的勸導。」他還用日常生活上的智慧，對我們三兄弟循循善誘。

這時候我們已經搬到第十二區一百三十九號，戶主紀先生以殺狗為生，人稱「劏狗紀」。

其時我對集郵產生濃厚興趣，還有一本大裝璜、藍色硬皮封面的郵票簿。裏面盛載着琳瑯滿目包括世界多國和地區的郵票，其上印有唐太宗、宋太祖和馬來西亞蘇丹等古今人士的雄姿畫像，也有奇花異草和蟲魚等美麗圖案。部分郵票是以玩撲克紙牌方式贏得的。後來，我所鍾愛的郵票簿不翼而飛，集郵的興趣也就從此淡化了。

我喜歡學校生活，也愛學習。除了自己的，我還閱讀弟弟的歷史故事小課本。課本圖文並茂、彩色印刷，圖畫栩栩如生，而文字顯淺易懂。後來我喜歡歷史這門科目，很可能與小時候這個學習經驗有關，在不知不覺間，播下了喜愛歷史的種子。

每年新年劉爸爸都與三個兒子拍一幀全家福

重返兒時住過的淡水墟嶂下潘屋祖居，義章（右）與舅父、舅母合照。

學校是我的小天地。調景嶺中學的小學部和中學部都是全日制，早、午、晚從位於調景嶺舊第五區（涵蓋新第十、十一和十二區）的家，徒步走到學校所在的大坪，每天往返六次。由上午的升旗典禮和早會開始一天愉快的學習；中午放學後回家，用過午餐後回校上課；下午放學後返家，晚膳後再回校晚修。天天如是，過着有規律的學校和團體生活。

一年級班主任劉靜敏老師是廣東梅縣客家人，她常帶着慈祥笑容，對學生和藹可親。二年級班主任黎婉俠老師就住在學校旁挨着海邊，她動作快、說話也快，臉上常掛着笑容。三年級班主任胡老師教我們國文，其中一課是關於沙田名勝古蹟；後來他帶我們去沙田旅行。

四年級時，王瓏校長是我們的英文啟蒙老師；他用勁使力加上表情，流着汗水、耐心地一個一個字母教導我們發音。五年級班主任楊老師與學生打成一片，臉上常掛着溫柔微笑。她在我的學生手冊上寫的評語是：「讀書用功，惜好多言。」

六年級班主任馮書華老師視學生親如子弟，她教我們國文。教唐代詩人孟郊《遊子吟》時，她會為學生們唱出——「慈母手中線，遊子身上衣；臨行密密縫，意恐遲遲歸。誰言寸草心，報得三春暉」。我和同班同學張之港常相約上學，途中經過馮老師的家，會與老師一起步行到學校。老師的雙親、弟妹等家人待我們也非常親切，讓我感到格外的溫暖。

由於小學畢業的成績達到學校要求，我和其他同樣達標的同學得以「免試」升讀中一。升上中學後，學習上感到比較困惑的是代數科，主要是未能掌握方程式中有關移項概念。記得有一次生物測驗，由於我坐的位子在教室後面，看不清楚丁慧琳老師在黑板上書寫的題目。下課後，我向丁老師說明，她讓我補做（成績依稀記得是七十多分）。那時候，我很可能已有近視眼，直至中三那年母親帶我到九龍城配第一副眼鏡。

中二的暑假我參加了暑期補習班，它成為我學習數學科的轉捩點。補習班主要籌備和組織者是黎傳文老師，他是我們的歷史科老師。除會考班歷史科，黎老師還兼教中國歷史科及經濟與公共事務科。我所以喜愛歷史，就是受他啟發。他負責教導英文，還邀請了同校的戴學文老師和鳴遠中學的陶沛蒼老師分別教導國文和數學。記得戴老師教我們〈失根的蘭花〉一文，他用帶着湖南腔調的國語朗讀時，其抑揚頓挫、鏗鏘有力，迄今雖已四十多年仍印象深刻。

時值盛夏，長得高大的陶老師一邊用手帕擦掉額頭上的汗，一邊為同學們講解數學。當時他以借物件為例解釋方程式中移項的概念。在他耐心的教導和循循善誘下，我為之茅塞頓開，對移項的困惑豁然開朗。從此，包括三角、幾何和代數的數學題目我大都能迎刃而解。

暑期補習班在嶺中鄰近的宣道小學上課，學生坐滿了一個課室，學費五元。這個補習班的學習讓我刻骨銘心。此際回顧，依然確定它對我接下來三年的中學學習階段，實在是裨益良多而至為重要，特別是讓我打好數學科的基礎。

我要感謝上述三位恩師。他們寧願犧牲暑假可貴的休息和娛樂時間，悉心教導一大班學生。升上中三後，我對學習國文、英語與數學這三門主科都感到興趣盎然，自此我更愛上學習了。

中四、五的學習生活尤其愉快。我記得我幾乎每天在家捧着齡記出版社的代數課本，津津有味地拆解方程式等數學題，然後把解好的結果，與書本底頁所附的答案核對。當發覺正確無誤時，心頭不禁湧上一陣喜悅，真是樂在其中！

我和幾位同學自發組織課餘學習班，為班上其他同學講解數、理、化等科目，包括演算數學難題等。這種主動互相幫助的精神，多年後仍深獲中一時教導我們國文的雷錫琪老師稱許。

當年中學會考放榜後，化學科鄺老師建議我翌年嘗試報考香港中文大學。為了更好地準備大學入學考試，我在東華三院第一中學（東華三院黃笏南中學）讀大學預科，該校預科課程乃為準備學生報考中大而設。

當時母親帶着我在九龍塘牛津道兩旁的學校「敲門」。到了東華三院第一中學時，報名期限已截止，按規矩不再收生。校長吳美文女士休假，署理校務的張銳坤老師看了我的會考成績表後，當即決定取錄。有職員提示已截止報名了，但張老師豪氣地說：「我說收，就收。」就這樣一錘定音了。

這時我們已搬到第十二區一百四十五號，緊靠着益智戲院旁的兩層平房，屋主曹勝先生是一位木匠。廳和房間在樓上，廚房和浴室位於樓下。這是我們在調景嶺第五個也是最後一個住處了。我曾戲稱我們家是調景嶺的「遊牧民族」。隨着父親於八十年代中期遷往九龍，我們的家也就從此告別調景嶺了。

因為學校位於九龍塘，每日從調景嶺上學往返需要三個小時。這樣長途跋涉一個月後，發覺時間、精神和體力都消耗太多，於是我寄宿於母親在牛池灣的家，晚上宿於舅父松——堂舅潘松先生分租的房間，睡在其臥牀的上鋪。

這樣省下了一半以上的時間，讓我更能集中在學習上。我自初中起已幫人補習。為了要自食其力，我輔導母親小兒子銘德弟弟的學習，每月付五十元作部分膳宿費用。

## 嶺中教出中大生

如果當年我留在嶺中上大學預科，很可能獲學校保送到台灣升讀大學。因此，我是抱着「破釜沉舟」的決心去準備考進中大的。東華

高中時義章攝於家裏天台。身旁放着學習英語用的錄音機，乃暑期打工時存錢買的。

在嶺中讀書時，同學們在畢業晚會表演話劇。

三院第一中學大學預科只有理科班，後來我才發現自己的興趣是文科。

有一天，我在課室外通道靠着欄杆，向教導我們物理和化學兩科的班主任張銳坤老師細說學習問題。當我告訴他我對文科比較感興趣時，他表示同意我的想法，並贊成我退修物理和高等數學，自修世界歷史和中國歷史兩科。

由於長期用功夜讀至深宵兩點後才睡覺，結果有一天我感到胸肺位置異常疼痛。母親帶我到黃大仙去看一位中醫，他斷症說是「心火燥」導致疼痛。我服用醫師的中藥後，疼痛也就消失了。

一九七二年三月，學校舉行預科班畢業考試，之後停課，讓學生可以全力溫習，準備五月的大學入學試。我隨即搬回調景嶺，專心準備應試。記得當年的試場，正是離東華三院第一中學不遠的喇沙書院。感謝主！一九七二年夏天我獲中大聯合書院歷史系取錄入學。當時我在父親工作的紹榮鋼鐵廠做暑期工；一天在家門口午休時郵差劉先生把大學寄來的錄取信件交給我。

由於調景嶺與位處馬料水的中大校園距離甚遠，感恩在上大學的四年，都獲書院分配宿位。一九七六年大學畢業後得以赴美深造，在南加州先後攻讀碩士、博士學位。在我上大學以後，基本上就再沒有在調景嶺長期居住和生活了。

大學畢業後出國深造，一直不是我的選項。因我自知乃家中長子，而父親任職紹榮鋼鐵廠，每天要在戶外駕駛起重吊機車，日出而作、日入而息，備極辛勞地養育三名兒子。因此，當時一心想着大學畢業後就出來工作，以減輕父親的經濟擔子。

就在我讀大四上學期時，一次偶然機會下，聯合書院輔導長黃宏發老師詢問我可曾考慮去外國讀書，我直說「沒有」，之後黃老師建議我申請中大與美國加利福利亞州大學互惠交換獎學金。

這是加州大學總校（University of California，下轄九所大學，分佈在全州南北九個城市）的海外留學計劃（Education Abroad Program），他們派送本科生到中大作一年交換生，遴選中大畢業生到加大修讀碩士、博士。在黃老師鼓勵下，我嘗試申請。

填報申請書時所需要的三份推薦信，我請歷史系王德昭教授、吳倫霓霞教授和副修學系政治與公共行政系關信基教授三位老師為我撰寫。當時離美國總統尼克遜於一九七二年初訪華不久，中國與美國關係正從冷戰轉向緩和，我填報的研習範圍是中美關係。

我把寫好的碩士課程研習計劃交給王老師審閱。他在百忙中一字一句細讀，而且字斟句酌，力求完善。他察覺到我的研習建議內 rapprochement 一字漏寫一個字母，特別為此翻閱放在書桌旁一本厚厚的大字典後，輕聲告訴我少了首個 e。感謝師恩！

一九七六年三月，我接獲加州大學聖塔芭芭拉分校（University of California, Santa Barbara）入學錄取通知書。當時，我覺得在作出留學的最後決定前，必須得到一個人的祝福，就是我的父親。

作為長子，大學畢業後就這樣離家去美國升學，心裏自忖實在有點自私。我與父親談及出國升學時，我心裏想只要父親對此稍微流露一點保留的意思，我就會放棄出國了。

然而，父親卻帶着鼓勵的口吻輕輕地說：「你去吧！」事情就這樣成了 —— 感激父親大恩！

「樹欲靜而風不息，子欲養而親不在。」父親於二〇一一年十一月二十三日晚上安息主懷；而今已再不能報答親恩、侍候和奉養他了！

## 友愛溫情伴一生

在調景嶺這個大課堂，我的校外生活一樣多姿多彩！回憶兒時生活，可以用「貧而樂」來形容。

從事戶外體力工作的劉爸爸，獨力養育三個兒子。

記得大約在六十年代初的一個聖誕節，我與兩個弟弟隨着阿光哥哥參加天主堂在鳴遠中學露天操場為居民舉辦的平安夜晚會。當晚天氣寒冷，由於我們到達時操場上已站滿了學生和居民，我們只好站在最後面。

晚會表演節目完畢時，主持人員向台下觀眾以拋擲方式贈送糖果。阿光哥哥個子比我們都要高，他舉起手要接着一顆在半空中朝我們這邊方向奔來的糖果，眼見馬上就能接住，糖果卻從他兩隻手指間飛越而過；大家立時深覺惋惜，嘆息不已！

小學時，老師曾帶我們到沙田旅行，遊玩於遍佈樹叢的紅梅谷和望夫山等名勝古蹟，模仿人家在樹幹刻上自己的名字。今天，從我家遙望正好是紅梅谷和望夫山；有時與家人晨運或遠足就從紅梅谷路朝向望夫山、獅子山往上走——不禁感到有點時光倒流。滄海桑田，當年叢林所在處今已遍佈高樓大廈，其間還建有一條高架公路——紅梅谷道。

嶺上的生活恬靜而純樸，我與弟弟會碧波暢泳和在海邊垂釣，以及放風箏，很多時候會在收音機旁聽足球比賽。鄰里街坊同伴們會一起打乒乓球，只要一張大木板，架在木條上就成了乒乓球桌子。大家分成兩組，打贏的一組，就有權利享受打「勝利球」的榮譽和樂趣。

籃球場上常有我的蹤影，並與街坊友好組成籃球隊。我和二弟都是隊員，年紀小的三弟就沒參加。球隊訂造了由黑、白二色構成的球衣，球衣上印上隊名「舍鄰」。上下排列的兩個大字，仍深深留在腦海裏。我們購備了用作記錄每一場賽事的硬皮本子，其大小如 A5 號紙張，從右到左翻開。

在嶺中，每一班都有班主任導師，為同學提供學習和生活上的輔導。老師領着班上同學參加秋季和春季旅行，多數去西貢大澳門、小夏威夷、百花林及佛堂門洲遠足和郊遊，享受大自然和海光山色，大家樂也融融。

有一年夏天晚上，班主任王國儀老師領着我和同班同學黃重生作夜間捕魚。我們沿着淺海邊，提着大光燈朝元洲慢慢地在水中前行。當晚魚穫豐富，還有大鱔魚！翌日，我們跑到王老師家裏享用美味的海鮮餐，師母臉上總帶着溫馨笑容，對我們展示關切的愛。這幅影像呀，至今不忘。

在香港中文大學聯合書院畢業禮當天，義章與劉爸爸合照留念。

義章在杏壇服務了三十五年。攝於香港中文大學歷史系教研室。

同學們成立了一個忠恆同學會，有一次大家安排好要去郊外旅行和燒烤，豈料突然下雨，臨時改到我家樓下，在屋裏以炭生火燒烤。那時我家住在第十區一百零七號樓上，與吃素的江西伯伯屋主的房間緊挨着而居。

屋主曾把樓下租予賣豆漿和豆腐花的人家，店主後來搬走了，我們就在那裏燒烤為樂。因外面下着雨，我們把門窗關上。突然間，發出了像爆炸聲一樣的嘭然巨響！原來由於屋裏空氣不流通而導致意外。

去年一次同學聚會上，大家提起這宗意外時，同學毛桂花讓我們看她手掌上留下了當年被灼傷的小疤痕。桂花記得當時還有另一位女同學腳部受傷，一度腫得很厲害。其他同學幸好並無大礙。

那時候，同學間的情誼還可以通過大氣電波來傳遞。一九六〇年代末，電視機尚不普及，收音機是學生課餘的摯愛，也是家家戶戶日常生活的良友。有一次，我收聽電台傍晚五點的心儀節目《一曲寄心聲》，未料聽見一位女同學點了歌曲給我和另外幾位同學收聽。真感謝同學給大家帶來那一份驚喜。

時光荏苒，青葱歲月似遠且近，想起來就是心頭一股暖意。我們班的同學相處融洽，大部分仍然保持聯繫，常常趁定居海外的同學回港探親旅行之際，相約歡聚聯誼。

調景嶺的一山一水，永存腦海，鐫刻心版。在這裏，鄰里互相守望着關顧着，師生相處猶如家人。嶺上瀰漫着濃濃的親情、鄉情、同窗誼和社區情，多種情誼溫馨雋永，迄今縈繞我心。啊！難忘調景嶺——永遠的「大課堂」！

中四學校旅行時，在香港動植物公園留下一幀少年俠氣的獨照。

「同班同學」這個詞，意味着年輕時與自己共度青葱歲月的忠實夥伴。

# 邂逅調景嶺

◎計超

從小，我學的是簡體字，即今天香港與台灣譴稱的「殘體字」；直到讀中一的年紀時，我還不認識ＡＢＣ，人卻從上海來到了英國殖民地的香港；上課前的升旗儀式，一直聽着的是《義勇軍進行曲》，從不知道有另外一首「國歌」。

這樣一個背景的戇人兒，命運卻把我帶進了調景嶺，讓我邂逅她，認識主，還縈繞一生。

## 此路不通　充當人蛇

一九六一年，十二歲的我從上海申請到港與父親團聚。當時不管大陸任何人採用合法，抑或非法途徑入境，一律會被驅逐出境。就算我持有到港單程證，也不得不改道前往澳門，趁天黑再偷渡去香港。

入夜後我登上了一艘小舢板，伏臥艇上。一開船我就不斷嘔吐，面色發青，狼狽不堪。好不容易撐到天亮，尾隨蛇頭上岸，一路由他直接送我回家。當場繳清一筆小童偷渡費，就成了「抵壘政策」下的合法居留者。那一夜經歷的千辛萬苦，至今依然歷歷在目。

甫入自由世界，對一切感到迷惘和陌生。在香港這個花花世界，街上各種物資應有盡有，只怕口袋沒鈔票！不像在上海，購買任何物品，除了金錢，還需配備各種糧票、糕點票、布票等，缺一不可。

十二歲的小夥子，除了會講一口上海腔調的國語，連一句廣東話都聽不懂。無奈之下，只得天天留在家裏。先父忙於工作，早出晚歸，自顧不暇，但又擔憂我年少無知，整天流連街頭，淪為街童。因此再三對我告誡，切莫被人利用攜帶任何物品，以免惹上官非，貽誤終身。

失學在家，終非長遠之計，先父幼時曾就讀鄉間私塾，可能照搬以往的一套，規定我每天在家抄寫幾篇報刊文章，起碼要有五張信紙之多。到了晚上，他逐頁逐行查閱，從不間斷。

要我做家課，是想斷絕我時常外出閒蕩的陋習，培養學習的興趣。沒料此一苦差事，令我逐漸掌握了閱讀和書寫繁體字的能力，從而改變了我只會看和寫簡體字的習慣，真的一生受益不淺。

六十年代，生活仍然是相當艱難的，先父翌年不幸在將軍澳靈實肺病療養院病逝。療養院護士長司務道宣教士（Ms Annie Skau Berntsen）見我在港舉目無親，無可依靠，她以耶穌基督無私的愛，及時提供援助，協助我入住調景嶺學生輔助社（亦稱「馬可之家」）讀書和生活，這一善舉，從此改變了我一生的命運。

## 甫入難民營當學子

從小在上海弄堂成長的我，甫入在被稱為「國際難民營」的調景嶺，面對四處林立的簡陋寮屋和羊腸小道，真有點不知所措。

上海與香港兩地不一樣的社會體制，香港市區又與調景嶺小區

司務道教士與貝德遜先生結婚，並攜養女合照。她的義行影響了無數調景嶺居民。

學生輔助社內男童穿上的睡衣，均為熱心人士所捐贈。

不一樣的生活環境，當時調景嶺有「小台灣」、「香港的眷村」之稱，完全不同的生活模式，我都要重新適應，頓感壓力不小。

當時我沒有能力掌握自己的命運，該讀幾年級，亦不是由我決定。在報考信義小學時，由於我沒有一點英文基礎，自然被校方無情地降班，成了班上超齡學生之一。無論自己有多麼不服氣，也只得乖乖地接受現實，因為我的確不認識那二十六個英文字母。

從此，我只能每日老老實實地對着 *The Oxford English Course for Hong Kong*，夜以繼日地硬背所有英文單詞。好不容易才追了上去，闖下這道難關。

我清楚記得第一天上學，操場上舉行早會前，舉行了升旗儀式。學生就站在旗桿旁邊以國語高聲喊出「大會開始。主席就位，全體肅立。唱國歌，一二三」……全校師生於是高歌齊唱「三民主義……」。接着又唱國旗歌「山川壯麗……」，最後才先後拉起了兩面旗幟。

那一刻我完全是愕然的。以前在上海讀書時，升旗儀式唱的是《義勇軍進行曲》，這到底是怎麼一回事？雖然心中有種種疑惑，但我不敢向校方提出來。

當時兩岸存在的政治形勢詭譎，我在上海，被灌輸的思想是「鼓足幹勁，力爭上游，多快好省地建設社會主義」，「一定要解放台灣」；在調景嶺接受的政治信仰，卻是「反共抗俄」、「反攻大陸」等意識。我需要不斷地調整自己的思維，除了要接受中華傳統文化教育，還得接受基督教信仰。

信義小學和慕德中學的校訓是「親愛精誠」，後來改為「信義仁愛」。每年四月四日是校慶日，當時每個小學生都獲發一份糖果餅乾禮物。當初學校創辦人顧永榮牧師視察學校時，小學部全體師生都在大街上列隊夾道歡迎，場面感人。

每年十月上旬，調景嶺各校都會派一名老師赴台參加雙十慶祝活動，他們回來後各自在校分享所見所聞。

雙十節那天，台灣會派遣一名專員到調景嶺，在調景嶺中學的大坪會場上向居民大聲疾呼：「我們明年中秋節，回故鄉吃月餅好不好？」年復一年，老生常談。

儘管每年的青年節——黃花崗七十二烈士紀念日、雙十節和蔣公誕辰，村內都是一片旗海，但嶺上第二代的我們，最開心的還是學校放假，既可觀賞各校籃球比賽，晚上大坪更會放映免費電影。對於政治的取捨，均可藉着神賜給我們的智慧去取捨。

當時信義小學的校長是李健生，教務主任是程化龍。如今仍記得的老師有路蘊真和陳國英，還有當時體罰學生最有名的易靜嵐，人稱「易老虎」。

早年嶺上各校仍實行體罰，學生貪玩之心無法收斂，遇上遲交功課，或者不能及時完成課堂作業的話，帶有「虐待狂」的老師必定會以間尺侍候，決不輕饒。即使過了那麼多年，我們一班老同學飯聚時，只要提及「易老虎」，莫不談「虎」色變。

慕德中學首任校長為張世傑，後為楊遠。我對眾多老師印象最深的，是教化學的梁老師。他是一名東北大漢，外表嚴肅，從無笑容，據說懂得功夫。

甫入校園，我對所接觸的事物都感到格格不入。負責教授《聖經》的是曹淑慧老師，每逢她講述《聖經》，常引起我莫名的反感。主要原因是幼時，「無神論」思維早已被植入腦海了。

學校有濃厚的宗教氣氛，每天早會，包括鄭錫安牧師在內的各位傳道人，總是不厭其煩地講解福音，使福音種子潛移默化地深入我心。通過教會長期牧養，我逐步認識真理，最後成為了基督徒。

由於調景嶺師生都來自五湖四海，各位老師講的國語各有其鄉

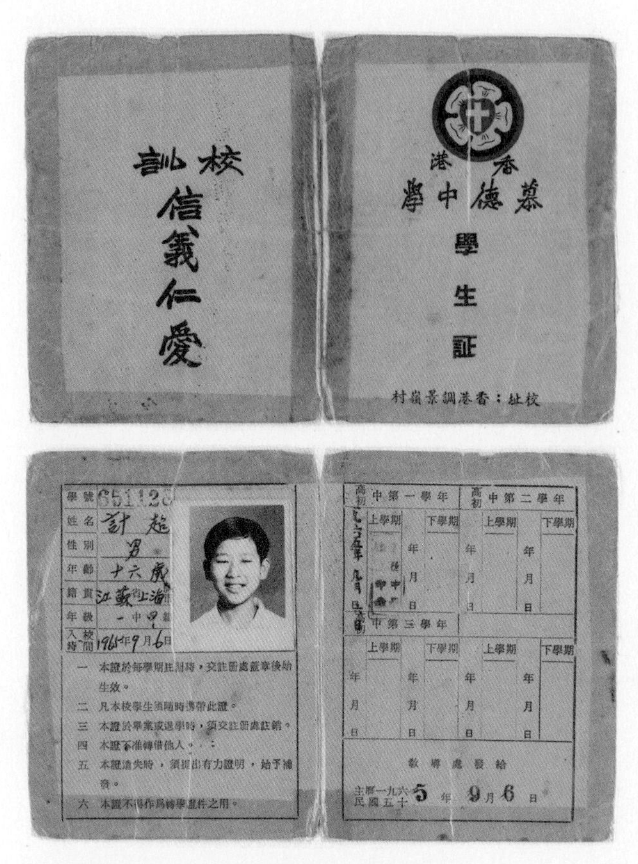

校訓
信義仁愛

香港
慕德中學
學生証
校址：香港調景嶺村

| | |
|---|---|
| 學號 | 65112[illegible] |
| 姓名 | 計超 |
| 性別 | 男 |
| 年齡 | 十六歲 |
| 籍貫 | 江蘇省上海 |
| 年級 | 一中甲 |
| 入校時間 | 1961年9月6日 |

一 本證於每學期註冊時，交註冊處蓋章後始生效。
二 凡本校學生須隨時携帶此證。
三 本證於畢業或退學時，須交註冊處註銷。
四 本證不准轉借他人。
五 本證遺失時，須提出有力證明，始予補發。
六 本證不得作爲轉學證件之用。

| 高初中第一學年 | | 高初中第二學年 | |
|---|---|---|---|
| 上學期 | 下學期 | 上學期 | 下學期 |
| 年 月 日 | 年 月 日 | 年 月 日 | 年 月 日 |
| 高初中第三學年 | | | |
| 上學期 | 下學期 | 上學期 | 下學期 |
| 年 月 日 | 年 月 日 | 年 月 日 | 年 月 日 |

教導處發給
主曆一九六 / 民國五十 5 年 9 月 6 日

計超一直收藏，並已經泛黃的慕德中學學生證。

音，但我在語言上已無隔閡，繁體字亦無問題，課程跟得上，連英文也能慢慢追上去了。

學校裏上海學生不多，我鄉音未脫，於是常被同學取笑是「上海仔」。即使如今大家都已年過半百，老同學仍會用「上海仔」來招呼我。

調景嶺歷來有「文化城」或「文化堡壘」的稱號，雖說各校設施殘舊簡陋，但校園環境寧靜、校風純樸，而且師資良好，老師都學有專長，加上教學理念採行「有教無類」方針，多年來為社會培養了不少人才，服務於各行各業。

## 獨在異鄉為異客

先父離世後，宣教士把孤苦的我帶進了調景嶺，並住進了學生輔助社。這是一九五七年由英籍戴大衛牧師（Rev.D.G.M.Taylor）和挪威籍那教士（Ms.Noding Taylor）創辦，專門收容貧苦青少年學生的兒童院。

輔助社位於調景嶺山腰，正門就在慕德中學下方，面向自由紀念塔。全院範圍包括主樓、男生宿舍 D1 樓與 D2 樓、女生宿舍 D3 樓，還有總監石屋和職員宿舍。後來輔助社還建造了村內唯一一個私家游泳池，儼然成為輔助社的地標。

我在宿舍屬單親家庭的外鄉學生，由於本土文化意識濃厚，加上我剛進調景嶺時言語不通，因此飽受粵籍同學欺凌。同學叫我「上海仔」還好，背後卻喊我「左仔」。

在港舉目無親，又被排擠，使我思鄉情切。記得我對小學女音樂老師教的一首《異鄉寒夜曲》，格外有感觸，歌詞大致是「離別到這裏，不知多少年啊！悄悄向遠方，望了又望，眼前只是一片淒涼和悲傷，甚麼時候才能望到故鄉的山河，靜靜的夜啊！冷冷的風啊！明月向西落」。

輔助社猶如調景嶺的「小特區」，住宿生表面上與區內學生一樣，但總有些區別。村內有家益智戲院，每逢週六、週日晚會放映一些國語或粵語電影；馬可之家同一時段就放映西片，例如《碧血長天》、《人猿泰山》或差利卓別靈的電影。

由於輔助社有大小兩個操場，上面又鄰近慕德中學大球場，這有利條件造就了我們幾乎都會打籃球、排球、乒乓球與踢足球等活動，塑造了我們健康的身體。

那些年，我們在春天常在溪邊捕捉小蝌蚪，然後安置在小玻璃

學生輔助社還在擴展的模樣。這是村內除學校以外，最有規模的建築群。

瓶中，每天觀看牠成長，感到其樂無窮。每逢暑假，所有宿生上午做早操，再學習英文；下午則自由活動。

我們三五成群到山上摘酸梅果、油甘子、紅山稔。當然我們也會偷摘居民門前種植的木瓜、番石榴或者葡萄。要麼就結伴去沙灣石橋或元洲海灘游泳。

在秋高氣爽的日子，男孩子都喜歡用玻璃粉混合風箏線，再在天空中互鋸風箏，一比高下，真的妙不可言。登高時總愛在樹叢中捉金絲貓逗弄一番，偶爾會到魔鬼山上的小山洞探險。即使在寒冬臘月，特別是在新春前夕，大家都愛上山採摘些野桃花或吊鐘花，放在家裏做裝飾。

當我還不會游泳時，夏天只好在元洲沙灘上玩沙堆，常常把同學的拖鞋埋在沙堆中，卻無法尋回，害得他們要赤腳返回宿舍。直至有一次連自己的拖鞋也找不回來，終嘗走在灸熱陽光下徒步回去宿舍的滋味，簡直是苦不堪言。從此不敢再去作弄人了。

我花費了不少時間，亦飽喝了不少海水後，總算學會游泳。再到元洲碼頭時，當然立即潛入海底摸蜆捉蟹，收拾戰利品後，迅速在調景嶺大水塘上游搭建臨時爐灶，撿些枯乾柴枝，用裝豬油的大鐵罐烹調，享用美味的海鮮餐。

元洲的礁石並不和善，我們常常不慎被尖利礁石割破手腳，就在鄰近的靈實療養院護士，卻不厭其煩地提供照料，直讓我銘記於心。

## 留聲歲月　回憶不斷

調景嶺只有一條大街，卻把所有商舖、民宅、學校和教堂，雜亂無章地混在一起。曾經有段時間，大街上各店舖的原子粒收音機，齊齊高聲播放麗的呼聲的節目，倒也熱鬧非常。

「大衛王山道」位於舊第五區（新十二區），乃調景嶺內唯一有名字的街道 。嶺上唯一的電影院益智戲院亦位於第五區。嶺上學生們對合發豆腐店獨有情鍾。因店內放置了一台投幣唱機，客人可選播一些中西流行歌曲，它亦成為這片窮鄉僻壞重要的娛樂場所。

想當初，輔助社的生活既簡單又艱苦，於是上午我們經常光顧浩記士多的麵包，這士多原來竟是湖南同鄉會呢！

禮拜天，我們會趁主日崇拜開始前，先光顧小上海的水餃，或者天寶粥店的廣東早點。記得我曾有一位張姓的同學，就寄宿在這家店舖。他每個星期六下午乘船回家，週日晚上返回調景嶺。

輔助社與調景嶺警署，可算是比較接近。警署是在一九六二年一月成立，直至一九九二年一月關閉。它位居嶺頂，居高臨下，可遠程俯瞰全區，當時還裝置了一台遠程探射燈，每晚不斷地照射村內每個角落。表面上是維持治安，實際上是監視村民動態。

每當颱風襲港時，警署外矗立的鐵架，就迅速掛上可顯示風向及風力強弱、純黑色的「風球」作訊號，晚上改亮訊號燈，讓全區居民對颱風動態有所掌握，可以多加預防。

警署外就是巴士站，旁邊建造了一個小的金魚池，經常吸引巴士乘客駐足觀賞。每逢輔助社的開放日，巴士站前那一片小平地，停滿了來自港九各地教會嘉賓與社會名流的車輛，場面壯觀。

由於調景嶺山頭就長滿了草，居民一向對無聲滑動的蛇特別提防。某夏，我曾目睹警署下方的路上，有一條響尾蛇姍姍爬行，頓時嚇得我們拔足狂奔。

## 學生輔助社造福社會

說得出自己住在輔助社的，那肯定是從村外入住調景嶺的。五六十年代的香港，物資匱乏，輔助社容納了一百三十多名有家庭困難的青少年。早期的運作，完全靠海內外基督教會和社會慈善資金支持，還會定期得到世界信義宗服務處捐贈各種食物和衣服等物資，以維持學生在生活上的基本需要。

那時候，幾乎所有寄宿生就在戴牧師、那教士和麥查理牧師（Rev.Charles Mcknelly 駐院牧師）的牧養下，認識基督與受洗。每逢週日舉行主日崇拜，晚上有查經班；每日餐前有謝飯禱，就寢前分組作晚禱和唸主禱文。

我們這些蒙恩的人，長期受到牧師的牧養與栽培，對我們從小認識真理，從此走在人生正確的道路上，產生了深遠影響。我們也確實「人窮志不窮」，即使生於憂患，長於亂世，始終都能勵志奮鬥，用功讀書，矢志回饋社會。

學生從輔助社運動場可仰視居高臨下的調景嶺警署

入住輔助社的少年，與職員留下了大合照。

多年後計超重返學生輔助社，於正門前留影。

雖然我在青年時代便離開了調景嶺，但對這個社區一直留存着難捨的情意結。昔日的生活，猶如電影片段般，經常在我腦海中重複播放。

靈實療養院創辦人司務道教士於一九九二年十一月二十六日，在挪威荷頓市家中逝世，享年八十一歲。調景嶺學生輔助社馬可紀念之家創辦人戴大衛牧師，於二〇〇五年十一月底，在英國赫特福德郡的家中過世，享年九十歲；其妻那教士，翌年初亦在家中逝世，享年九十二歲。

三位牧者先後離世，我深感悲痛。多年前，他們藉着基督的愛，使我認識主，並藉着接受福音與知識，改變了我的命運，他們的愛心改變了我的人生。

他們多年來忠心服事的種種事跡，已成為香港基督教歷史中的重要一頁，使人們藉此更全面地瞭解調景嶺的歷史。

# 毗鄰「惡人村」而居

◎葉柏強

一九五〇年六月下旬，在東九龍魔鬼山周邊的荒嶺上，一夜間驟然出現了兩條新村落，它們就是座落在魔鬼山兩邊的調景嶺村和嶺南新村，二村毗鄰，猶如命運共同體。

昔日兩村的政治意識和理念幾無二致，轉瞬間，四十六年光陰彈指飛逝，兩村竟同時在一九九六年遭到清拆，從此湮沒在歷史洪流中。

## 姊妹村的生死與共

嶺南新村原為調景嶺難民所建，包含着「調景嶺南面新建的村莊」之意。當時村中有一條山路，直接通往調景嶺，稱為「嶺南路」，可見二者淵源深厚，從某層意義上來說，嶺南新村堪稱「小調景嶺」。

調景嶺難民人口最高峰時超過二萬人，為聯合國關注的一處國際難民營；嶺南新村難民人口不足二百人，絕大部分香港人可能連

嶺南新村村口的大牌坊是由村民籌款興建的

聽也沒聽過。兩村村民雖有相同的政治信念，但調景嶺村濃厚的政治色彩遠勝嶺南新村。調景嶺難民普遍講國語與家鄉話，嶺南新村難民來自廣東，都講廣州白話。

我是鯉魚門幾代的原居民，見證了嶺南新村的興衰，尤其是在一九九六年春夏之交，親眼目睹嶺南新村村口的高大牌坊和小拱橋，在發出隆隆巨響的推土機擠壓下，剎那間化為烏有。

當最後的地標相繼倒下那一刻，我心如刀割，萬般無奈。牌坊與拱橋都是鯉魚門人的集體回憶，村民前往市區都必經石橋方能循道前行，實為村民出入市區的必經之路。

調景嶺村最後只能保留於一九六一年建成的警署。對廣大市民，尤其是年輕一代來說，調景嶺就只是一個地鐵站的名稱。整個社區經過清拆與填海後，已融入將軍澳這個新市鎮中。沒有任何遺跡，失去了所有蹤影。

至於嶺南新村，自上世紀六十年代起，周邊面貌亦逐年蛻變。

與它接壤的三家村，先後建成為油塘的公共屋邨和工業區，近年更在政府重建政策下，老區面貌遽變，嶄新的現代化商場與一幢幢住宅拔地而起。

兩村同起同滅，對大半生長居於此的長者來說，豈止是集體回憶頓然消失，心靈傷痛亦無從彌補。兩個會掛上「青天白日滿地紅旗」的老舊社區，都在港府擴展新市鎮之需下，趕在香港回歸前清被拆。真正原因，大可心照不宣了。

## 魔鬼山半島村落的誕生

二十世紀中葉國共內戰後，一大批國民黨官兵倉促逃港。港府先安置他們棲身於摩星嶺，後又遷往偏遠的調景嶺。

部分難民家庭認為調景嶺交通不便，為了尋找生計，於是駐紮在嶺南新村和魔鬼山東南山麓的二水坑一帶棲居，從此建起安聯村。但好景不常，上世紀八十年代初，這條村落最早被清拆。

建成嶺南新村的是一批相對比較富裕的難民，他們有務工或務農者，亦有人經商，或是前往九龍觀塘或港島打工，基本上工農商各領域的人物都存在。

昔日歷史資料顯示，嶺南新村原來的土地產權，為鯉魚門村民曾林安家屬擁有。該處大部分土地為耕地，小部分則隸屬鯉魚門各原居民的宗族墓地。

回溯至一九〇〇年，英國曾在魔鬼山上建成軍事基地，還將嶺南新村一部份耕地闢作行軍徑，沿此徑可秘密直通山頂各砲台要塞。一九四一年十二月十四日，日軍第二百三十九團曾在此駐紮上千士兵。

數日後，他們順利跨越鯉魚門海峽，一舉攻陷了香港，並佔據港島亞公岩的鯉魚門砲台，從此揭開了香港日佔三年零八個月的序幕。

香港重光後，英軍全面撤走魔鬼山砲台的軍事設施，還將行軍徑、石拱橋和碼頭等設施，慷慨交付鯉魚門村村民使用。

嶺南新村在建村之初，當地村民迅即集資籌款，在村口的石拱橋上建造一座五米高的大牌坊，中央橫匾刻有「嶺南新村」四個大字。石拱橋則以花崗岩建造，南面通往鯉魚門碼頭，北面可直達魔鬼山的事事基地。若從魔鬼山左麓拾級處直上山坳，還可俯瞰調景嶺全貌。

教會是早期支援調景嶺難民營的重要力量，毗鄰的鯉魚門亦同時受惠。嶺南新村建成後，基督教路德會隨即向村民提供基本的人道救援服務。從一九五二年起，先在鄰近山坡岩洞開設兒童識字班，又借用一些民居舉行福音聚會，並在鯉魚門海濱學校校舍舉辦主日學課程。

兩年後，路德會在村內海傍後街四號成立一所教堂和聖腓力學校，為該區適齡學童提供正統的小學教育。直到七十年代之後，教堂和學校才分別遷往觀塘翠屏道和油塘高超道。

天主教社區支援服務比基督教整整遲了十年。比利時籍雷振東神父在嶺南新村橋創建聖雅各堂，又開辦德基幼稚園，為當地唯一的天主教機構。

上世紀六十年代，鯉魚門有不少家境清貧的學生從海濱學校畢業後，就分別前往一山之隔的調景嶺中學、慕德中學或鳴遠中學就讀，並寄宿於各校宿舍。每逢週末，這批外宿生再從調景嶺翻山越嶺返回鯉魚門的家，週日下午再沿山路走回各自的校園。

這批學子最具代表性的，莫過於慕德中學第四屆（一九五九）高中畢業生陳兆漢。他的父親陳沛民原是國民政府的官員，於一九四九年全家定居鯉魚門。陳兆漢後來與同村其他同學齊赴台灣升學，成為該村第一代的大學生。

海濱學校學子多來自草根階層的貧苦大眾

## 政治信仰與神秘人物

嶺南新村和調景嶺村的政治信仰如出一轍，每年十月十日「雙十節」前夕，家家戶戶都會懸掛起「青天白日滿地紅旗」，魔鬼山山頭的巨型政治標語會重新上漆，坦蕩蕩地昭示出居民的政治立場。

從一九五七年開始，鯉魚門的街道名稱和郵政服務逐步得到改善，除了街道相繼命名，區內所有房屋都獲發門牌號碼，信件終可送到收信人的地址去。

政府還將通往調景嶺的山路命名「嶺南路」，另一小路則為紀念孫中山先生而定名為「中山路」。至於嶺南新村近石拱橋的前後小巷，統稱為「海傍前街」和「海傍街」，又將昔日英軍以騾馬作運輸的通道，命名為「大馬路」。

鯉魚門水路交通一向發達，當地居民每天都可買到從水路運送到的《工商日報》和《香港時報》等報刊，甚至還可訂閱從台灣空運來港的《天文臺》雜誌，由郵差送至家門。

聽聞有不少移居鯉魚門的神秘人物，「似乎」是台灣派遣的特務，這些人自紮根鯉魚門開始，就一直支持嶺南新村各種事務，並以從事商業或文化活動作掩護。今天我們仍可追溯一些比較典型的歷史人物，其中有顏君寶、林照和葉紹輝先生等人。

顏君寶原任職教師，抗日戰爭時投筆從戎，一九四九年抵港後，先在港島筲箕灣培志小學任職，其後轉往鯉魚門海濱學校任教，他還在嶺南新村大牌坊上留下了工整的墨寶，直至清拆為止。

葉紹輝原為國民政府駐外官員，一九五二年偕同家人定居鯉魚門，八年後被港英政治部勒令遞解出境。

至於林照，曾是國民政府的文官，一九四九年赴港後遷入鯉魚門，還改行經商。林氏擔任副鄉長時，即從鄉長羅平手上認購了玉泉居酒樓部分股權，並以「玉泉林園茶室」新商號繼續擴展。六十年代後期，這家茶室再更名為龍門酒樓。

## 恐佈的「惡人村」

記得上世紀五十年代，鯉魚門曾發生多宗集體毆鬥事件，當年我仍年幼，當然不知內裏因由。直至長大後，才從先父口中得知一些端倪，所有事情的因果都涉及調景嶺。

調景嶺難民營建立後，曾先後發生被人投毒及縱火的事件，難民再次受災，令到嶺南新村居民人人自危，深恐遭及池魚之殃。因此，兩村村民暗中自發組成「居民聯防隊」，彼此守望相助，合力消除隱患。

聯防隊經常穿梭在鯉魚門一帶，遇上陌生面孔，或是外來而形跡可疑者，就會上前盤問。由此引致雙方惡言相向，繼而群毆，甚至曾經發生槍擊事件。最令人憂慮的，是這些外來者常揚言日後定必報復，屆時又引發連場集體毆鬥。

每當打鬥事件結束後，專責鯉魚門治安的水警員佐當然前來調查，並在葉鄉長陪同下，前往各家各戶查問概況。不過，警方對這類事件大都束手無策。因肇事者在案發後就逃之夭夭，部分聯防隊員更急步返回調景嶺。故嶺南新村儼然成為調景嶺的前哨站，這些無影無蹤的聯防隊員，猶如守衛調景嶺的武裝力量。

一九五五年的重陽節，當日秋高氣爽，我跟着家人登上魔鬼山拜祭祖先。先母在途中遙指山下一條村莊，語重心長地叮囑我：「魔鬼山上好猛鬼，吊頸嶺的鬼更多！沒有大人陪伴，你們千萬別去那『鬼地方』。」

童年的我，聽後似懂非懂，聞得「吊頸嶺」感到十分恐佈，轉眼瞥見身處墓地，周遭零星散佈了用以盛載死人骸骨的橢圓形「金塔」，頓感毛骨聳然。

此時，「我已經走遍鯉魚門每個角落」這句話在心中響起，對於母親的叮嚀就唯唯諾諾，心裏想着的卻是：將來一定要闖一闖「吊頸嶺」，見識一下。

翌年清明節前後，新聞報導指兩架俗稱「吸血鬼」的英國海軍軍機，在濃霧中失事，墜毀在魔鬼山上。據說任何人如拾獲飛機殘骸或人體遺肢者，皆可領取酬金。這更驅使我要上山一探究竟，還約了最要好的兩個同學前往「尋寶」。

登山路途險要，緊張起來即慌不擇路，我們不慎誤闖並無明確界線的調景嶺。我們看見山坳下斜路兩邊，迎面聚集了十多名魁梧高大的青少年，他們手執樹枝和石塊，來勢洶洶惡聲問道：「你們是甚麼人？」同時厲聲斥責我們不該擅闖他們的「地盤」。

我們丈二金剛摸不着頭腦，雖不知道發生了甚麼事，但見勢色不對，倒是頗有默契拔足狂奔。說時遲，那時快，樹枝和石塊紛紛從天而降，我的腰被飛石擊中，直至回家後才感疼痛。頓時後悔罔顧母親的警告，當即發誓日後絕不踏足這條「惡人村」。

## 大海相逢結奇緣

五十年代後期，香港大眾生活仍然貧苦，對生活物資相當渴求。當時貪腐風氣盛行，鯉魚門一帶也淪為賭毒和釀製私酒的「天堂」。

一些有背景的人，就在牌坊周邊經營賭檔和隱蔽毒窟，令到鄰近居民憂心忡忡，深怕烏煙瘴氣的環境影響小孩成長。然而社會落後，經濟不振，不法勾當的存在竟可養活村民，明知不妥，卻欲罷不能。

五十年代香港唯一掛出的十號風球，正是一九五七年九月二十二日強烈颱風「姬羅利亞」的正面吹襲，全港所有學校停課一天。翌日風力漸弱，天文台改發三號風球，收音機傳來了一艘遠洋外輪芝萬捷號在鯉魚門近岸擱淺的消息。

由於鯉魚門和筲箕灣之間的渡輪尚未復航，令到居於港島的老師無法回校教學，學校惟有再停課一天。對全校學生來說，這等於上天多賜一天假期了。我按奈不住好奇心，一直期待到輪船擱淺現場湊熱鬧，早把母親「打風期間，不得外出」的訓示當作耳邊風，偷偷地跑了出去。

那天我挨近鯉魚門天后廟後面，即遠洋貨輪擱淺現場，見到十幾名面孔陌生的青少年，正七手八腳打撈着半浮半沉的罐裝餅乾、糖果與布疋等物品。不知那兒來的膽量，我奮不顧身跳入海裏，搶撈這些漂浮物資。為了爭奪，大家當然會有碰撞，險些就要打起來了。

守在岸邊的警察純粹是維持現場秩序，並不介入任何衝突，只管高聲嚷着「大家不許爭吵，不許打架……」。隨着海面逐漸平靜，我隱約聽到陌生青年竊竊私語道，港九兩地渡輪已在午後復航，需要回程上學。

我打量他們遠去的背影，眾人雙手都提着從海上撈來的各種「戰利品」，並沿着二水坑路線遠去，我才恍然大悟原來他們是「惡人村」裏來的青少年。

那天我的收穫也不少，雙手環抱着三小罐精裝餅乾，回家偷偷藏在廚房灶頭旁的柴草堆裏。至於另一疋已濕透的卡其布，因年幼力弱，無法承受那沉重的重量，只得忍痛棄置在天后廟外，任由他人撿拾了。

事隔一個月，母親上午帶着我到筲箕灣參加崇真堂主日學，下午回程時，就在前往鯉魚門的渡輪上，巧遇曾在海中爭執的青少年。大家已忘舊怨，互相寒喧起來。原來他們剛巧錯過了返回調景嶺的渡輪，為了省錢省時，遂改往鯉魚門，再取道嶺南新村翻山回家。

大家侃侃而談，講到在海上交手的細節，海面上漂浮的物品已被眾人撈清……母親一直留意我與陌生青少年的交談，最後得知他們來自調景嶺，迅即面露慍色，斥責我為何結交這些頑童，我惟有和盤托出。在晚餐桌上，我不但被雙親狠狠訓斥，還額外享用了一道紅掌菜——打耳光！

## 照鏡灣之遊和靈實點滴

七十年代盛夏的一天，叔父與我划艇從鯉魚門出發，沿海灣駛向毗鄰的蟹灣垂釣。沿途除了見到海上舢舨的其他釣友，亦看見大

在照鏡灣海上看調景嶺，密密麻麻的房子分佈在整個山嶺下。

調景嶺大街店舖林立，是全村居民的主要糧倉，也是美食據點。

人領着小童在海邊淺灘上撿拾蚌蜆小蟹。那天中午，我們結識了調景嶺租賃舢舨的葉老闆，他獲悉大家竟是同族同姓時，顯得相當興奮。

他慷慨借出一條用作綑綁舢舶的主纜，繫穩固定我們的小釣艇，使我們可以安心就地午餐。他又透露了一個小秘密，指蟹灣一帶生產很多花蟹，每年九月前後的花蟹肉質豐腴、口味特佳。若日後再前往該處垂釣，只要無懼花蟹鋒利的蟹鉗與利爪戳刺，定必滿載海鮮而歸。

那天中午，我們叔姪二人踏足調景嶺大坪碼頭，穿過那狹窄的大街，光顧了一家由北方人開設的麵食店。品嚐過美味與道地的北方小吃，至今仍回味無窮，難以忘懷。

熱情的店東得知我們是隔山來客，隨即滔滔不絕地講解地區簡史，使我直達天聽，受益匪淺，頓時消除了年幼時被「惡人村」青年用石塊擊傷的怨氣。我們首次徘徊在那短窄的大街小巷，意外地發現人們寒喧總喜歡用「嬲鬆」二字，令我百思不得其解。

經叔父指點，才知道外省人閒談時，相互尊稱對方為「老兄」，以示禮節，我才恍然大悟。

大坪碼頭海面往東划船十來分鐘，就到達靈實醫院下面的石灘，再往東就到達坑口。一九七〇年六月，世界信義宗香港社會服務處主任浸信會學院英文系教授的施同福牧師，為了支援靈實醫院工程建設，特地向全體學生徵召健碩的同學參與靈實的暑期義工服務。

當暑假開始後，我亦參與了香港大專學生聯會的服務計劃，一行十幾個學生臨時組成的義工團隊，浩浩蕩蕩地前往靈實報到。

分工安排相當細緻，有被分配修剪院內草木，有的專責削平倚山斜坡，有些則負責移動巨石和擔沙抬泥等。在眾多體力勞動中，最苦的莫過於修建公路下一條又長、雜草又多的斜坡小路，當地俗稱為「筷子路」。

話說當年靈實建院初期，由於資源匱乏，修建這條小路時，只能在泥濘路兩旁鋪蓋一層薄薄的水泥，馬路中心則任由野草叢生，儼如一條由水泥鋪成的火車路軌。

醫院有職員曾幽默戲謔指，「筷子路」猶如測試司機駕駛技術，某些粗心大意的駕駛者，不時會在途中走歪而出軌，最後需要眾人合力把車推回水泥路軌，才能恢復行車。

誠然這就是一份大苦差，我每天都需要付出大量體力，經常汗流浹背。雖然每餐正常吃飯，硬是感覺沒有吃飽似的。這是因為過分勞累，亟欲休息，連食慾亦不振。

我們辛勞整修，獲得醫護人員和病人家屬給予的支持和肯定，贏取了不少掌聲，實在令人鼓舞。時至今天，每當我念及這段往事時，腦海隨即泛起當年義工服務得到的肯定和讚賞。就是這份榮耀和欣喜，令我體會到「施比受更有福」這句話的含意。

## 回憶串串　舊情綿綿

半個世紀過去了，人的記憶似乎正漸漸褪色，童年往事日趨模糊。隨着本土文化的興起，二〇一一年春末，親友知道我喜愛收集歷史圖文書冊，問我對其收藏的調景嶺昔日相片是否感興趣？

前往探望時，赫然發現數十張她在六十年代初拍下的調景嶺舊照，堆放在即將送去垃圾堆填區掩埋的雜物箱內。我真慶幸及時趕到，那一刻小心帶着照片回家，再把照片反覆檢視，真箇是愛不釋手。

這批珍藏相片頓時勾起我對兒時一段段的回憶，把我帶回流連

柏強退休前獲頒香港懲教事務
榮譽獎章

益智戲院因經歷大火而結業，許多嶺上新生代壓根兒沒見過益智戲院的
模樣。

過的調景嶺大坪碼頭、明源茶樓、大昌百貨商店和益智戲院等地方。還有少年時在山腳被追打、海上奇遇、北方麵館暢談與靈實醫院義工經歷等。多少陳年往事，猶如電影鏡頭在腦海裏逐幕播放，心情久久不能平靜。

二〇一五年底，我們借用前身為鯉魚門海濱學校的香港賽馬會鯉魚門創意館，舉行了「魔鬼山半島沿岸的村落」圖片展覽，這批珍貴舊照與自己曾收藏原版的「香港調景嶺營難民概況」，和昔日調景嶺營難民處職員原版名片、嶺南新村舊相片等，終於得以曝光。

圖片展覽吸引了不少地區居民及市民大眾前往參觀。最令人感動的是，一名年逾九旬的長者隻身赴會，當她看見一張六十年代益智戲院舊相時，不由熱淚盈眶、喜極而泣。

原來她是益智戲院的創辦人（老闆娘）。當下我毫不猶豫地把珍貴相片相贈，她亦反送兩張戲院開幕式的舊照片給我，場面實在讓人動容。這次展覽使我結交了不少新朋友，他們還是熬過苦難日子的調景嶺人，頗有相逢恨晚之感。

我雖非調景嶺人，卻自幼與「惡人村」結下恩恩怨怨的感情轇轕。一路上有自己珍貴的回憶，而這段香港歷史，實在是值得我們回憶的。

＊在此特別鳴謝黃潤娣女士，捐贈一批六十年代調景嶺的珍貴相片。

# 03

# 回首向來蕭瑟處

## 新生代嶺上人

### 馮景祥

信安商店鎮店之寶——牛腩麵，是調景嶺人最懷念的美食之一。作為少東，馮景祥對父母開設這家小店養活了全家，他又將子女撫養成人，心存感恩。

他女兒問道：「為何每次遇見調景嶺的叔叔與阿姨，總提及信安牛腩麵？味道真的很好嗎？」景祥說：「能做到調景嶺無人不識，不只是因為街坊吃出了味道，更吃出牛腩麵背後的用心與勤奮。幾十年過去了，仍然得到讚賞和肯定，是莫大的榮耀」。他衷心希望一對兒女能把這份精神承傳下去。

### 溫碧霞

一個自小受盡家人呵護、寵愛的么女，由於與父親有着巨大的代溝，在「越管越反」的教導模式下，因而塑造了女主角反叛、我行我素的性格。出身貧窮，窮到差點被父母賣掉，結果埋下了「自己的路，由自己決定怎麼走」的種子。贏得名與利的同時，女主角從沒忘記舊家——調景嶺天空曾出現的雨後彩虹、滿山蹦跳的歲月，以及一直不曾消失過的幸福。

### 許子樑

小時候嫌自己住在窮鄉僻壤，卻一一把同學與師長記得牢牢；老師眼中的頑皮學生，長大後能夠學有所成。主角幾乎與所有在調景嶺長大的孩子一樣，沒有浪費眼前的一片海灣，讓童年生活充滿樂趣，讓自己日後感到驕傲。

子樑說，「如今在急症室工作，我體會到公平。不論你富或貧，當災禍或死亡找着你，你是無力抗拒的。所以人要謙卑，敬畏耶和華，免得祂的手臨於你」。

### 汐爾

該是得了「過度活躍症」的主人翁，被調景嶺群山熏陶出浪漫撒野的脾性。喜歡在在調景嶺上山下海，更愛吃盡大江南北；小時候不只充當孩子王，長大了還做了無冕王。喜愛日月星辰鳥叫蟲鳴，腦袋瓜卻奮力思考律法與道理，一直努力過着平衡內在矛盾尺度的人生，似乎是拿捏得到了。

### 孫玉傑

主入翁呱呱墜地的一天，正是舉家遷入調景嶺之時，自此就呼吸着調景嶺的新鮮空氣。愛玩愛鬧的童年，在附近的山頭與村巷都留下不少笑聲。自小家裏就養狗，小主人發現狗狗有其獨特個性，也是忠誠的良伴，因而開展一段又一段的人狗情緣。這一切都是從調景嶺的家開始。

那些年，光害還不嚴重，晚上隨便舉頭一望，星光滿佈。曾看到一顆尾帶幾種顏色的慧星，年少無知，還以為是UFO！如今的天空被密密麻麻的住宅大樓遮擋，只剩下一小塊拼圖般的藍天，不禁慨歎自己跟大自然原來曾經如此接近。數年前開始學習攝影，決心要以此記錄大自然的美好事物，願望將來可透過鏡頭，跟友好分享天地萬物的美麗景致。

徐閏桓

一個嶺外人，年小時二度探秘調景嶺，未料在不到二十歲之齡，以替工身份進入調景嶺的鳴遠中學服務後，就一待三十餘年！年輕時同事愛稱其「徐仔」，年歲漸長後，獲蔡淦老師賜名「徐師傅」。在鳴遠中學的教師宿舍生活、工作、進修及成長。一九九三年學校遷往將軍澳坑口後，仍不時返回調景嶺留宿，直至調景嶺清拆為止。遷校距今二十五年了，與調景嶺結下的這份情緣，縈繞一生，濃得化不開！

# 信安情懷

◎馮景祥

一直有「小台灣」之稱的調景嶺在清拆後，大部分居民都遷到將軍澳坑口居住。坑口村附近的一些食店，就成為了調景嶺舊街坊晚飯與宵夜的聚腳地。

某盛夏夜，席上五、六位花甲大叔正在聚舊，高談濶論，許多話題不知已重複了多少次。大家一遍又一遍所講的，不外乎是在魔鬼山探險、攀爬到可以瞭望鯉魚門港口的碉堡，還有海邊那個灣角有群魚可釣、那些淺灘可抓到蟹、誰在碼頭跳水的姿態最優美等，就是一些只能追憶的少年往事。

調景嶺發生過的大小事，大家總能講過百次，每次都聊到盡興才散。當晚又講到美食，大夥兒從碼頭，一直數到第五區。鄰桌後邊一位赤膊大叔忽然走來，熱切地坐下就加入論壇，不時提醒大家「還有那一家」，還附上食評呢！

來人面熟，肯定是老街坊。已記不起名字，或者根本從不知道，不然就只能喊得出其外號。這像是調景嶺的街坊文化，只記得是那一家的孩子，曾經一起踢球，或一起釣魚，或一起參加雙十活動。那就足矣，已經是自家人，可以沒甚麼隔膜，就親切地聚起來了。

當數到信安牛腩麵時，赤膊男子豪氣地再點了半打啤酒，還把賬記到他原來的一桌去。他看着我說：「你是馮媽的大兒子，馮景祥吧！可請你媽媽口述，你就把牛腩食譜寫出來？已經有二十多年沒吃過那麼好吃的牛腩麵。全香港再也找不到了。」

這大叔講的，也許有點誇大，但只要在調景嶺長大的，總會有點懷念信安牛腩麵。除了味道之外，主要是麵裏包含了調景嶺的情懷，如今調景嶺村已經消失，再無法找回那種味道和感覺了。

## 信安的緣起

父母均原籍廣州，五十年代初從廣州逃難到香港。父親和祖母投靠在香港的親戚；母親則隻身在港找到家傭的工作。父母在香港相識相戀結婚，婚後仍與親戚同住。投靠時間久了，難免會遭到親戚的冷言白眼。

當時姑母住在調景嶺，村內已從滿佈三角營棚的大營地，漸漸地變成了木屋區。有醫務所、學校與教會，姑母推薦他倆遷進安家。就這樣，他們也被安排成為調景嶺難胞的一分子。

母親在調景嶺誕下我們姊弟三人，我也順理成章地成為調景嶺人。當時經濟環境非常困難，父親學歷不高，但能寫出一手好字，在港島工作，早出晚歸。母親算是文盲，但嚴守「恕人律己」的做人道理。我可以用「善良，忠厚，老實，勤奮，節儉」來形容雙親。

母親為了照顧我們，就留在家中打理家務，一邊還釘珠片、繡花來幫補生計；也曾在信義中學（後更名慕德中學）的飯堂做飯，並擔當女生宿舍舍監。父母總是每天辛勤地工作，盡力為我們的成長營造幸福的環境，雖然沒能達到小康水平，但一直過着溫飽的生活。

靠着不懈的勤勞，家裏生活逐漸改善，我們開始唸小學了。不過，毒品開始流入調景嶺，父母對我們的交友和教育問題漸感憂慮。這時出現了一個機緣。

位於信義小學（後更名慕德小學）下方有家小店要出讓，父親就辭去工作，傾盡積蓄和擔任會頭發起標會，籌措足夠資金把店舖買下來。他不僅考慮生計，還是為了有更多時間，可以緊密地監護着我們能夠健康成長。

信安商店其後開張了，位處調景嶺大街通往信義小學的石階梯中間。信安包含了「誠信經營，心安理得」之意。初期只賣一些餅乾零食、香煙汽水，惟利潤不敷家庭開支，雙親決定「賣早餐」！

爸媽在清晨五點鐘就準備開舖前的工作；午後準備食材，把黏着牛腩的肥膏全部剪去；黃昏開始熬湯，煮粥，直到深宵十二點鐘後才可以休息。日復一日，一直重複地去做。

由於講究衛生，用心烹調，不加味精。加上他們對食物製作有一份執着與堅持，偶爾遇上食材供應不足，寧可少賣一些，也不肯濫芋充數，很快就得到街坊的認可。每天早餐和午飯時段，人龍都是排到門口；有時候，街坊得預訂才吃得上。

有些同學為免排隊，會在放學前預訂，翌日朝早上學時，我就把外賣帶到課室。有些街坊會衝着母親的祕製辣椒醬而來，向母親求售一點辣椒醬，均被拒絕。有時候，客人多放了辣椒醬，母親寧願少賣一碗粥，少賣一瓶汽水，都要求客人把湯喝完，否則下次「不准放」辣椒醬。客人為了尊重馮媽，通常都能把湯喝得清光。這也算是信安其中一個佳話。父親經常笑問：「放太辣了，不是可多賣一瓶汽水或一碗粥嗎？」最後總是換來母親一頓嘮叨。自從父母退休後，大家就不能再吃到信安那種美味的牛腩、那樣清香的白粥，以及又辣又香的辣椒醬了！相信嚐過的調景嶺人，一定有同感。

一九六七年香港爆發大規模「暴亂」，內地就處於「文化大革

馮爸爸帶着景祥兄弟登上魔鬼山

命」期間，香港左派人士借民生問題挑起了一連串的遊行示威。由罷工、罷課演變成「暴動」，且越演越烈。收音機每天都在播放流血衝突的消息，街頭充斥着土製炸彈與暗殺事件，令香港市民陷入一片赤色恐慌中。

調景嶺第一代的居民都是有經歷的，市區發生這樣的事，大家都會提高警覺。當時有居民自發輪流守護，日夜在山頭守衛，捉到左派分子就拉到山下，一邊打一邊遊街。只要不出人命，警察就不理會。居民在這段動盪期團結一致，並守望相助，沒有絲毫亂子，堪稱一片淨土。

你看到甚麼了？以水泥和鐵皮搭建的簡陋房子嗎？這可是馮爸爸與馮媽媽經營的信安——養活了一家五口，解決了鄰里早午飽餐之處。

反而是香港各地，有些人為免孩子被利用參加活動，或參與街頭「暴動」，索性把他們送到調景嶺寄宿上學。區內幾所學校，不論是否教會學校，都會灌輸三民主義的國民教育，所以調景嶺子弟在骨子裏都有着三民主義思想。

「青天白日滿地紅旗」應該是調景嶺其中一道好風景。每年十月，家家戶戶都把大小「國旗」掛出來，每個角落都有一點紅，旗海飄揚，還有各樣的牌坊，相當熱鬧。區內學校會舉辦各式各樣的活動慶祝「國慶」，居民都從內心感受到這份喜悅，慶祝氣氛猶如過年，完全不輸給台灣。

馮爸爸與馮媽媽在店內合照，勾起了無數信安牛腩麵粉絲的回憶。

有趣的是，調景嶺人甚少把政治掛在嘴邊。「調景嶺」這三個字，已經有足夠分量來表明政治立場。大家都是在政治色彩極其濃厚的背景下安居成長。

## 重返校園　激發潛能

信安持續得到街坊支持，我們三姊弟亦順利進入中學階段。姊姊一直在慕德中學讀書；弟弟讀鳴遠中學；我則在慕德讀中一，中二轉到調景嶺中學。由於學業成績不好，我唸完中二就轉讀觀塘職業訓練中心，畢業後由學校介紹到一家電子工廠上班。不到十六歲，我已經步入社會工作了。

我每天要搭頭班車上班，天還沒亮就要出門，黃昏才回到家，晚飯後會和好友聚聚，但已相當疲憊。自己一班好朋友還在區內上學，每逢假期都安排了多姿多彩的節目，叫我心生羨慕。

直到有一天，父親語重心長地對我說，「現在家裏還不需要你去負擔，最好能夠繼續讀書」。我幾乎沒有考慮就答應了。

一九七五年，調景嶺中學推行第一屆商職班升學計劃，凡是自願到台升學的，學校即協助推介，以安排學生到台灣著名專科學院繼續升學。我就報讀第二屆。

可能是珍惜能夠重返校園的機會，我開始用功了。翌年我被保送到台北市立商業專科學校（今稱為國立台北商業大學），也有同學按意願被保送到台北市立體育專科學校。

人生第一次坐上飛機就飛到台北松山機場，調景嶺營服務處安排得非常妥善，甫踏出機場已經有救總的職員接待，帶領新生辦理住宿手續，又宴請晚飯；翌日早上再領我們到學校報到和辦理入學手續。

我選擇了取錄要求分數最高的國際貿易學系，繳學費時，以調景嶺難胞子弟的名義，學雜費幾乎全免。記憶中，我只繳交象徵式的小額費用。

由於辦理入台手續的延誤，學校已開學近一個月，待入學手續辦妥後的翌日，就正式上課了。不到兩個月，我已感到與同學在學業上的差距，幸得幾位同學與學長的熱切幫助，輪流輔導，第一學年除了週末，下課後我都在學校圖書館度過。

努力是有回報的，第二學年我已跟上進度。之後每個學期不但領到救總的助學金，還領到學校為鼓勵僑生而設的獎學金，足以應付每學期減免後的學雜費，以及寒暑假返家的來回機票。

學業跟得上，壓力亦大減，不用每天窩在圖書館，我開始參加學校的社團活動。首先是羽毛球隊，每週兩天課餘時間訓練，不到半年就被教練選入校隊。當時我校羽毛球和游泳的隊際比賽，在全台大專院校比賽中均獲佳績。

我雖非主將，也沾上滿滿的榮譽。提及泳隊，因當中一名女飛

景祥（左）與台北商專同班同學在課室留影

台灣專科學生的軍訓在冬季進行，稱為「寒訓」。

魚，正是調景嶺來的學姐梁愛珍。

僑生聯誼會是按校而設的社團，由一名教官當輔導員，每年選出一名總幹事負責會務。我校僑生不足一百人，不太熱衷參與社團活動，所以不甚活躍。

自己入學之初，即受學長及同學協助，因此亦開始協助應屆總幹事，尋找一些熱心的學長，為成績較落後的僑生進行每週兩次「一對一」的輔導；每月舉行一次聯誼，相互交流各地的風土習俗。僑生在台生活所遇到的困難，輔導教官也會積極協助解決。

社團漸漸也活躍及團結起來，學校對僑生聯誼會更為重視。隔年我獲選為總幹事，還被學校總教官與校長召見鼓勵，每次舉辦活動都能「特快」地批出較充裕的經費。畢業時，學校頒發優秀僑生獎狀予我。

三年級自成功嶺完成軍訓回校，又是各學系準備遴選理事長之時。我幸運地獲班上同學推舉參選，雖以二十多票落敗，但總算開創學校歷來首次有僑生出選的先河。

學子生涯一眨眼就過了，我總算能夠如期畢業。記得畢業典禮結束當天，我第一時間跑到電訊局撥了一個長途電話通知父母。話筒傳來了父親語帶間斷的祝賀，我深深感受到父母之喜悅，難以抑制自己感恩之淚水。電話掛斷後，我又跑回學校跟同學們慶祝與拍照留念。

在校五年，除了得到知識，還過着多姿多彩的校園生活。我得到恩師們、教官們、同學們的關愛，讓我在青年階段帶着滿腔的情懷、美好的回憶離開台灣。

當年能免試保送到台灣的五專院校，調景嶺學子是「特例」。後來才了解到，全憑王國儀老師費盡心思，以照顧未能返台之軍眷子弟名義，向台灣教育部申請到少量學額，我們方能獲此厚待。感激「中華民國」之餘，更要感謝調景嶺前輩創造的機會，讓嶺上子弟受惠於前輩的福祉，獲得良好教育。

馮爸爸與馮媽媽前往台北看望在學的景祥

景祥一直熱心參與校內社團活動，畢業時的惜別會，為遊子增添溫馨回憶。

## 千里姻緣一線牽

一九八一年我回香港，在一家來往內地與香港的運輸公司做文員，一年後結婚。太太是我於一九七四年，第一份在電子廠工作時別個部門的同事，她是公認的美少女。我深深地被她的美貌所吸引，並把握了追求的機會，很快我們就成為一對小戀人。

我重返調景嶺中學，並沒因為減少見面而令感情轉淡，大家反而更珍惜每個假日。在台升學的五年期間，除了寒暑假相聚，彼此就以書信來維持感情。從相識到相戀的九個年頭，彼此都有深刻瞭解。婚後她遷進調景嶺，與家人相處融洽。

當時公司給我配了一輛車，每天先送太太上班，再回公司。一九八三年長子出生，太太辭職照顧小孩，並在店裏幫忙，從此成為全職家庭主婦。來店惠顧或路過的街坊，總對她的笑容和禮貌留下深刻印象。太太婚前從未入廚，在我母親教導下，她往後已能輕鬆自如地做出一桌美味佳餚。

次女於一九八六年出生。長子取名為「嘉信」，次女取名為「詠安」，是為了紀念養育我的信安商店，更希望信、安長大後，仍然記得調景嶺自家的小小牛腩麵店。

認識太太至今數十年，從來不曾爭吵過，要歸功於她隱含大智慧的豁達與包容。有人說，「相戀容易，是欣賞對方的優點；相處艱難，是要學會接受對方的缺點」。我多如牛毛的缺點，她完全接受；我欣賞她的優點，卻找不出一個缺點來。

內地在一九七九年開放市場，香港僅餘的中小型工廠紛紛北移，昔日的工廠區再無藍領工人上下班的熱鬧情景。許多公司索性改型做轉運的倉庫，兩地物資交流日趨頻繁，造就了中港運輸業迅速發展。我入職時，公司只有二十多輛貨車，幾年間已激增至一百二十輛。

經過九年的愛情長跑，景祥抱得美人歸。婚後居於調景嶺。

公司有直通中港貨運的優勢，各行各業的採購商和供應商擁有豐富資源，故有意開發貿易業務，着我同時兼顧，也算是學以致用。

開始時是向西安及四川兩省，銷售汽車配件和電腦顯示器。從日本訂貨，在大陸交貨，都是我一個人負責，公司就提供財力資源。業務順利，利潤亦算豐厚，正當計劃擴展業務時就遇上「六四事件」，老闆對內地政權失去信心，只維持經營運輸業，停止了貿易業務。

隨着回歸的日子越來越近，九十年代初正是港人移民的高峰期。只要有點經濟基礎，或是專業人才，都忙於選擇移民地點，我老闆就選擇移民加拿大。公司管理日漸鬆懈，有司機以跨境之便走私，有人因此「小富」，亦有人鋃鐺入獄。

直到一九九三年公司決定賣盤，我也離開了工作十三年的公司。回想這段工作經歷，真心感謝那位已離世的老闆。他不但支付了一筆遣散費予我，還跟新買家約定需每月向我支薪，為期十二個月。

這幀愜意自在的全家福，就是在調景嶺自家店舖門前石梯上拍下的。

回港與家人相聚，再聯繫調景嶺一起成長之舊友，感覺就是親切。如今已屆花甲，回望過去，自己一直就活在幸運與幸福之中。

幸運的是，我能在調景嶺出生，以難胞身份獲得台灣支援，從未捱餓；多虧調景嶺服務處提供協助，才獲得升學台灣的機會。幸福的，是能在父母辛勤努力下，得以在健康及溫暖的環境成長；娶得貌美賢妻，教養出純良孝順的子女。

今日的調景嶺，已成為人口眾多的將軍澳一個小區，昔日有着濃厚政治色彩的調景嶺村已消逝。凡在此生活、成長的一代，必定留下許多美好回憶，有着深厚的感情與說不出的情意結。

我在一個充滿和睦、友愛、團結氣氛的社區裏成長，亦衷心希望調景嶺子弟願以付更多的時間和熱忱，把這股調景嶺的精神秉承相傳，莫隨村貌的變遷而消逝。

## 千里之行 始於足下

失去可以乘涼的大樹後，我再從新起步，結果展開了十二年在內地南北闖蕩的經歷。

包括在東莞、北京、成都及西安這些南北的城市往來穿梭；後來又經常在天津、河南、吉林、瀋陽、大連和齊齊哈爾等奔波。所涉行業包括了皮草產銷、模具鋼貿易，以至服裝生產等，吃過了無數苦頭，卻也交到知心好友。二〇〇〇年中期，我結束了在內地的生意，卻又獲得通往另一道門的鑰匙。

二〇〇六年時，曾支持我在港負責轉運業務的北京友人，因別人抵債而取得美國新澤西州一家中餐館 Chengdu 46 的所有權。他委託我代為管理。就這樣，我就前往美國當一位從未接觸過餐飲業的餐館負責人。

餐館辦妥交接後，朋友只說了幾句輕鬆的話。「餐館交給你了，盈虧並不重要，生活要過得好。玩膩了，給我一些時間去找個接班管理人就可以！」這讓我甚為感動。

Chengdu 46 尚算高級餐廳，連續十多年獲新澤西州飲食雜誌評為「最佳中餐館」。顧客多為美國人，餐館有一百四十多座位，一小酒吧，五十多個停車位。從經理、廚房、部長、侍應生整個班底不變的情況下，只停業一天辦理交接就繼續營業。

餐廳經理是早年移民到美國，並對餐飲業非常有經驗的香港人，整個餐館員工都很穩定，我只需負責日常收支與稅務問題，就能維持正常營運。

雖然工作輕鬆，但完全沒時間回港與家人團聚。於是，太太每年到美國生活三個月至半年。留在花旗國前後四年，直到女兒準備結婚，我才向北京朋友請辭回港，結束飄泊的生活。

景祥在美國打理的中餐館 Chengdu 46 年年獲獎

在美國掌管餐廳業務時，愛妻終能相伴左右。

# 幸福，一直就在身邊

◎溫碧霞

小時候，曾經窮得要用豉油撈飯時，會想辦法多煎一隻荷包蛋拌一拌；節衣縮食一個禮拜，或者可以在週末時上館子小上海那麼一次，但我依然覺得很快樂；當父親認為已經沒有辦法再養育我，要把我賣掉時，我一行眼淚一把鼻涕號哭着，卻依舊不曾懷疑幸福在哪裏。

我多麼慶幸，幸福一直就在我身邊。從來沒有溜掉過。

幸福是甚麼？就是自己身邊所愛，以及愛你的人所給予的愛。

說真的，我對自己兒時是怎個模樣，已經不太記得了。直到最近遇上一位兒時玩伴，她告訴我：妳是所有小孩子裏面，最喜歡笑，笑得最開懷的一個！

## 越管越反　對抗威嚴

我的父親出身軍旅，乃國民黨軍人，當國共內戰輸掉後，要從大陸逃難到香港時，他沒有選擇帶着在外面包養的女人，而是帶上明媒正娶的母親和我大哥沒命的逃。逃難，就是甚麼財產和土地都帶不走，只能想盡辦法保命。來港後，父親就與其他從北方來的國民黨軍人一樣，最後被遷進了調景嶺。

雙親在一無所有的調景嶺，過着窮困和艱難的生活，之後還再生了三個兒子、四個女兒，我正是最小的一個。我們一家住在第八區一間小屋，我和父母親、四個哥哥與三個姐姐，全部擠在小得大概不到三百呎的屋子裏，若干年後才在隔壁多買一間，居住的空間才寬敞一點。

其實母親生我的時候已經四十七歲了，父親又比母親年長十一歲，可見我與雙親年齡相差之大。兄姐都比我大十幾二十歲，跟我最接近的小哥哥相差是六歲。很自然，自幼我就是最得寵的一個。

父母帶着七個孩子，父親還在臨近退休的年紀再添個女兒，生活自是百上加斤。為了生活，兄姐就算多想繼續讀書，都陸續在初中輟學，外出工作，以幫補家計。

也許日子過得真的太窮苦了。有一天，媽媽帶着我去見一位從未謀面的叔叔，閒聊時媽媽突然跟我說：「叔叔家境富裕，以後跟着叔叔，妳就可以過些好生活啊！」怎麼可以突然讓我去跟一個陌生人走？我只管拚命的拉着母親，抵死不從，大哭大叫「不要」。

碧霞（左）與最右邊的大姐，
長相極為神似。

一臉稚氣的碧霞坐在調景嶺到處可見的石級上。

賣女的場面何其淒涼，母親亦當場抱緊我痛哭。最後，是那叔叔對我母親說：「這些錢你拿去，你們回家吧！」然後他就轉過身，慢慢地離開了。

這件事，是我兒時其中一件有較深記憶的經歷，甚至一度以為這件事發生在八歲的時候。其實，當時我可能還在讀幼稚園。直到今天，我還記得自己的哭聲。

父親對子女的管教相當嚴厲，他平常沉默寡言，在家裏說的話，猶如下達軍令，只有「他在說，你得聽」的份。小時候，我是不許在晚上打電話給同學的。我幾乎沒聽他說過以往行軍作戰的事，除了他那對濃眉大眼透出的威嚴，印象中就是「不准這樣、不准那樣」。

由於我與父親歲數差距大，又缺乏溝通，他越是管教，我亦越反叛。他不准去的地方，我都趁他白天上班時亂走，跑到海邊與山上遊玩。也許，我反叛的個性，就是從那個時候塑造出來的。

我母親是典型的慈母，從小我就在她照料下成長。她最疼我，我亦是在兄姊之中最瞭解她的。母親是杭州人，婚前是富家千金。她會細說以前在老家日子的瑣事，也曾抱怨父親年輕時對婚姻的不忠。

小時候自己險被賣掉的事，我並沒任何怨懟，只因家裏實在太窮。當時我很渴望快點長大，快點賺錢，能讓家裏過上好日子，而且我一定要走自己的路。這一點堅持，讓我習慣了自主與獨立。

我唸過路德會聖約翰小學、鳴遠小學與鳴遠中學，其後我搬往市區與姐姐同住，因此亦轉校到聖約翰英文書院就學。終究我在街上被星探發掘，就在十五歲那年進入娛樂圈。眾所周知，我參與的第一部電影就是《靚妹仔》。

這三十多年來，我拍了大約五十部至六十部電影、五部電視

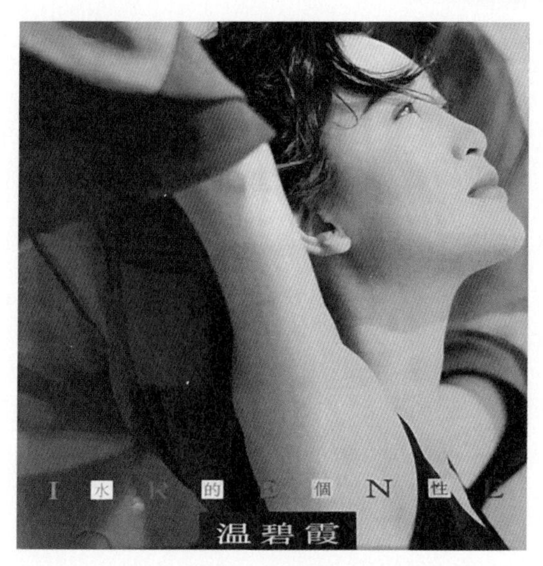


早在九十年代初，碧霞已成為歌影視三棲的紅星。

碧霞以電視劇《火玫瑰》「海潮」一角登上事業高峰

劇，亦出過五張唱片。好慶幸從我拍第一部電影開始，就喜歡上這份工作。所以，我最終是走了自己想走的路，做了自己喜歡的事。最實際的是賺到錢，改善了家人的生活環境。

雖然小時候曾經想過，將來要怎樣怎樣，但我從沒想過，所得到的比預期要多。在娛樂圈工作幫自己賺取了財富與名氣，當中亦遭遇過挫折，回想起來，始終是「得」比「失」多。

身為公眾人物，想過得無拘無束，度假時惟有往外國跑，希望可以輕鬆一些。有時候，亦覺得失去了那份自由自在，彷彿經常被監視，有「狗仔隊」在跟蹤。這些都是相當無奈的。

今天，我在內地有許多影迷，工作帶給我很大的滿足感及成就感，所以我很珍惜自己得到的機會，並一直很努力地將自己最好的一面表現出來。

## 村裏鄰里　圈內扶持

調景嶺是個山明水秀的地方，空氣好，治安亦好，由於居民許多都是外省人，所以男的長得俊，女的長得漂亮，五官輪廓尤其特出。在村子裏，不論想到那裏，都先要走上一段路，每天這樣來來回回，人人都練就出良好的體態。

還有，家裏可以不鎖門。如果有甚麼事情需要別人照料一下，就跟鄰里打聲招呼，彼此就是這樣扶持着。

當我出道時，調景嶺這個地方已廣為外界所知。凡是調景嶺出身的，儼然成為自己人，充滿着人情味。就像王小鳳，年幼時我在村裏遇到頑童欺侮，就是她挺身而出，幫我出頭。入行以後，我和她即使在沒有工作上直接合作，但還是會偶然見面，保持聯絡。

另外一位是陳玉蓮，她是村中美女的表表者。我其中一位姐姐

兩位曾以調景嶺為家的知名女星，
如今均為同一間經理人公司的藝人。

與她是同學，她就住在我們家附近。我記得，蓮姐上學時會經過我的家，那時候我看到她，亦不禁說這位姐姐長得真好看。我去過蓮姐的家，看過她童年的照片，那一雙大大的眼睛，真的很像馮寶寶。

雖然她現在不如以前那麼活躍於圈中，但偶爾會因為工作，我還是會看到她。

直到今天，貴為香港電影金像獎影后的惠英紅，與我在同一家公司，並且是同一位經理人，因此我們變得熟絡。她告訴我，在她很小的時候，曾經在調景嶺住過一段短時間。和她相處時，即時就有股非常親切的感覺，真令人舒服。她還是保養得那麼好。

娛樂圈的確是一個比較複雜的圈子，不過，就算自己來自窮鄉僻壤，還沒有因此在起步時特別有困難；別人的目光或風言風語，我從不理會，一直奉行「我行我素」的作風。

可能是自己的自尊心很強，要我求人，以達到某些目的，我實在辦不到。年輕的時候，還真的不懂得面對，當然經歷過掙扎或不開心的事情；到最後，我知道「做自己」就行了。我貫徹「靠自己」的信念，把握每個出現了的機會，然後一步一步來到今天的位置。

## 雨後絢麗的彩虹

調景嶺是一九九六年進行清拆的，這樣一個地方，從此消失，實在是太可惜了！

那是我度過童年歲月，也是許多鄰居幾十年前被逼離開老家，而在調景嶺重建家園的地方。大家都在那裏經歷了人生很長的時光，亦擁有許許多多的回憶。不論是我和家人，都非常不捨，尤其是父親，他多麼不願意搬到別處呀！

住在村裏的，家家戶戶都是背靠着山，面向着海灣。小孩子就像身處個大自然裏的樂園，我們可以到處去，無憂無慮。

小時候，一直是小哥哥帶我上學與遊玩，他帶我去打籃球、乒乓球，放風箏。長大一點，我就和隔壁家的小龍結伴去玩，我們會摘木瓜、香蕉，也會上山煨蕃薯，甚至跑到山頂去看星星。

這些經歷，今天回想起來依然覺得非常浪漫。還有，就是雨後，我常常看到彩紅，美麗的七色彩橋高掛在天空。這些情景，我永遠都不會忘記。

雖然調景嶺不是農村，但那裏的中國傳統節日氣氛非常濃厚。逢年過節，小孩子該是最開心的。沒錯，今天已經遠離窮困了，但有錢就一定幸福嗎？就算以前在山上只能煨番薯，但我過得很快樂；中秋節時提着燈籠，跑到高處去賞月，自在地在山頭奔跑，想起來我就覺得好滿足了。

還有過年，鑼鼓喧天，可以看舞獅，燒炮仗，尤其是燒炮仗，甚麼小英雄、大英雄，點火後就亂扔，大夥兒就逃呀！過年換了新

出道之後，碧霞仍經常返回調景嶺老家。

衣就開始忙碌，我會等着媽媽出門，跟她到處拜年。那真是繞着山頭在走動，六區、七區、十區、十二區挨家挨戶的去，領紅包，吃年糕……對於兒時的歲月，我一直回味無窮。

就是因為調景嶺消失了，現在已經沒有這個地方可讓我重溫舊夢，所以兒時歲月讓我對保留童真有份堅持。現在過中秋，我都要在家裏掛出傳統的紙花燈。那是一定要有的。正是那種感覺。

沒錯，人會長大，亦因為經歷多了，會隨着時間推移、地點不同而轉變。但原來的自己就完全改變了嗎？我的信念是「盡能力地永遠保持一份童真」。我覺得，人長大之後而失去童真，是非常可惜的。

當我進入娛樂圈工作後，放假時會經常回調景嶺探望父母。他們是堅持不搬遷到最後一刻的。

媽媽與大部分鄰里一道搬去了坑口。雖然我曾提議另購物業給她居住，但勤儉的母親坦言不要離開一群街坊，因為她已習慣了與大家聚在一塊、打麻將的生活。其實這樣亦好，因為將軍澳與調景嶺在地理上最接近，我的姐姐其後亦搬入此區，我就選擇在清水灣居住。

彷彿，一切都與住在調景嶺沒有很大分別，有山有海。一家人，似乎又靠在一起了。

以前住在調景嶺的老街坊，他們都有逃難的經歷，人人都是窮苦出身。記得小時候我為掙得三元八塊，暑假時會在家裏穿塑膠花，做好了再交貨給分判商。這些都是童年的回憶片段。今天回望，沒錢的日子，幸福並沒有跑掉呀！

作為家裏年紀最小的一個，所有哥哥姐姐拍拖時，總會帶着我一塊出去；以前家裏好不容易劏一隻雞，大哥哥一定把雞腿夾到我碗裏去；嚴厲的父親與慈祥的母親，他們對我的疼愛，通通都是幸福。這些根本與你是否富有，全然無關。

一家三口經常享受天倫樂

二〇一八年的演唱會後，碧霞與粉絲們大合照。

到自己有了家庭，丈夫對我非常好，兒子國倫如今已九歲了，正讀四年班。這是另一種幸福。

雖然國倫是我在他一歲時收養的，可是我對着他，就領略到女性天生就有母愛；看着他成長，我得到很多快樂，願意為他做任何事情。是否親生兒子，根本沒有分別。我們彼此都是對方快樂的泉源。

二〇一八年六月，我首次在香港舉行了一場入行以來的演唱會，目的是要給自己一個美好回憶。當時，傳媒一度以為我要引退而舉行告別演出。很可能是我有倍伴兒子到海外讀書的念頭，因而引起誤會。

三十多年來，我一直好努力，亦習慣了獨立，從來沒有想過退出。兒子將來到外國讀書，我很可能偶爾陪伴在側，找一些短期課程來充實自己，以前我亦學過畫畫及聲樂。人，是應該不斷學習的。

舉行演唱會的確是一個心願，好開心完成了。當晚，丈夫與兒子都在台下支持我，這種感覺真的很好。

經過那麼多年，我感覺自己是幸運的，無論是事業，抑或在感情道路上，我很珍惜自己的工作，珍惜目前擁有的一切。其實，最真實、最簡單的幸福，就是自己身邊所愛，以及愛你的人所給予的愛。不論貧與富，都可以擁有，亦衷心祝福大家都能夠擁有。

# 我是這樣長大的

◎許子樑

我在調景嶺長大，生活了十六年。在六十年代出生，今年五十多歲，是一名急症室醫生。

調景嶺位處一個小海灣，五十年代是一個住滿難民的社區，許多國民黨的軍官與士兵，以及他們的家屬，被安置到這片望着將軍澳海灣一隅的山區。社區曾住過一萬多人，後來成為了寮屋區。當然，這些都是長輩告訴我的。

父親以前曾在黃埔船塢工作，後來他應聘到調景嶺的紹榮鋼鐵廠任職，於是一家三口搬了進去，其後我和妹妹就在調景嶺出生了。

雖然調景嶺大部分的房子都是石屋，但偶然還會見到鐵皮屋和木屋，整個社區分作十二個區，我家就在第十二區，這可能與靠近鋼鐵廠，方便父親上班有關。

調景嶺對外的交通有巴士與街渡，還有一條通往藍田的山路。區裏只有一個巴士站，處於半山，從我家出發，需時十五分鐘，老人家起碼要走半個鐘頭。街渡碼頭在第二區，有固定班次往西灣河與坑口。這就是對外的主要交通了。

子樑幼時與兄長合照

住在調景嶺的小孩都穿拖
鞋到處走。子樑（右）與
姑姐及兄妹留影。

海灣的邊緣是石灘，是我們孩子們最喜愛玩耍的地方。這裏可以捉豹虎（金絲貓）、游泳或在淺水處摸蜆。石灘暗藏危機，大石間有空隙，如果在上面跳躍會掉進去，導致頭破骨折！石灘又有尖石、蠔殼與玻璃。

記得有一回，我的腳給玻璃插進去，我把玻璃拔了出來，一拐一步地走回家。回頭看，是一條長長的血路。我沒想過要去看醫生，心中只想快快處理好傷口，不能讓媽媽知道，否則又要捱罵了。

處理傷口的方法很簡單，拿一條水喉，開着水往傷口一直沖，直到傷口不痛，血也停了，然後在傷口上鋪上紗布，再貼上膠布。今天，我的右腳踝上有一條一吋長的疤痕，算是美好的「童年回憶」。

村裏的房子全部都是依山而建。八歲時，我從鄰居張媽媽的家跌入周媽媽的家，上下兩屋距離也有四米多。幸好上下屋中間有一條溝渠接着我，否則小命不保。那次意外，讓我的左腳斷了。

真的辛苦了媽媽。我記得她每天揹着我，走過小徑，爬科坡，從第十二區走到碼頭，搭船去西灣河看跌打。當年我八歲，體重應該超過了二十三公斤。現在我抱着五歲的女兒都感到吃力，我的媽媽很不簡單！

看跌打沒有好轉，後來去了調景嶺唯一的診所，照了X光，才知道是腓骨斷了。黃榮安醫生給我打了石膏，由大腿延伸至腳板。沒有提供拐杖，也沒有人教我怎樣帶着石膏走路。這回改為一拐一跳地回家去，至少沒有那麼痛喔！

我不記得包着石膏的生活是怎麼過，只記得皮膚很癢。後來沒有回去診所覆診，自己用剪刀把石膏分段拆掉。三個月後，又是一條好漢了。小社區的醫療簡樸，卻造就了硬朗的人。黃榮安醫生現在有八十多歲了，好像還在開診所看病，真厲害。

調景嶺有三所學校，提供幼稚園、小學與中學教育。小學時，我讀的是鳴遠小學，是由雷鳴遠神父創立的。

幼稚園離家不遠，小孩子只需要五分鐘腳程。當時的幼稚園只有高低兩班。入學時我年紀比較小，不適應課堂生活，天天在課室裏哭，還試過一個人逃回家，嚇怕老師！

哭哭鬧鬧一年過去，成績很差。當年的幼稚園有考試，學生成績要排名次，我就是全班包尾的那個。我曾經被轉介去鴉蘭街兒童體能智力測驗中心做評估，唉⋯⋯我想媽媽一定擔心透了，怎麼生了一個笨小孩？

高班的記憶很模糊，只記得有一位雷老師，她有一對大眼睛，眼神凌厲，怕她，卻天天看到她。當年的幼稚園只有兩個班房，全班同學齊齊整整，一行一行面對黑板而坐，不會分小組，當然也沒有活動教室喇。

小學的校舍大得多，有四層高，每層有五個班房，樓下就是大禮堂，體育都在那裏上課。還有一個操場，可以打藍球與踢足球。當時學校有分上下午班，兩班大家共用班房，所以亦會有兩塊壁報板。

小一沒有甚麼回憶。小二的班主任是林麗媚老師，她很溫柔，我記得她給我的評語是「紀律不好又害羞」。小三有陳守素老師，她眼鏡很厚，有學養。

到小四時，班主任是甘笑蝶老師。她也住在第十二區，是媽媽的街坊，她常常笑，卻笑得很假。五年班時遇到兩位很兇的老師，一位是班主任譚美蘭老師，臉上有一顆大瘂，她說過要好好整治我；另一位是訓導主任陳慧貽老師，他因為一樁小事而摑了我一個耳光，此生不忘。小六有何美蓮老師，她教英文，很用心，亦很認真。

子樑與哥哥是在調景嶺綠
波暢泳的最佳拍檔

穿起白袍行醫，一轉眼
已有三十年了。

鄉村小學，卻人傑地靈。光是我六年班的同學，就有三個做了醫生。除了我自己，還有兩位在台灣行醫，一個是整型外科醫生李鐵國，另一個是麻醉科醫生鄒樂起。很感謝老師們的教導，很想對他們說聲「多謝」，我沒有辜負各位老師，「我沒有變壞人」。

中學時，我在筲箕灣慈幼中學就讀，每天要搭船往返西灣河與調景嶺。春天大霧的日子最有趣，船長看不清前方，試過把船撞上鯉魚門海口沿岸的岩石去。霧越濃，船亦航行得愈慢，大霧的季節就要搭早一班次的船，否則返校就會遲到了。

最驚險的，還是颱風吹襲的季節。懸掛八號風球之前就要趕船，因為隨時就是「尾班」了。這時海浪有兩層樓那麼高，船要不停改變方向，直把船頭迎向大浪，還要關掉引擎。待大浪一過，才再啟動。

少年那裏懂得危險。我喜歡坐在渡輪的上層賞浪，很美，層層疊疊，船兒高高低低，是真實版的「海盜船」。當然，附送濕透了的衣裳。調景嶺就是小鄉村生活，夾雜風浪鍊人。

雖然小村生活簡樸，但大街上還是有不少美食。我喜歡到鑽石食館吃晚飯，它的椒鹽豬扒很香脆，是我吃過最好吃的；就是知名的小上海，他們的排骨麵雖然很出色，相比仍然略遜。

星期日爸媽喜歡上茶居，而村內就有三間茶樓。和興茶樓燈光昏暗，很髒，最討厭地上的痰盂；明源茶樓最得我爸歡心，地方乾淨，光線明亮。

小時候，我覺得點心不好吃，又覺得飲茶最耗費時間，我寧願一個人吃麵包或自己去吃碗粥。最近家裏的粥店是龔記，粥很鹹，沒鮮味，不好吃，但店內如手掌般大小，用滾油炸的韭菜盒子卻非常好吃，鮮香無比。直到今天，我還沒找到比它更好吃的炸韭菜角，盛惠「五毫子」！

有一家叫孖仔粥店的，最馳名的就是蒸腸粉，即叫即蒸，非常嫩滑。由於捧場客實在太多了，加上流程不暢順，往往要等上一個小時。我怕等，很少光顧。枉有一大堆客戶，卻賺不到錢，生活依然窮困。如果有現代管理方法，應該可以賺更多的錢。

我最常去的粥店在街市中央，名字忘了。我記得老闆是個瘦瘦的中年男子，帶點風騷，爽快。此店出品快、收枱快、收錢找贖更快。多虧友人幫我打聽，才知此店叫「結園」，我還以為有些店舖可能真的無名無字呢。

我的同班同學有容雁軍和容燕軍兄弟，他們家開了一間叫「金邊蘭」的茶餐廳，名字典雅，跟帶點窮鄉僻壤的調景嶺似乎不匹配。餐廳風涼水冷，有海景，很舒服，賣的是咖啡、奶茶、通心粉與多士這些簡單食物。鄉村人生活節奏緩慢，時間充裕，生意不太好，茶客從來不必等座位的。

還有朱淑芳同學家開了一家豆品店，有些小吃與美味豆腐花。村裏還有雲吞麵、山東燒餅。自小我就愛吃，調景嶺沒有辜負我。

我家門牌號碼是第十二區一百三十一號，「一三一」就成為我和兄妹家 whatsapp 群組的名稱。家的後方是斜坡，有樹木和草叢。媽媽最怕颱風的日子，擔心會山泥傾瀉，天氣好亦怕蛇出沒。父親就打死過好幾條青竹蛇和飯鏟頭，哥哥也見過蛇蹤，只有我沒親看見過。

哥哥比我年長一歲多，我個子卻比他高。記得有一回掛了三號風球，爸爸剛買了一艘橡皮艇。我倆跟着媽媽帶着新艇下海去。

當年我大約十三歲，在第十二區石橋下水前，看到灣內風平浪靜。誰料一去到第二區碼頭，風勢轉強。不消一分鐘，小艇已經飄到元洲靈實醫院的石灘了。無論我們如何落力划，橡皮艇距岸卻越來越遠。當時內心不無驚惶，恐怕要棄艇而回，爸媽必定責罵。

能夠飽覽調景嶺大半個山區的許家，全家總動員拍下相片，彌足珍貴。

最後，我和哥哥都跳進海裏，合力一邊游一邊拉，總算把橡皮艇拉回碼頭上岸去。從調景嶺到坑口是一片將軍澳灣，居民就靠街渡往返兩地，沿岸必定會經過靈實醫院的石灘與小碼頭。

時間不留人，十六歲時我家搬到港島，離開了這個小鄉村，離開了我熟悉的同學與鄰居。到了今天，我還記得小學同學的名字。人海中可曾相遇？希望有這一天吧！

說真的，小時候不太喜歡自己是調景嶺人，覺得窮鄉僻壤太老土。可惜調景嶺村已經拆遷了，再找不到往日的足印，剩下的是調景嶺給生命留下的雪泥鴻爪。讓我回味，讓我驕傲。

# 記得那年山下

◎汐爾

## 擁抱天與地

住在一個沒有汽車行走，不論上學、買東西、找同學玩耍都可以用雙腿走到的地方，真是太美妙了。小朋友的天地，本來就應該這樣簡單。整個童年與少年時期，我一直熱情的擁抱着這片山谷裏的天與地，也一直往山上跑往海裏跳。野呀！

三歲的時候，我的天地大概就是那高高樓頂的屋子，與自家前後圍欄內供我和妹妹奔跑的空間。四歲時搬家，我的天地突然多了大山大水，還增添了青皮竹、石榴、桑樹、白蘭、蒲桃，池塘與蝌蚪。還有躲在石隙裏，愛把長舌頭又吐又收的不知名的蛇。

一邊上學一邊學習新事物，我的天與地亦越來越豐富。有春夏秋冬，有每天搭船或乘車到村子上學的老師與同學，我還會上主日學，參加經常唱誦悅耳聖詩的主日崇拜。然後，家裏還添了一台鋼琴，我和妹妹每天就叮叮噹噹的彈着。

我住在第七區三十四號，門前就是一條從山底下大街，一直蓋

汐爾與妹妹成長的第一個小天地——汗廬

兩小無猜的歲月，憑照片仍隱約記得屋子裏裏外外的點滴。

到山腰慕德中學去的天梯。石梯兩旁鄰居的屋子裏，起碼有五六台鋼琴。

琴聲是我家附近經常會聽到的聲音，然而調景嶺十二個區都會聽到的，一定是狗吠聲，還有按季節、日夜輪班的各種蟲鳴鳥叫，有蟋蟀、青蛙、夏蟬和班鳩。那是一種和諧的熱鬧，也是季節的時鐘。

直到那麼多年，每逢夏季，我腦海裏還會自動響起了蟬鳴；每當踏入山林，都期待林間某處傳來低沉的咕咕聲。原來大自然早就進駐我心中，只要準備下雨，雨後草兒與泥土的氣息都會自動湧進鼻子。

昆蟲雖是我輩極受歡迎的玩意，但我頂多是玩瓢蟲，對採摘果實才是樂此不疲。山椒、番石榴、巴蕉、山稔、桑椹、李子，還有清晨時採收玉蘭、茉莉和梔子花。我曾經非常認真考慮，將來要做一個農夫。

桑椹是我的至愛，所以會四出打聽村裏哪裏長得最多，然後帶着老二直奔桑林。有一回，我們闖到某個小山坡，還結結實實的摘了兩大袋子，滿足到不行。沒想到要歸去時，才發現我們踩進了某戶人家的地盤，當下四、五隻大狗已經圍繞在我們攀爬的那棵樹底下瘋狂吠叫。

我很後悔沒找人開路，留在樹上與群狗耗性子，已是唯一的生路了。半句鐘以後，我們終於安全撤退。這是平生最糗的一次採摘經歷，直至今天，老二提起此事仍舊一張黑臉。不過，村子裏那個小孩沒被狗追過或唬過呢 ?!

調景嶺入夜後就會換上另一幅景色，那片偌大的星空會覆蓋着整個村子。尤其是夏季與冬季，那片星空美得讓人目不轉睛。我是家裏唯一會對那些發出光亮星體而發獃的一個，於是逼着大家要跟我抬頭看星星。

搬往第七區三十四號之後，舉家在門前留影。

母親一張年輕時的黑白照片，激發女兒們都愛跑到球場去。

最有意思的，莫過於帶着零食與妹妹，夜裏在海灣裏泛舟觀星。她們對漆黑的海面，與船槳划水時所泛起一圈一圈的藍光感到興奮，我就對開講星星與希臘神話故事的課室更感興趣，也是逼着妹妹們非聽不可。是的，與妹妹划船一樣可以那麼地浪漫，一生難忘。

早期調景嶺村民在天主教及基督教教會的援助下，令貧困的生活多添溫飽，所以村裏的聖堂與學校一樣多。讀初中時，我最喜歡過聖誕節，平安夜我會穿上白袍走到村裏去報佳音。那歌聲與福音，亦是我回憶裏其中最溫暖的一幕。

其實在村裏會彈琴的，很多是因為返了教會而學習的。然後因為姐姐或哥哥先學會，妹妹自然地跟着學。這還真是一股很不錯的風氣。

我家小孩最喜歡的玩意，其中一樣是翻開家裏的相片簿，細看那些更年輕一點而又熟悉的面孔，嘰嘰喳喳說着照片背後的故事。爸媽年輕時的照片，有很多是在調景嶺山海間拍攝的，還有他們打球的英姿。很簡單，依循他們的足跡去做就行。

首先是上山下海。我把村子裏的幾座山頭爬過好幾遍了，但凡年齡相近，管他是村裏還是村外人，總之一定會安排上山探險的節目。那些山頭曾經是我和妹妹、表弟妹的後花園；尤其在五桂山腰有塊大石，是我和老二、表妹宇慧練歌排舞的小舞台，真是一輩子的美好舊夢。

至於下海，釣魚、游泳、摸蜆挖貝樣樣好玩。父母自這片海灣得到的快樂，我一一不缺。唯一做不到的是渡海泳，我可沒本事從調景嶺游泳到坑口去。

電視機雖然吸引我們的目光，不過大家還是喜歡打球。我在調景嶺打藍球和排球出色的同伴真的很多，想學會？很簡單，加入校隊就可以參加訓練。每年村裏三所中學都會進行聯賽，好不熱鬧，亦是球隊每年的大事。

最後一次參加中學的聯校籃球賽，汐爾穿上最愛的十三號球衣。

當年法律系跑得最快的都在汐爾（右）班上，拿下四乘一百賽金牌如探囊取物。

其後我的競技舞台擴大到西貢區，以至全港地區學屆運動會的田徑場去。跳高、標槍、鉛球與短跑，爸爸負責調教，我就去練習。直至去台灣讀大學，我依舊是班上最敢去跑、去跳的女生。

不但加入了女籃校隊，帶領過學校的僑生去打全國僑生盃，也帶過法律系女同學參加全國法律盃籃球聯賽。法律系與全校運動會，當然會見到我的身影。愛玩嘛！

我獲得的獎牌和獎盃多不勝數，待我領悟參賽最有意思的，乃自我鍛鍊的「過程」時，所有獎牌，我一件不留。大學畢業之後改打網球，那麼多年來持續運動及參賽。我相信自己到了七八十歲，還是會參賽的。

就是爸媽的兩三幀照片，讓我上山下海，也讓運動陪伴我一生。

## 吃遍四方

我五官官感最強的，首推味覺。我曾經仔細推敲出第一次吃辣的記憶，竟然只有三歲！爸爸炒的一道辣椒大蝦，那香味填滿了一屋子。當他把大蝦端到桌上時，我得推動一張椅子，好讓自己能夠爬到飯桌上，再伸手抓起來吃⋯⋯辣呀，好吃啊！自此，我相信好吃的，都是辣的。

最近，我特意約了一票兒時的好夥伴飯聚，聽聽大家在調景嶺青葱歲月裏最懷念的是甚麼。沒想到，大家首先給我將調景嶺大街上，不同時段出現過的食店，一家一家數出來。我輩似乎對村裏的美食最念念不忘。

我家門前天梯的兩旁，挨家挨戶的佈滿了一間一間的房子，鄰居來自大江南北，有山東、湖南、上海、海南與廣東的。如果把範圍再擴大左右兩邊其他鄰里，大抵佔上中國半壁江山；整個村子，就能劃上一幅完整的中國省份圖。

就是這樣，從小我就一直聽着各地的方言，有懂沒懂的答話，根本不必讀地理，就知道大家的老家在那裏。長輩們說的家鄉話，我輩十之八九不會講，大家倒是標準的「吃貨」，尤其是家鄉美食。

根據評選，在碼頭附近的小上海與永生飯店，是最受大家傳誦的美食首選。我記憶中的永生飯店，原來是做上海菜的，其中有道酸辣湯，是我喝過做得最好的。不論後來我在台灣或在大陸所嚐的，都沒有一家比得上永生飯店的一半水平。

永生後來換了老闆，賣的是煎餃、蒸餃和水餃，味道與賣相俱佳，街坊非常捧場。直到今日，媽媽仍然很懷念永生的餃子，前陣子還問我們，可記得餃子包了甚麼餡料。

至於小上海，主要是賣各式味道的上海麵點，我印象最深的是榨菜肉絲麵。這是相當普通的一款麵，我卻牢牢記住了那味道，以此做標準，卻從此再沒吃過比小上海更好的榨菜肉絲麵。秘訣就在湯底，那個淡啡色帶點鹹味的湯，把平淡無味的麵條，抹上了每一口的美味。

後期有一家正大麵店，我帶外子去過，他最喜歡的是排骨麵。他對滿滿一大碗麵，十元八塊的價錢一臉驚訝，直說「這是七八十年代的價目表吧！」

其實在村裏經營士多或食店，都在養活他們一家人口。不是所有店舖都在大街經營，其中有家信安士多，從大清早到中午時段會供應白粥、撈麵與湯麵，而且只得魚片與牛腩兩款口味。不過，客似雲來，每日沽清。

在調景嶺，我們稱呼鄰舍長輩，以其姓為首，僅接其身份，例如蔡媽媽、尹爸爸等等。信安負責澆湯加料的是馮媽媽，人人暱稱她「馮媽」。我為了能在中午吃到牛腩麵，千方百計讓她牢記我，哄她無論如何也要留一碗給我。

信安的絕活就是用蝦米熬湯與自製辣椒醬，辣椒醬放在湯裏完全暈開，融化在湯和麵條裏。是這個世界上我唯一渴望能再吃到的東西！這一票兄弟當年還經常在早上或是中午，陪我在信安飽餐的，今天想來，那是一種吃與生活的幸福。

大街上還有朱爸爸做的山東饅頭與花卷，學校放假時，我和妹妹會去探望住在北角的祖父母，每次就買二十個饅頭或花卷帶給爺爺。後來碼頭附近又多了一個伯伯做的鹹甜燒餅，每次光顧，就幾乎買光他已做好的燒餅了。

調景嶺有兩家餅店，一家叫全香，另一家叫忽必烈。我吃麵包，幾乎只吃剛出爐的，該是小時候慣壞了的。到台北唸書後，會乖乖的打聽各店麵包出爐的時間。

雖然我在香港出生，但自小就嗜辣愛嗆，口味早就適應南北兩地迴異的風格。很小的時候，不知道蒸魚可以不放辣椒；長大一點了，也不知道同齡的村外友輩，即使是四川人也可能不吃辣的。試過招呼友人作客，我做的菜幾乎把人家辣死，最後把冰箱裏的冰塊與冰水全部喝光。

我第一次到中國內地的北方是上世紀九十年代初，地點是瀋陽，當時我要採訪一個一連三天的大型商會座談活動。所有人都要根據大會安排進餐，有點像台灣隨處可見的自助餐餐廳，拿着餐券去換盤子，然後排隊在食物盤選擇。

在南方是很難得吃到道地的北方菜，我一邊吃一邊笑，吃完一盤再拿一盤，興奮莫名。但同桌的、鄰桌的港商都很可憐，他們盤子裏的菜幾乎沒有碰過，一直嘀嘀咕咕「這菜，怎麼吃呀」？還有一回是到鞍山，全程都有吃到冷盤和新鮮大綠椒，配着醬料生吃，

汐爾（右）與同事攝於北京飯店門前。互聯網還沒普及時，採訪全國「兩會」是件大事。

特有風味。

第一次去北京採訪更有趣。完成採訪後，受訪者邀我共進晚餐，特地帶我去吃魯菜，一隻餃子幾乎跟我的拳頭那麼大，裏頭的餡還有芹菜，吃兩隻，等於我的一碗飯量。

我要承認自己是有偏食，從小就不吃肥肉。不過，最後都在杭州洞庭樓的飯桌上，被一道東坡肉攻陷城池。是那一家地產發展商招待的，我早就忘記了，只記得入口即化的美味。還有一回跑到南京採訪準備在香港上市的熊貓電子廠，夜裏一訪秦淮河，初嚐南京十二道小碟。

作為主要採訪及報導大陸財經新聞的記者，我由南到北的走，從沒遇到吃不慣的菜，只怕沒吃到好吃的菜。許多人在外想吃家鄉菜，我在外頭吃的，盡是家鄉菜。

## 自由何價

作為調景嶺的第三代，我既無經歷戰火洗禮，成長的環境亦比父母優渥得多。回想一路走來，我從調景嶺得到的，遠比我為她付出的多。

調景嶺有一座於一九五七年落成，為紀念「123 自由日」（已於一九九三年改稱「世界自由日」）而建造的「自由紀念塔」，它就座落在我家天梯高處的盡頭，聳立在山顛，面向整個海灣，似乎在睥睨山下眾生：可知自由何價？

這個村子裏，隨處可見「還我河山，光復大陸」的標語，魔鬼山上更有「蔣總統萬歲」的大字，「雙十節」一片旗海飄揚的景色，連台灣都望塵莫及。當年這是一個「反共」基地。我是被村外人問了許多問題後，才逐漸明白她與香港其他地方，還有更深層次的不同。

在一個民主又自由的家庭裏成長，幾乎一切的選擇，我都依據自己的喜好，以及能夠承擔的責任來決定。包括明明會在大學學科上傾向修讀語文系的我，竟然在填寫志願時選擇了唸法律。父親是大大嚇了一跳，我猜他是怕我熬不住整個課程。

去台灣升學是村裏許多同輩的選擇，而我還是家裏的先頭部隊，三個妹妹亦會陸續負笈寶島。赴台前，爸爸曾經跟我說過：大學是他人生中最快樂的一段時光。多麼慶幸，我亦享受到同等的經歷。

根據派位結果，我入讀了東吳法律系，展開了五年的大學生活。我的台灣同學與香港學生有很大分別，他們大部分都很純樸、很用功，而且充滿熱忱。我遇上了一班讓我覺得驕傲的好同學，直至今日，我們依然緊靠在一起。

「自由紀念塔」是村民留影的熱門地點，如今已成為博物館的收藏品了。

住在山上，大海與天空就是最美的風景。

求學時期，我一直想家，記掛家裏的一切。漸漸地，我將想家的點點滴滴化成文字，開始向《星島日報》投稿，其後亦開始將稿件投向台灣報章，包括《青年日報》、《民生報》等。

越是想家，調景嶺的草草木木與鄰居，就一一在思緒中出現，最後成為我筆下描寫的主人翁。當中，有些人像是我心頭的大石，一直無法拎走，就是那些為投奔自由，而付上了最大代價的。

我寫過《雨停雨下》的外公，散步沉思時會惦記戰後留在鄉間的女兒；寫過《外婆的繡花鞋》，無數為了家計而日夜做刺繡手工的村民；寫過《老將軍》，一個不良於行又孑然一身，最終命喪於鄰居大火的老軍人。

在村裏，我時常見到到處走動，甚至走不動的老人。又或是我四處亂闖，窺見許多打開了大門，門內只有孤獨長者的房子。老人們背影佝僂，男的女的都有，彷彿過了半輩子的孤寂與冷清，陪伴他們的，就是屋子裏的幽暗，以及對親人無盡的思念。

許多「自己在這頭，不知親人在哪頭」的故事，一直在我身邊上演着。他們有些曾經官拜至將軍，人家都喊他「大爺」，卻終其一生孤苦無依；有些是軍官家屬，老伴走了，獨個兒度過淒涼晚境。

大學三年班時，我在課餘參加了耕莘文教院的寫作班，純粹的興趣，卻讓我一頭栽進了報導文學的世界。當時就用「最後一個反共精神堡壘」寫了調景嶺的故事，其後又把握大學最後一個暑假的機會，跑去尋訪泰北的華人，以及流落澳門的老兵。

由於對採訪產生了濃烈的興趣，畢業前我已經決定做個記者。帶着在法學院學會的邏輯思維與分析能力，留在台北，加入報館。

記得小時候曾經被一位老師取笑過，對如何在香港搭車去不同地區一竅不通，十足的鄉下妹。我完全不生氣，村妹總會長大，學會走到不同地方的。我加入報館不到三個月，已經要去北歐採訪，這一步，還真的跨得夠遠了。

畢業兩年後，因為香港九七回歸的話題，令我在台北按耐不住，決定返港，並加入了全港最大的報館工作，主跑海峽兩岸的財經新聞。

從來沒去過大陸，加上成長於政治背景如斯敏感的調景嶺，老實講，我非常抗拒返大陸，更擔心一過海關就會被人關起來。終於在拖到不能再拖，才去辦了回鄉證，首次踏足內地的地點是上海。真的要到大陸去時，才感受到那是一條漫長的旅程，即使航程只是兩個小時。

結果當然沒有被捕，甚至進出內地那麼多次，從來沒被刁難過。我的足跡跨過瀋陽、鞍山、青島、上海、杭州、南京、洛陽、西安、成都、重慶、武漢、宜昌、廈門、北京…從前，一開口，我的國語腔調就會被取笑是台灣人；到後來，連北京計程車司機都猜不透我從那兒來。

跑財經新聞讓我接觸到許多人，包括了兩岸三地的政府官員、公私營金融機構的中高層人員，以及各行各業的大小老闆。採訪生涯不只開了眼界，結交了許多朋友，還會經歷新聞事件當中的過程。我寫過許多獨家新聞與深度人物專訪，還真要感謝多年來各界相助的友人。

記者會聽到許多不為人知的秘密，亦會從中發現一些人的不法勾當，會遇到利誘、伸冤、恐嚇，亦會在某些被訪者眼中瞥見貪婪的目光。

我的主戰場是內地，看到許多曾經或是今天當上了大官、國企一把手的，過去亦曾遭遇下鄉、批鬥與顛沛流離的歹命。或許，我們過的沒有比他們不好，他們亦不一定比我們過的差。當中有許多都是註定了的。只有那些敢向當權者爭取「應有的」，才落得坐牢的下場。

跑兩岸新聞是入職時由採訪主任分派的。一個在調景嶺長大，

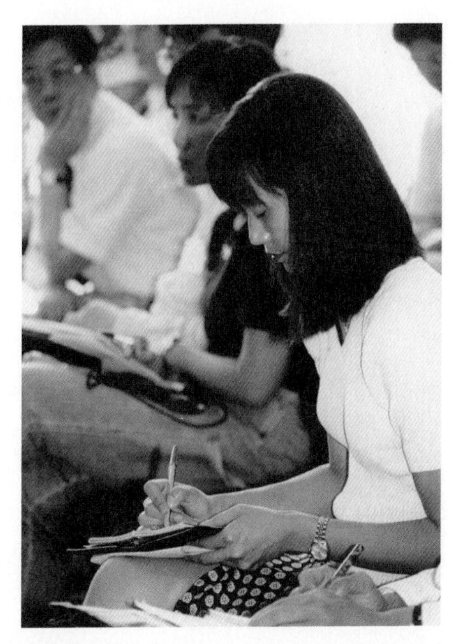

記者不只是一份工作，也是前往世界各地的通行證。

在台灣完成大學學業的人，跑去大陸採訪新聞！這大概這是最好的委派了。從初出茅廬到資深記者，再做到採副訪主任，當我離開了採訪的前線後，就知道該籌劃人生的第二份職業，足足二十二年的記者生涯，於願足矣。

帶着一身財經知識，我跳入理財規劃工作的行列。從前經常要從新聞中抽離，力求不偏不倚去處理新聞；如今換了角色，必須全情投入與委託人及客戶的接觸。假如換工作只是書本的某個段落，那我只是翻去了新的篇章。

人總會有過去，那才會有今天的自己。回歸平常生活後，我找回更多朋友，發掘未識的自己。

至於心裏的那塊石頭，已經漸漸挪開了，但我仍然參與探望獨居長者的活動。想念調景嶺的話，打個電話約我那幫夥伴聚一聚，

水龍頭也是調景嶺大街小巷的特色風景線

還有鳴遠中學的同學吃頓飯。去年席間，大家提起了調景嶺各區可見的公用水龍頭，那是村民洗濯或打水之處。

「箭豬」說，夏天時他都是跑到街喉洗澡的，後來他總會等待「馬騮」出現，才從家裏施施然過去。「馬騮」笑問為甚麼？「箭豬」狡黠地笑道：你總是帶着貴價洗頭水與護髮乳來，我可以自在地借用嘛！

我們過的比上一代優渥、幸福，這是父輩以生命換來的自由，令我們成為受惠者，得以無愁無慮，帶着天真與狂妄去成長。某天，如果要起來捍衛才不致被剝奪自由的話，我真渴望自己有足夠的勇氣。一如當年我的外公，還有第一代調景嶺人那股堅毅去爭取。

我不知道。

最好，不要有如果。

# 多利與我

◎孫玉傑

有人問我，為甚麼你那麼喜歡狗？原因很簡單，因為狗陪着我長大，我實在有太多難忘的狗狗故事。牠們甚至影響我今日的人生觀，以至對人處事的態度。我覺得牠們總是付出，不問回報，對家人的忠誠及愛，都經得起任何考驗，可以說是「至死不渝」！

兒時我家住調景嶺，那裏山谷地形是三面環山，幾乎家家戶戶都面對着將軍澳的海灣，屋子全部是依山而建的平房。我們家是從外面搬到村裏的遷入戶。

先父祖籍山東，一直居住在韓國，早年來港辦貨，沒料遇上韓戰，沒法回家，從此在港落腳。一九六二年，先父前往調景嶺探望老鄉朋友，發現那裏空氣清新，鳥語花香，與市區的煩囂相比，簡直是片淨土，於是決定在村內買下兩戶相連的房子。我就在調景嶺成長，直至大學畢業後外出工作才遷出。

我家住第十一區，位置就在「修女院」下面，屬於調景嶺的低密度居住區域，以現時的標準來說，家居面積非常寬敞，有四房兩廳，花園有大約一千呎，足夠我跑跑跳跳，甚至可騎兩輪腳踏車。

自小在調景嶺長大，玉傑從此與犬隻結下一生情緣。

在調景嶺長大的，相信甚少人會沒被狗追過，甚至被狗咬的經驗。對居民來說，給狗咬只是小事一樁，傳統會用片糖及萬年青（一種植物）敷傷口，過幾天就會痊癒。調景嶺雖然治安甚佳，但偶爾也有小偷鼠輩，所以幾乎每家每戶都會養狗保護家園。

簡單來說，調景嶺的狗皆非寵物犬，而是工作犬。建立自己的地域地盤是狗的天性，凡有外人進入，牠們就會緊張起來，並不斷發出吼吼吠聲，對闖入者作出警告，甚至發動攻擊。有牠們守衛家園，各家各戶都住得安心。

我家通常同時飼養兩頭至三頭狗狗，牠們盡忠職守，亦曾經嚇退小偷。那小偷在我家後面攀爬鐵絲網進入天台，狗狗發現了，大聲嚎吠，小偷被嚇得落荒而逃，竟連外套都跌落在我家花園，真箇是「偷雞不成蝕把米」。

此外，記憶中我曾兩次在清晨時分發現花園躺着蛇屍，該是狗狗與蛇一夜大戰的成果。我冒着冷汗，手忙腳亂地清理蛇屍，牠們則氣定神閒蹲在地上，看着我為牠們善後。

我家的狗從來不准進入屋裏，只可以在花園活動及休息。一天，小狗突然跑入客廳叼起我的一隻拖鞋，然後直往外奔。我心想：「你不想活了！」我馬上追出，結果牠把我的拖鞋放在雞籠前面，原來牠是想告訴我「母雞生蛋了」！

本來怒氣沖沖的我，恍然大悟，心頭一陣感動。牠為何如此有靈性，懂得通知我們？我馬上彎下腰，一邊撫着牠的小頭，稱讚牠為神犬。自此之後，家裏就好像安裝了一套活動監察系統，每次母雞生蛋，小狗都會來通報。

調景嶺的鄰舍關係特別好，左鄰右里互相幫忙照應，比比皆是。我家與鄰舍只隔了一層鐵絲網，而我和兩位年紀相若的鄰居也特別要好。我們常常一起玩耍、互訪，彼此的狗狗都和我們相當熟絡，每次見到都搖頭擺尾以示歡迎。

但是有一次，鄰居到我家來，我們玩耍時，鄰居不小心把我推倒地上。說時遲，那時快，我家的狗隨即衝上作勢要咬，幸好及時制止。當時我大聲斥責牠，現在回想，狗狗忠心護主，何罪之有？對於自己當時的反應，還真的感到內疚。

自有記憶以來，我就和狗狗一起生活，家裏到底曾經飼養過多少頭狗，我已無法仔細算來了。不過，當中一隻即使已經離開了超過三十年，牠豐富的事蹟，至今仍是家人津津樂道的話題。牠，實在是太獨一無二！

每當有小狗出生，調景嶺的街坊就會四處詢問有哪家哪戶想飼養，然後就把小狗送過去，牠就是這樣，成為我家的一分子。調景嶺居民飼養的都是唐狗，牠不例外。幼犬時，並沒有甚麼特別，樣子胖胖的、懞懞的，走起路來左搖右擺，有點笨拙。

記得有一次，牠偷偷溜走，不知道走到哪裏去，害我們全家四出尋找，幸好有鄰居在附近的球場找到，把牠帶回我家。當時牠全身發抖，害怕非常，誰會想到這小狗長大後，是那麼的了不起。

牠的外型威武，不知道集合了多少不同品種的優良血統，驟眼看，像一頭小獅子，渾身散發着領袖的氣慨風範。牠勇猛、果斷、觀察力強、細心而且忠誠，牠無條件並全心全意守護着家裏每一個人。牠的名字叫「多利」。

## 驍勇善戰

多利可謂打遍調景嶺無敵手！我目睹牠唯一的敗績，就是那次以一敵十。當時牠跑着步陪我騎腳踏車，騎車至靈實醫院後再轉入茅湖仔村，忽然有十數頭村狗，不知從何方衝出，包圍着多利攻擊，牠實在無法招架。我救犬心切，亦不知從哪裏來的神力，硬把一條日久失修的龍門柱扯出，用力揮動驅趕村狗。

多利貼緊我腳，不斷咆哮嚎吠，我就不斷揮舞龍門柱，就這樣我們且戰且退，村狗見無法得逞，才一一散去。除此之外，多利戰無不勝，大部份認識牠的狗，都對牠表現敬畏。在其他狗面前，牠威風凜凜，甚有王者之風。

其實多利只算是一頭中型犬，但牠那股「霸氣」，彷如天生的「武狀元」。與其他狗隻比武，都能以技術擊倒對方；即使面對身形比牠龐大的狼狗，多利會跳騎到對方背上咬噬，克敵制勝；對着肌肉比牠結實，更恐武有力的老虎狗，不消一分鐘已令對方頭破血流！

全家上下翻箱倒櫃，好不容易找到一張多利與玉傑侄兒的合照。

又有一次，一頭格力狗（澳門用作賽狗的品種，腿長，跑得特別快）與多利發生爭執，聰明的多利集中攻擊對方的四肢。沒多久，格力狗高速逃跑，多利直追。唉，對方是跑狗，當然追不上了。

## 守護家人

調景嶺村內只有行人徑，若要到村外，可循陸路或海路。海路可以乘船，航程二十五分鐘就到西灣河，陸路可搭巴士到彩虹邨，正常大約三十分鐘車程（凡調景嶺居民一定會明白我強調「正常」二字的用意！）後期增設了公共專線小巴到觀塘，車程約二十分鐘。如果要去油塘邨，也有居民選擇經山徑徒步前往。

我家位處半山，步行到巴士站需時三十分鐘，到碼頭也要二十分鐘，徒步至油塘邨則約四十分鐘。無論我搭船、搭巴士或徒步，多利總會為我開路。牠在前方慢跑，期間不時回頭看我，沿途保持數呎距離，一直護送我到目的地。

有時我會坐船，有時搭車，奇怪的是牠總會猜對我要去哪裏，從沒走錯方向。每次外出，無論我如何阻止，都徒勞無功，牠總要在前方為我開路。待我上船或上車以後，牠還是站在某處凝視着，彷彿在道別，也似不放心你孤身上路。

微風吹動，牠胸口的軟毛飄逸着，就像一頭獅子立於高處注視大地，好不威風。我每次望着牠在那裏候着，心中都唸着：「快快回家吧！」隨着船或車駛遠，牠的身影亦在我的視線範圍內徐徐消失。

我從來不知道牠在那裏站多久才肯離開，只知道每次回家，牠一定站在門口擺動尾巴熱情地迎接我。牠總會貼着我的小腿，一路陪我走到屋子大門前才停下。這份守護家人的心，我們一家怎能忘懷？怎能不感動？

## 我的訓練員

我小學就讀慈幼學校，當時的師生無一不喜歡足球，每有喜慶節日都以足球比賽作為慶祝活動，因此我也很熱愛足球。每天上課前和小息的時段，學生都會跑去球場踢足球，我當然是其中一員。自小學開始，我肯定自己喜愛足球，多於喜愛讀書數億萬陪！

在小學及中學階段，我都是足球校隊成員，運動員都會明白成功只有一個秘訣，就是勤練及苦練。家裏花園的末端有三面牆，每天晚飯後，我就會向着三道牆不斷練習踢球，也會在花園苦練盤球技巧。

多利起初只會躺在一旁看着我獨自練習，有一天，牠忽然在我盤球時站在我面前攔截。是特意來幫助我提升球技？就這樣，牠擔當防守的角色，阻擋我的前進，我必須左右盤球來避開牠的攔截。

自此之後，多利就成為我最好的足球訓練拍檔。

無論我練習十分鐘、二十分鐘或是三十分鐘，牠都會堅守崗位，直至我累了坐下喘氣，牠才會躺在我的身旁休息。有牠陪伴，我球技大有進步。牠鼓勵我，叫我堅持、努力、不怠慢、不放棄！

先母常常說狗是忠臣，所以她比較喜歡狗。她說，養狗養貓都要給牠們足夠的營養及清水。以我兒時那年代的標準來說，牠們的「伙食」質素算是非常高。貓狗的主糧是貓魚（平價魚），雪藏豬肝及狗米（碎米）。先母會把這些食糧混合煮熟，每天早晚餵飼兩餐，狗狗們都長得結結實實的。

及後搬到市區，我改給狗狗吃乾糧，母親總是說乾糧是「沒有營養的餅乾」。所以，她每天都會煮一隻雞蛋，和用手撕下雞腿肉給狗狗作下午茶點心，以補充所需要的營養。

多利身體健康一向很好，沒有甚麼大病痛。偶爾身體不適，牠會自行在附近的山頭找草藥吃，吃了山草藥一會兒後，牠會嘔吐，把髒物吐淨，休息一下，身體就恢復過來了。

踏入暮年，牠雖然活力不再，但威武眼神未褪，家裏其他狗想跟牠玩耍時，牠只需瞟對方一眼，對方就馬上後退。受關節退化的影響，牠行走時一拐一拐的，上落石級行動尤其緩慢，但他的霸氣及自信仍在每一步履中展露無遺。

某天早上，牠如常吃過早飯，離家往外散步，但一去不返。我們全家四出尋覓，但遍尋不獲。牠就這樣離開了我們，離開了這個世界。享年十七歲。據說狗在即將離開這個世界時，會離開自己的家園，匿藏自己。不知是否為了不讓家人傷心，所以多利躲起來靜靜地等待生命結束。

此後，在市區每一回看新房子時，我都會問地產代理：「這屋苑能養狗嗎？」我太太好奇地問：「為甚麼你總會問這一句？」這麼多

小 Max 是玉傑目前飼養的柴犬。牠是一隻會笑，也能逗人歡喜的狗狗。

年，我從未間斷過飼養狗狗，現在仍然有一頭柴犬陪伴在側。

在我五十多年的人生體悟當中，肯定有不少部分是被狗狗啟發的。狗的壽命只有十來年，生命忽忽，我們要懂得活在當下，珍惜眼前人。

狗的喜悅及滿足來得非常簡單，只要你陪伴着牠，撫摸牠，與牠作簡單的互動，就已經十分滿足。所謂知足常樂，「強求」只會製造失落與沮喪。狗的要求直接簡單，反觀人心複雜，思前想後，顧慮繁多，亦因此往往難以釋懷，自我製造煩惱。所以，有時實在無須太多解釋，無需太多理由，敢愛敢做，也許人生會洒脫美麗得多。

我在調景嶺長大的日子，實在有太多、太多的回憶。但我好肯定，狗狗絕對是我回憶裏，最重要的主角之一！有人問我為何選擇撰寫狗狗，為自己在調景嶺成長歲月裏的主軸內容。我說：「理由簡單，因為牠在我的生命裏，佔着一個不可或缺的地位。」多利，多謝你！

# 嶺上情緣：歲月的冠冕

◎徐閏桓

我與調景嶺結緣，是從童年與少年兩件舊事開始，而且都是從「嶺外人」的角度去看調景嶺的。隨後，因緣際會，我竟成為調景嶺的「嶺內人」，並且伴隨了大半生。

## 神秘村莊

六十年代中期，還是孩童的我，隨家人遷入咸田第十二座（亦作鹹田，七十年代改名為藍田）的公共屋邨居住，並在毗連的牧幼學校（已於一九八七年停辦）就讀。

整個咸田新村建立在半山之上，初期絕大部分均為公營房屋及社區設施，後期才出現私人樓宇。由於部份樓宇於八十年代被發現水泥強度未達標準，頓成「問題公屋」，加上其他樓宇開始老化，全區遂用多年重建及發展，才成為今日公私營屋苑夾雜的藍田。

當年社會資源缺乏，社區內除了球場，幾無可供口袋沒錢的孩童玩樂之處。三五成群的孩子，最喜歡的就是到鄰近山嶺尋幽探

九十年代初閏桓與中學好友馮岳良（左）在寶琳南路合照。相片可遠眺照鏡環山及萬歲山、鳴遠中學建築群、慕德小學與紹榮鋼鐵廠等。

秘，陡峭山岩、茂密草叢、洞窟竅穴、嶙峋怪石，甚或輸電高塔，都成為我們的樂土。一花一草一昆蟲，山過山，嶺過嶺，都能讓我們樂上一天半天。

通常我們在前聖言中學，即今日 Nord Anglia International School HK 的後面開始登山。小時候，地域概念不清，說不出地方與山頭的名字，山外真的有山？人外真的有人？才是探險的最大動力。

有一天，玩伴們越過了平日玩樂的山嵐翠微，慢慢沿着山谷下行。連跑帶跳，由杳無人煙的山頭，到慢慢窺見居民聚落，剎那間彷彿發現了隱世小城。映入眼簾的，竟是一個小村落。

街道有點狹窄，簡陋小屋就搭建在路邊兩旁，家不閉戶，目下所見以婦女及兒童居多，他們在家門外或倚或坐，兒童在泥石街上走動玩耍。灰塵徐徐揚起，在陽光下有如萬顆銀花在巷弄飛舞，又帶一着點朦朧。彷彿讓人看不清這個小村的真貌。

有些民居就在門外擺賣些小食及飲品，美食飄香，但我只能望梅止渴，畫餅充飢，因為根本身無分文！我們走過的地方都比較簡陋，居民的衣着服飾也比較「古老」，相比當時矗立二十多幢，有十幾二十層高的咸田高樓大廈，這個村莊算是很落後了。

或者是心理作用，對一個從外邊闖入又乳臭未乾的小子來說，進入一個全然陌生的地方，聽着不熟識的語言，還不知道面對着甚麼人，心裏實在戰戰兢兢。總覺得自己與同伴一直被人暗中「盯着」，說不上感到惡意，但感覺就是不太友善。

跟着大家一路前行，走到一個石灘，看見當地孩童正在放風箏。我們原本就想在石灘上看看有甚麼可玩，但放風箏的人並不少，他們的風箏線在灘上高低飛舞，喧嚷之聲此起彼落。

由於當年很流行在風箏線黏上玻璃粉，與其他風箏比劃，我們深怕被割傷，又或是心慌，想找個借口，眼看已近黃昏，所以只玩了一會兒便沿路離開了。自此，雖然還會到附近山頭玩樂，但再也不敢踏足這個不知名的神秘地方了。

長大以後，認真去查證過幾座我們兒時攀登的山，其中一座名叫黑鬼山，又稱五鬼山，現稱五桂山；至於油塘高超道對上山頭（現澳景路高處）還有照鏡環山與魔鬼山。光聽名字，就感到氣勢迫人啊！

## 再闖「異域」

一九八〇年，我在黃大仙鳳凰村一間私立中學讀至中四（當年中學是五年制），還有一年便畢業。就在學年結束時，學校突然宣佈停辦，校址將改建為私人住宅。消息有如晴天霹靂，全校上下午班的兩千一百多名學生，要即時面對中途轉校的問題，對升中五畢業班的學生來說，衝擊當然更大！

我只能慚愧自己只屬「一般」的成績，要向資助學校叩門真不容易；私立學校的學費較高，亦怕家裏負擔不來。當年社會上的教育及福利支援十分有限，資訊哪有今天那麼流通與豐富，一個十多歲來自草根家庭的清貧學子，根本不懂門路去尋找學校資訊。人生路不熟，在暑假期間到處跌跌碰碰「求取」資助學位，徬徨地等待機會出現。

同學之間輾轉收到消息，通傳調景嶺有一所津貼學校——慕德中學招生，值得一試。當時除了聽過調景嶺這個名字之外，對內裏全然不知。抱着姑且一試的心態，於是相約數名同學一起前往。

在彩虹邨乘坐單層的九十號巴士（亞比安十三型），好不容易熬過崎嶇不平的安達臣道，進入彎多路窄的寶琳路，到達當時的調景嶺警署（一九九六年曾改為普賢佛院，西貢區議會收回並改建為將軍澳歷史風物資料館，對外開放），顛簸跌蕩的車程令人疲憊不堪。

下車後須蹣跚走入雜草叢生的村路小徑，才到達一所與市區學校截然不同——古舊、荒蕪又破落的校舍。時值暑假，無人上學，無人辦公，加上當時下着小雨，密雲蔽天，挨近黃昏，附近甚少居民經過，校園額外肅靜。好像時空交錯一樣，迅間轉移至定格畫面，走入了時光隧道，一切都慢了下來。

校園內只有我們幾人在走動，猶如身在異域探險。同學嚷着：「你試試那道門可否開啟？」我又試試那扇窗可否窺見課室內貌。去到一個多格洗手間時，我們心慌意亂，用手大力一推，想着瞄一眼就走，豈料那是自掩門，反作用力的關係，木門迅速回彈數次，並發出多聲巨響。

突然而來的聲音，如置身電影中鬼域的場景，令我們的時空旅程戛然而止。返回現實，驚魂不定，頭也不回地逃離了！當然，在調景嶺入學之事也作罷了。

慕德中學校門虛掩，為閏桓帶來少年時代一段難忘經歷。

直到多年後，回想起兩樁舊事，才驀然驚覺那令人生畏的神秘村落，正是大名鼎鼎的調景嶺。

與同伴所走的山路正是五十年代，由村民謝御群帶領開闢的一條通往鯉魚門的山路「謝公路」；大夥兒當時沿着俗稱「大坑」（今調景嶺食水配水庫旁）的通道入村。民居擺賣的，正是來自各省的家鄉小吃，以幫補生計；大街上所見之婦孺就是難民眷屬。

石灘正是水退後，波平如鏡的「照鏡彎」或「照鏡環」，村內街童主要的休閒活動就是山海同樂。當時村民的生活極為貧困，生活艱苦。

至於再闖異域，多少反映了當時調景嶺的人文面貌。村民可自由進入校園與使用部分公用設施，例如球場及空地，大家可以以打球、散步、玩耍。學校明白村內缺乏康體用地，所以盡量延長開放時間，與村民共享。

調景嶺的教育發展相當蓬勃，原來的三間中學，有兩間由私立轉為津貼，資源及學生出路都比以往好。原本肩負照顧區內難民子弟教育重責的學校，後來亦招收村外學生，尤其是一些成績品行略遜者，他們都是部分市區主流學校所「摒棄」的學生。

在八十年代以前，香港還未實施九年免費教育，津貼學額不足。一些家境清貧、成績品行不是中上游的學生，往往被主流學校拒之門外。調景嶺的學校發揮有教無類的精神，接收了不少這類背景的學生。透過獨有的社區環境深耕易耨，刻苦為學，為社會孕育了無數的人才。

## 替工奇緣

在一九八三年，我最友好的一位小學（牧幼學校，已停辦）同學陳德光，正在當時的調景嶺鳴遠中學任職實驗室技術員。他的尾指因傷骨折，需要暫時請病假一段時間，遂邀請我當替工。初時，我只預計暫代一兩個星期，待他傷癒後便可復工，就懷着幫助「死黨」的心態，硬着頭皮答應了。說真的，我根本完全不認識鳴遠中學！

三月三日早上，我由藍田起步，穿越山野，徒步入村，首次尋訪鳴遠中學。過了山坳，沿石階路下行，沿途與一些鳴遠的學生擦身而過，必想只要跟着他們就不會迷路了。

在山徑上，我發現鳴遠女學生的校服與市區的截然不同，為甚麼會穿黑色長褲呢？女生的校服怎麼不是裙子，不該更傳統，更優雅一點嗎？我對學校的第一印象是：這所學校的校服是怪怪的。

日後我才知道，這是為配合學校的獨特地理環境，女生往返山徑、天氣因素及當時的校情而定，有其原因及考量的。三十多年後的今天，相信香港絕大部分中學的女生校服，除嚴寒天氣、個別宗教要求或族裔的學校之外，主要仍是穿裙子的。

經小學同學陳德光（右）引介，閏桓於一九八三年加入鳴遠中學。陳德光已移民夏威夷多年，曾回港探望閏桓父女。

第一天踏進校園，由校工引領我到校務處，也是教員室。那是一個大約兩個課室大的空間，窗邊有幾個職員座位，其餘的就是教師辦公位置，角落有個小房間，沒關門，就是校長室。這裏沒有冷氣，後來我才知，除了校長及校監室之外，全校都是沒有冷氣的。

第一個接待我的人是校務處職員鄧培生，原以為被安排見校長，等了一會兒後，見我的是教務主任吳紹忠。他直接把我帶到隔壁的理化實驗室，裏頭有個小房間，是實驗預備室，亦是我的辦公處及儲存化學品與儀器之處。吳主任趕着上課，沒多談工作安排，只着我在這裏看看、瞭解工作間的情況及等候見校長。

預備室內凌亂，處處擺放着儀器用品及雜物，有幾個木質抽屜放在洗滌槽上，洗滌槽又滿佈污漬，似乎已有一段時間沒人打理。我心想，這或是要我來做替工的原因，反正我也不知實驗室要做甚麼，具體工作還未安排，索性先弄乾淨地方吧！隨即清理洗滌槽的

與生物科郭老師（右）攝於實驗桌前。後方是實驗預備室，儲存化學藥品之處，閨桓在此辦公，故終日與危險品為伍。

雜物及污漬，擦擦洗洗竟是我在鳴遠的第一項工作，當地方越見整潔明亮，竟讓我擦得不亦樂乎，獲得第一個滿足感。

直至小息時段，吳主任才帶我去見鄧永生校長。校長講話的語氣沉着穩定，具體說了些甚麼，已記不清楚，大致談及臨時替工的安排，着我注意安全等。可能雙方都意識到這只是短期的工作，簡單交待幾句便是了。

如是者，我沒有經過面試，直接進入鳴遠擔任代職實驗室技術員。當時對調景嶺與工作，都感到陌生，戰戰兢兢地做了一個月，陳德光傷癒復職後，校長有感校務處人手不足，留下我做臨時工，做文員兼實驗室工作。

兩三個月後，朋友決定離職，我準備與友人共同進退，連辭職信也打好了。當我向校長遞上辭呈時，沒料到他問我是否想過留任，並給我兩個選擇。

一是無需訓練，發展及前景較穩定的校務處文員；二是實驗室技術員。技術員是見習職級，需在職訓練及三年經驗，才可升任正式專業技術員，頂薪點及前景較佳，但要同時讀書及工作，舟車勞動，辛苦又花時間……但我最後選擇了後者。

## 簡樸的宿舍生活

八十年代初在調景嶺工作時，由於要兼顧工作與在職培訓，為減省舟車勞頓，我在教師宿舍租了一個房間。基本設備只有一張單人牀、一張書桌、一個洗手盆、一個吊櫃，一個雪櫃，一個電熱板（煮食用），包水及電，公用廁所，每月租金約一百多元。

當時長期居住的，有一個教師家庭在低層居住，我住在中層，同層還有校務處鄧培生，高層則有一位女教師長住。當年那有智能手機，只能用有線電話，全宿舍共用一條電話線對外聯絡。主機在低層，另在高層加一個分機。

鳴遠中學於一九九三年遷校，此後作者仍不時返回宿舍留宿。正門大閘是無數學生留影之處。

當一台機在通話時，另一台機可同步聽到對話，所以不能長時間使用，也不方便密談，我都是在「很有需要」的時候才用。住在中層的，若要使用電話，便得走上高層借用。由於女教師於高層獨居，男同事要借用時相當不便。我入住後不久即自己拉線，在中層加裝第三台電話，雖然都是使用同一個號碼，通話時仍有限制，但不用爬上爬下借用，對三層樓的房客都較為方便。

當然，如果想要一點娛樂，例如唱機（音響系統 Hi-Fi）、電視機（舊式顯像管電視，採用模擬制式廣播）、錄影機（即錄影帶，那時沒有 VCD、DVD、Blue-ra 或上網），便要自掏腰包購買，並自行安排搬運至宿舍。調景嶺的交通不便，村內沒有馬路，大部分市區商店不會送貨的。

由於當時我亦是初出茅廬，又要兼顧理工學院（現在的香港理工大學）的學費、交通費及生活費，根本沒有能力添置這些消費品。因此，住在宿舍的十年來，主要娛樂媒介就只有收音機了。

## 帶着白老鼠爬山

我在學校擔任實驗室技術員，自然要滿足師生對實驗室的需求。由於學校對外交通不便，更是村內距離車站或碼頭最遠的學校，在八十年代時，學校需要採購一些儀器及實驗材料，幾乎沒有儀器公司願意送貨。我就帶領十數名學生在車站等候貨車，把訂購的玻璃儀器、化學藥品、機電產品，甚或重達二十公升的大蒸餾水瓶，猶如螞蟻搬家，逐件運回實驗室。

更多的情景，我就像個孤獨夜行的採購員，明明是白天到市區購物訂貨，返抵宿舍已夜幕低垂。試過為了訂購解剖實驗經常用到的牛眼，把觀塘、牛池灣、黃大仙、西灣河、筲箕灣的牛肉檔都翻遍了。其中一次難忘的經歷，就是帶着一籠白老鼠爬山！

話說當年生物老師安排了解剖課，就在早上第三節課解剖老鼠。由於動物供應商不會送貨到校，我請託一位友校同工提早一天代為接收，翌日清晨我帶着小拉車，從調景嶺翻山到觀塘友校領取十隻白老鼠，再徒步經油塘高超道，向着照鏡環山進發。

由於運送時間失準，我趕緊拉着老鼠走上山徑。路面崎嶇不平，又不能走得太快，生怕沒提穩籠子讓老鼠走失。到了學校後山，預定來接應的學生已焦急地等候。他們接過小拉車，飛箭似的衝下陡峭山坡，直奔學校……

實驗室技術員其中一項工作守則，是盡可能不讓學生接觸有待解剖的動物，但調景嶺這個社區太獨特了，連在這裡求學及工作的人，都會有獨特的體驗！

鳴遠是中文中學，校務文件及教材以中文為主。平日的文件都由校務處同事用實體中文打字機，以鉛字敲擊色帶，逐字逐句打出來的。我早在八十年代後期，已自己「砌」了一部電腦放在宿舍，直至電腦普及化，學校也開始用來處理校務，我就成為員生處理學校，甚至是私人電腦問題的諮詢對象。當時蔡洤老師暱稱我為「徐師傅」，並流傳至今，實在是愧不敢當。

## 黑暗中的光明

天主教會對調景嶺的貢獻始於一九五〇年，多位神職人員長期在調景嶺侍奉，為早期的難民及其眷屬提供協助，興學助業，育人無數。

鳴遠在調景嶺時代有一位校監何德光神父（Rev. Willy Hertecant），他是比利時人，早在一九六〇年代初已開始在調景嶺服務，一直至二〇一七年才返回比利時頤養天年。神父在校友和同學心中，始終是堅毅不屈，步履如奔，比許多年青人還要壯健。

當年何神父的校監辦公室，就在校園旁邊的一個單層小建築物裏，一半是辦公用，一半是居處。校監室的週邊以至校園四方，種植了很多台灣相思，都是何神父早年栽植的。綠樹林蔭，環境清幽，與整個調景嶺高度綠化社區連成一體。

話說某年某夜，我因事獨留在校工作至晚上九時才離開。沿着校園一道樓梯下行，當時沒有街燈，周遭黝黑。雖然我手裏拿着電筒，但沒有開啟，僅作備用，我既不怕黑，也不怕撞到甚麼「東西」。就這樣走着，驀然瞧見樓梯下方有黑影移動，並朝着我的方向飄移過來。

漆黑中無聲無色、無形地逐漸移近。當時我心情平靜，沒有驚恐。心想：「不管是甚麼，要來的，就來吧！」我和黑影均移向對方，只差幾個梯級即遇上時，我發現對方身材高大，頭頂有光，是否不懷好意之人？再靠近一點，眼前一亮，原來是何神父！

可能何神父剛完成鳴遠小學、鳴遠幼稚園或聖母升天堂的工作，或用膳後正返回住所。認清楚是神父，而神父亦知道是我，彼此互相招呼問好。「神父，這麼黑，你需要電筒嗎？」我已打算將手中的電筒借給他。誰知神父用手指一指頭頂，氣定神閒的說：「我這裏有光。」我立即明白，神父有天主「照」着，根本不需要電筒。

神父用最簡單的話語，令我明白天主的祝福，天主的恩典與我們常在。祂的恩典夠我們享用，不用去追甚甚麼。天主一直都與我們同行，無論遇到任何困難及障礙，也要坦然面對，以堅毅的心，勇往前行。

打從一九八三年做替工開始，由調景嶺舊校舍，到一九九三年搬遷至坑口新校舍，我有幸一直在鳴遠服務，至今已近三十五載。

我既沒面試求職，倒是寫過一封沒被接納，如今我仍保留着的辭職信。這些年，感恩鳴遠對我的栽培，在校得以向各位老師學習，更感謝鄧永生校長給我的機會、信任及指導，給我發揮的空間。

在天主教學校工作，認識何神父三十多年，雖然不常見面或談話，但在公在私，何神父從未向我傳教，甚至未說過半句教理。我相信神父早已透過身教，活出了天主的恩典，無私奉獻一生。為鳴遠、為調景嶺、為香港付出大半生，真正體現了雷鳴遠神父的九字真言：全犧牲、真愛人、常喜樂。

## 鳴遠足跡訪遺址

多麼慶幸在調景嶺清拆前，我曾帶着女友（現為賢妻）到嶺內走了一遍，讓她見過舊校原貌，亦向她訴說着舊日在嶺內十年生活的點滴。

在二〇一一年至二〇一四年，我在校內協助安排了五次「鳴遠足跡」活動，與員生同行，實地返回調景嶺舊區走訪僅存遺址，回味嶺上居民的生活。另外，亦透過「鳴遠話當年」茶聚，與關怡清校長、教職員及家長，分享調景嶺舊社區的一些趣聞軼事。

多年來我一直熱愛收藏調景嶺及鳴遠學校的文物史料，最近五年的校慶，更協助在校內舉行小型「校史展」，展示書刊、文物及影音資訊等，讓員生及校友細味當年的點點滴滴。遇上海外校友探訪時，亦協助接待及展示舊物。前兩年還接待過日本一僑大學的佐藤教授及一眾學人，帶領他們到調景嶺古跡實地探訪。

我曾經改編了一首歌曲，憑藉舊曲新詞，重溫調景嶺及鳴遠中學昔日的一些雪泥鴻爪。原曲是一九八六年關正傑粵語版的《東方之珠》，一九九一年羅大佑將此曲改編成國語版。曲詞中以調景嶺早

上世紀六七十年代，鳴遠中學一眾老師在資源匱乏的年代默默耕耘，胼手胝足授業誨人，樹人立德近七十載。曉鳴遠籟，春風廣被。

鳴遠中學校監何德光神父（中）及鄧永生榮休校長（右），與閭桓在坑口校園留影。

閏桓帶領師生及校友重返調景嶺，走訪現存古跡，重拾前人足印。圖中呈現的是照鏡環山下的滄海桑田，見證了調景嶺面貌的歲月印記。

白石柱不僅是一個珍貴的歷史註腳，也是所有調景嶺人的集體回憶。閏桓曾訪舊地，感受歲月在石柱上留下的痕跡。

鄧永生校長（右二）及蔡淦老師（左）於二〇〇〇年榮休，教職員工設宴歡送。加上農文珠老師（中）與張志恩老師（左），他們都是七十至九十年代校友最熟悉的面孔。楊月明老師（中間白衣者）後來成為閔桓太太。

年的艱苦生活為經，天主教的辦學貢獻為緯，交織出調景嶺四十六年來的一段不平凡歲月。

不知不覺，由一九八三年至執筆當日，從嶺外到嶺內，我在鳴遠已服務了接近三十六年。原調景嶺時代結下來的緣份，一直帶引着我，指導着我；一份情一段緣、伴隨着人生的高低起跌，交織成一個歲月的冠冕。讓我學習如何謙卑，珍惜及感恩每一天！

＊在此鳴謝郭勝南老帥及校友嚴肇銘先生提供相片